AF188593

BOOKS on DEMAND

Glauben und Wissen sind zweierlei.

Wissen kann niemals zum Glauben führen.

Wenn Wissen zum Kriterium von Glauben

gemacht wird, geht der Glaube verloren.

Glauben ist Risiko.

Katharina Kuntzer

Schlüsselloch Geschichten

Ich, der liebe Gott und mein Atheist

Bibliografische Information der Deutschen Nationalbibliothek:

Die Deutsche Nationalbibliothek verzeichnet diese Publikation in der Deutschen Nationalbibliografie; detaillierte bibliografische Daten sind im Internet über http://dnb.dnb.de abrufbar.

© 2017 Katharina Kuntzer

Illustration: **Katharina Kuntzer**

weitere Mitwirkende: **anonym**

Herstellung und Verlag: BoD –

Books on Demand, Norderstedt

ISBN: **978-3-44800327**

Inhaltsverzeichnis

Ein paar Worte zuvor

Stellen Sie sich vor, Sie blicken durch ein Schlüsselloch und sehen und hören eine fremde Lebensgeschichte. Eine Geschichte voller Höhen und Tiefen. Allerdings sehen Sie nur Bruchstücke, wie das eben so ist, wenn man durch ein Schlüsselloch blickt. Die Person die sie sehen ist namenlos. Aber ihre Geschichte ist wahr.

Die besten und spannendsten Geschichten schreibt eben doch das Leben selbst. Diese Geschichte beginnt mit dem Tag, an welchem die Erzählerin ihren Glauben verloren hat. Dann beschreibt sie den steinigen Weg ihrer Rückkehr. Manches Mal wirkt ihre Geschichte etwas verworren. Aber so ist das eben, mit dem lieben Gott: Seine Wege sind eben unergründlich.

Und dann noch mit einem Atheisten zusammen zu leben ist auch nicht gerade einfach.

Ich verließ IHN - doch ER mich nicht

Es war ein heißer Tag im Juni.

So heiß, dass uns die Schule ein Hitzefrei spendierte und uns sogar von jeglichen Hausaufgaben freisprach. Kaum zu Hause, packten wir, meine Schwester und ich, unsere Badesachen und radelten zum Badesee. Dort angekommen, trennten wir uns erst einmal. Ich setzte mich zu der Clique meines Freundes, der wenig später auch ankam, und meine Schwester legte sich ein paar Meter weg. Sie lag alleine, weil sie nur mit dem Nachbarsmädchen wirklich befreundet war und die war ins Freibad gefahren. Wir bevorzugten den Badesee, weil es dort erstens nichts kostete und das Wasser kein Chlor enthielt, ja und weil mein Freund auch immer dort anzutreffen war. Der wohnte ja nur einen Steinwurf entfernt. Wir mussten an die fünf Kilometer weit radeln. Aber das machte nichts. Das waren wir gewohnt. Mama hatte keinen Führerschein. Wie auch immer, wir verbrachten einen schönen Nachmittag, bis auf einmal hinten schwarze Wolken aufzogen. Das Gewitter nahte ziemlich schnell. Zu schnell. Wir radelten so schnell wir konnten, aber schon nach wenigen hundert Metern setzte der Regen ein. Ich blickte mich immer wieder um, ob meine kleine Schwester auch hinterher kam. Ihr Fahrrad, war genau so groß wie meines. Für sie eigentlich noch zu groß. Sie wetzte mit ihren Pobacken immer hin und her. Und sie richtete ihren Blick immer nach unten und nicht nach vorne. Ich hätte hinter ihr fahren sollen! Als ich mich wieder einmal umblickte, war sie nicht mehr da. Ich stieg ab und wartete. Weiter hinten stand ein Traktoranhänger am Straßenrand. Ich dachte, gleich kommt sie dahinter hervor. Aber sie kam nicht. Zwei weitere Radler kamen an und hielten hinter dem Anhänger. Da war mir schlagartig klar, dass etwas passiert sein musste. Ich fuhr zurück und da lag sie. Die Radlerinnen, zwei Klassenkameradinnen von mir, hatten das Rad schon von ihr runter genommen. Sie sagte: „Ruf Mama an, ich spüre meine Beine nicht mehr."

Niemals vergesse ich diesen Anblick und diesen Satz. Wie der Blitz fuhr ich im inzwischen strömenden Regen in den nahe gelegenen Ort. Handys gab es ja noch nicht. Es gab noch nicht mal das Wort dafür. Bei Bekannten klingelte ich sturm. Wie genau das dann abgelaufen ist, weiß ich nicht mehr. Ich habe mit Mama telefoniert und dann musste ich warten. Sie haben mich nicht mehr zu meiner Schwester gelassen. Ob ich dann abgeholt wurde, oder die Bekannten mich nach Hause gebracht haben, weiß ich auch nicht mehr. Übernachtet habe ich bei unseren Nachbarn. Geschlafen hab ich allerdings kaum. Ich habe gebetet: „ lieber Gott, bitte lass meine Schwester nicht gelähmt sein." Er hat mich nicht erhört. Er hat sie sogar besonders schlimm gelähmt werden lassen – vom Hals an. Warum?

Warum tut Gott einer dreizehnjährigen so etwas an? Ich habe das lange nicht verstanden. Bis zu diesem Tag habe ich an Gott geglaubt. Ich war getauft und hatte diese Taufe mit meiner Firmung bestätigt. In dem Ort, wo ich aufgewachsen war, gab es eine kleine Marienkapelle. Innen war es wie in einer Tropfsteinhöhle aber nicht so dunkel. Kleine Fenster tauchten alles in sanftes Licht und direkt vor Maria brannten immer Kerzen. Ich fühlte mich dort immer geborgen. Fast jeden Tag nach der Schule ging ich hinein. An Tagen, an denen eine Probe anstand, betete ich vor der Schule um leichte Fragen. Um Zeit für den Besuch zu haben, rannte ich den Weg davor, weil meine Mama ja wusste, wie lange ich für den Schulweg brauche. Vom Weg abzuweichen oder zu trödeln war nicht erlaubt. Meine Eltern waren keine Kirchgänger. Der Pfarrer kam aber hin und wieder bei uns zu Hause vorbei. Viele Jahre später erfuhr ich den Grund. Meine Eltern waren nicht kirchlich getraut, weil meine Mama geschieden war. Ich denke, sie haben darüber gesprochen. Unser Hund mochte den Herrn Pfarrer nicht. Er brachte diese Abneigung dadurch zum Ausdruck, indem er wirklich bei jedem Besuch vor die Wohnzimmertür gepinkelt hat. Ich kann mich noch gut an die Pfütze erinnern, aber nicht daran, ob der Pfarrer auch reingetreten ist. Jedenfalls hab ich es auch nicht so, mit dem Bodenpersonal. Das lässt doch mancherorts schon sehr zu wünschen übrig. Überhaupt stehe ich der Kirche und den ganzen Religionen sehr kritisch gegenüber. Dennoch sehe ich mich nicht als Atheistin. Irgendwie ist diese Kirchenorganisation ja nicht ganz so schlecht, wie ihr Ruf. Ich gehe inzwischen wieder gerne in die Kirche, weil ich die Orgelklänge darin liebe und gerne singe. Und ich treffe dort auf Gleichgesinnte. Trotzdem ist der Glaubensweg, den ich eingeschlagen habe, in heutiger Zeit, sehr schwierig. Leicht war dieser Weg ja noch nie, aber jetzt, finde ich, ist es noch schwieriger, weil die Wissenschaft ja auch viel weiter ist und deren Argumente gegen einen Gott sind auch nicht so ganz von der Hand zu weisen. Zum Beispiel schrieb Franz-Josef Kröger:

„Für mich gibt es nur einen Gott - die Natur."

Streng katholisch aufgewachsen, setzt er sich dennoch seit Jahrzehnten kritisch mit den Themen Glauben, Gott, Religion und Kirche auseinander. Er betrachtet Religion als eine Art Zivilisationskrankheit, die unsere Gesellschaft systematisch unterjocht. Er vergleicht Kirchen mit Zuhältern, die stets versuchen, ihre Mitglieder zu binden und in ihrer Selbstständigkeit einzuschränken. Religiöse Schriften oder Versammlungsorte bezeichnet er als puren Ausdruck von Macht und Unterdrückung. Anhand verschiedener Thesen, Theorien, Fallbeispiele und Erlebnisse verdeutlicht er, dass alle Religionen dieser Welt auf einer Basis beruhen: Erfindung. Weiterhin hinterfragt und entlarvt er diverse religiöse Legenden und Mythen als geschönte Geschichten, die nur ein Ziel haben: Manipulation. Hoffnung und Mythos, Schuld und Schöpfung, Gehorsam und Freiheit sind weitere Themen, die der Autor - locker im Ton, aber ernst in der Aussage ¿ in seinem Buch anschneidet und beleuchtet. <

So ähnlich wie er dachte ich auch sehr lange Zeit. Nun ist es aber so, dass Gott mir mein Leben gerettet hat. Er hat einen Menschen zu mir geschickt, genau in dem Moment, wo ich fast schon tot war. Der Tag an dem ich zum ersten Mal wirklich sterben wollte, war ein Dienstagabend im Januar. Es war mir einfach alles mal wieder zu viel. Todessehnsucht hatte ich schon oft in meinem bisherigen Leben. Das lag an den Depressionen. Das erfuhr ich aber erst viel später. Um das zu erfahren, musste ich mir erst die Pulsadern aufschneiden. Das ist gar nicht so einfach. Ich hatte mir eigens für diesen Zweck eines meiner Skalpelle zurechtgelegt. Eigentlich hatte ich die Dinger immer nur zum Papier schneiden benutzt. Fotos zurechtschneiden geht damit echt super. Jedenfalls wollte ich dieses Mal Haut damit durchschneiden. - Meine Haut.

Wie ich es in Filmen schon oft gesehen hatte, wollte ich es in der Badewanne tun. Ich ließ mir Wasser ein und in der Zwischenzeit trank ich mir noch etwas Mut an. Es war aber am Ende zu wenig Mut, um tief genug zu schneiden und zu viel Alkohol um die richtigen Stellen zu treffen. Schließlich zog mich ein Mitbewohner aus dem

Haus aus der Wanne. Er hat mich getröstet und wir kamen uns näher. Am nächsten Tag hat er mich zu seinem Psychodoktor geschleppt. Der war sehr nett, verpasste mir Tabletten und gab mir eine Adressliste der ansässigen Psychotherapiepraxen. Da dachte ich zum ersten Mal an Göttliche Fügung. Das kann doch kein Zufall gewesen sein, dass just in dem Augenblick, wo ich am dringendsten Beistand brauche, mein Nachbar nach Hause kommt, mich weinen hört und rettet. Zumindest meinen Körper. Meine Seele musste erst noch gerettet werden. Das war mir damals aber auch noch nicht so ganz klar. Eine leise Ahnung bekam ich aber, als ich etwa vier Wochen später auf dem Weg in die Stadt durch Zufall „meine" Psychopraxis fand. Das ging ganz sonderbar zu:

Ich blieb kurz stehen, um mir ein Tempotaschentuch aus der Tasche zu holen. Während ich schnäuzte, drehte ich meinen Kopf und blickte direkt auf ein Praxisschild. Darauf stand:

Praxis für Psychotherapie

Ohne zu zögern drückte ich den Klingelknopf.

Und tatsächlich, es wurde mir aufgetan. Erst wird mir gesagt, es wäre kein Platz mehr frei, aber als ich meine zerschnittenen Unterarme vorzeige, um die Dringlichkeit meines Anliegens zu unterstreichen, da ist nach einem kurzen Blick in den Terminkalender zumindest eine Stunde zum Kennenlernen verfügbar. Gleich die kommende Woche. Ich war sehr gespannt. Irgendwie hatte ich das Gefühl, dass ich dort genau richtig sein würde. Ich dachte: „Endlich wird mir geholfen. Endlich wird mir jemand zuhören und mich auch verstehen." Wobei ich mich zu der Zeit ja nicht einmal selbst verstehe. Dann ist es endlich soweit, der große Tag da. Für mich war es das zumindest. Ich sollte schließlich einem wildfremden Menschen mein Innerstes offenbaren. Doch wo sollte ich beginnen? Bei meiner Geburt? Dass ich kein Wunschkind war? Wahrscheinlich werde ich über meine Kindheit ausgefragt. Bei dem Gedanken daran wurde mir doch etwas mulmig. Aber dann war alles ganz anders. Kein unerbittliches

Graben nach alten Wunden. Wir redeten auch nicht über meinen Selbstmordversuch. Es war wirklich nur ein Kennenlerngespräch, ein vorsichtiges annähern. Als allererstes haben wir gemeinsam gebetet. Dadurch fühlte ich mich auf Anhieb wohl und bestens aufgehoben, obwohl ich selbst lange, sehr lange, nicht gebetet hatte. Es kam mir gar nicht sonderbar vor. Viel eher wurde ich von einer wohligen Ruhe durchflutet. Am Ende bekam ich noch folgendes mit auf den Weg: Verlasse dich nicht auf andere Menschen.

Menschen enttäuschen einander, sie fügen einander Schmerz zu, sie lassen einen allein.

Gott ist immer da. Maria ist immer da.

Zu ihr fasste ich dann auch als erstes wieder Vertrauen. Sie war mir als Kind schon nahe gewesen. Ich hatte das nur vergessen. Auch weil in der Praxis eine große hölzerne Marienstatue stand. Es gibt Menschen, die mir geraten haben, dort nicht mehr hinzugehen. Beten würde nicht helfen. Mir hat es aber geholfen! So ist das wohl, mit den ungläubigen Thomasen – Männer eben.

Jetzt unterbreche ich meine Erzählerin und frage, warum sie den Umweg über Maria ging und nicht gleich direkt zu Gott.

Sie antwortet: „Klar hätte ich auch direkt zu Gott oder zu Jesus gehen können. Aber Gott war mir noch zu groß. Ich fühlte mich zu klein und Jesus ist auch nur ein Mann. Und mit Männern hatte ich gerade so meine Probleme. Ich lebte gerade in Scheidung und es ging mir damit sehr, sehr schlecht. Ich fühlte mich verlassen, voller Existenzängste und minderwertig, weil ich auf meine Bewerbungen bisher nur Absagen eingeheimst hatte. Ist schon komisch. Wie selbstverständlich ich mich schon in dieser ersten Stunde auf das Gebet eingelassen habe, wo ich doch zu diesem Zeitpunkt gar nicht mehr an Gott glaubte und schon gar nicht an Maria und die unbefleckte Empfängnis. Das hatte ich in der Therapiestunde auch gesagt und folgende Antwort erhalten:

„Wenn Gott allmächtig ist, wieso sollte er dann nicht ein Kind einpflanzen können?"

Ja, wieso eigentlich nicht?

Dasselbe denke dann auch ich.

Die Erzählerin berichtet weiter wie sie in der Folgezeit dann viele Bibeldokus angeschaut hatte. Solche, die besagen, die Bibel sei wahr und auch solche, die alles anzweifeln, ja sogar als Lüge bezeichneten. Und sie erzählt, wie sie regelrecht darüber geschockt ist. Sie weiß nicht mehr ein noch aus:

Und dann ist da auch noch mein Partner, der Atheist. Wobei das noch nicht einmal das Hauptproblem ist. Er ist auch noch spielsüchtig und verfügt über diverse Persönlichkeitsstörungen, kann nicht mit anderen Menschen umgehen und leidet wie ich unter Depressionen. Dreimal war er schon auf Reha gewesen, ohne anhaltenden Erfolg. Ihm ist wohl nicht mehr zu helfen. Beziehungsweise ihm kann nur noch einer helfen. Aber er glaubt ja nicht an Gott und will demzufolge auch keine Hilfe von Ihm annehmen. Es ist schon manchmal ein regelrechtes Kreuz mit ihm.

Womöglich mein Kreuz, das ich zu tragen habe. Ich weiß es noch nicht.

Ich bin gespannt, ob und wie es meiner Erzählerin gelingt, das Dilemma zu beheben oder zumindest in den Griff zu kriegen. Im Moment klingt ihre Situation ziemlich Ausweglos. Eigentlich müsste der liebe Gott da seinen Spaß dran haben. Ich meine damit nicht, dass er da oben sitzt und sich einen ab lacht, sondern dass er nun wirklich wirken kann. Sofern man ihn lässt, tut er das nämlich. Soviel habe ich inzwischen begriffen. Nun denn, Wir werden sehen. Nachdem, was ich bisher gehört habe, kann es eigentlich nur noch besser werden. Ich bin tatsächlich schon sehr gespannt, obwohl wir noch ganz am Anfang stehen. Meine Neugier wurde schon mal geweckt. Wer weiß, vielleicht wird am Ende auch mein Glaube wieder erweckt?

Unerwartete Hilfe

Nur gut, dass ich nach nur Vier Wochen Wartezeit einen festen Therapieplatz bekam. Und in den vier Wochen konnte ich auch jede Woche hingehen. Es waren nur immer verschiedene Tage und Zeiten. Immer dann, wenn gerade jemand anderes abgesagt hatte. Nach Ablauf dieser ersten vier Wochen begannen wir dann auch richtig über meine Probleme zu sprechen. So nach und nach kam dann auch alles wieder hoch. Meine ganze Kindheit und wie ich so geworden bin. Manches ist klarer geworden, vieles aber noch viel verworrener. Im Therapiezimmer hängt eine Collage an der Wand. Darauf sind Schmerzens und Leidenskinder aufgezeichnet.

Ich sollte meinen Schmerz finden. Den Namen meines Schmerzes. Aber wie? Irgendwie fand ich mich in allen "Leidenskindern" wieder. Ich fühle mich einsam, verlassen, unverstanden, nicht gewollt. Und ich litt immer noch an Heimweh.

Hinzu kamen noch Schuldgefühle.

Die alten, wegen des Unfalls meiner Schwester, die neuen, wegen meiner Trennung. Weil ich meine Kinder bei meinem Mann gelassen habe. Ich konnte sie nicht mitnehmen. Sie sind ja auch schon groß, zu der Zeit; 14 und 16 Jahre alt.

Außerdem wollte ich mich ja weiterhin um sie kümmern. Ihr Vater ließ mich nur nicht. Das hatte er ganz raffiniert eingefädelt. Mein "Großer" hatte mich zwei Tage vor meinem Selbstmordversuch eine „scheiß Bitch" genannt. Dem war gar nicht klar, wie gut er es bei seinem Vater hat. Ich hätte den beiden kein eigenes Zimmer mehr bieten können, ganz zu schweigen von einem ganzen Haus. Und finanziell wäre es ihnen bei mir trotz Unterhalt auch längst nicht so gut gegangen.

Bei meinem "Kleinen" stand die Firmung an, wenn er es überhaupt wollte. Ich hoffte es. Ich machte mir so allerlei Gedanken darum. Zum Beispiel, dass es bestimmt schwierig sein würde, einen Firmpaten zu finden, weil infrage kommende Verwandte seit unserem Umzug viel zu weit weg wohnten. Und mein Mann war schon lange aus der Kirche ausgetreten. Und mich würde er bestimmt nicht haben wollen. Dann wünschte, wir hätten mehr Kontakt. Ich hätte es gerichtlich erzwingen können, aber das wollte ich nicht. Ich konnte es auch gar nicht. Ich fühlte mich immer noch zu schwach für alles. Trotz der Gebete. Hinzu kam dann noch ein ganz neues Problem: Mein Retter und ich waren inzwischen fest zusammen - aber nicht so richtig. Wir wohnten im selben Haus, aber in getrennten Wohnungen. Abends Schlafen gingen wir meist in seiner Wohnung, weil er hatte ein Doppelbett; während ich nur mein altes Jugendbett besaß. Zu der Zeit weiß ich noch nicht so recht, was ich von dieser Beziehung halten soll. Ist das überhaupt eine Beziehung? Dann ist er auch noch Atheist aus Überzeugung. Er lässt mich aber in Ruhe mein Glaubensding machen. Und ich versuche auch nicht, ihn zu bekehren. Obwohl, ich würde schon gerne, jetzt, wo ich merke, wie sehr mir mein Glaube hilft. Dabei bin ich noch ganz am Anfang meines Weges und noch längst nicht zu hundert

Prozent überzeugt. Noch ist da nur eine vage Ahnung in mir. Sie bleibt auch vage, bis zu jenem Tag, wo wir in meiner Therapiestunde über Engel sprechen. Jeder Mensch hat von seiner Geburt bis zum Tod einen Engel an seiner Seite. Da musste ich natürlich fragen, wie es dann sein kann, dass manche Menschen trotzdem schlimme Dinge erleiden. Das ist so, weil der Engel zwar da ist, aber nicht eingreifen kann. Man muss ihn auch bewusst wahrnehmen und sich seiner Führung anvertrauen. Nach dieser Therapiestunde fühlte ich mich leicht und beschwingt wie eine Feder. Wieder zu Hause, habe ich sogleich meine Engel Karten gesucht. Die hatte ich mir schon vor Jahren zugelegt. Wie ich dazu gekommen bin, ist auch eine nette Geschichte. In meiner Ehe kriselte es damals schon. Ich hatte mir Jahre davor schon diverse Ratgeber zu Hilfe geholt. Darüber, wie Männer so ticken, wie man Partnerschaften wieder in Schwung bringt und so. Ich hatte den ein oder anderen Rat auch ausprobiert und es hatte tatsächlich funktioniert.

Aber nun war ich mit meiner Weisheit am Ende. Mein Mann hatte sich eine Arbeitsstelle in knapp 700 km Entfernung gesucht. Dabei hatten wir hier doch unser Haus gebaut. Die Kinder gingen hier zur Schule, hatten Freunde, spielten im Fußballverein. Und auch ich hatte hier meinen Verein, meine Freundinnen und Verwandte. Ein gutes soziales Umfeld eben. Er hatte das alles nicht. Er hatte nur seine Arbeit. Ich bin nicht mitgezogen, weil es nur für zwei Jahre sein sollte. Und ich hatte ja auch meine Arbeit. Ich brauchte nur noch ein Jahr, dann würde ich unkündbar sein. Das wollte ich nicht verschenken und meinen Anspruch auf Betriebsrente auch nicht. Überhaupt, ich war hier daheim. Er offensichtlich nicht. Eines Tages kam er an und teilte mir lapidar mit, dass er nach Hannover ginge. Da ich aus bereits genannten Gründen nicht weg wollte, führten wir erst einmal eine Wochenendehe, die zu Anfang auch ganz gut lief. Bis auf die Tatsache, dass meine beiden Jungs sich unaufhaltsam der Pubertät näherten und ich mich überfordert zu fühlen begann. Ich wollte es alleine schaffen, meinen Mann nicht mit meinen Alltagsproblemen belasten. Außerdem hätte er dann nur gesagt, ich solle einfach nachkommen. Und das wollte ich ja nicht. Jedenfalls, es war an Sylvester als wir uns um Mitternacht draußen mit den Nachbarn der gesamten Siedlung trafen. Wir machten mit Sektgläsern in der Hand unsere Runde. Und so kam es, dass ich bei zwei meiner Freundinnen im Haus landete. Sie zogen ihre Engelkarten und ich sollte auch eine ziehen. Ich hatte so etwas noch nie gemacht und hielt es für Spinnerei, ähnlich wie Blei gießen. Trotzdem tat ich wie geheißen und dann war ich doch erstaunt. Der Engel passte genau zu meiner damaligen Situation. Noch in der ersten Woche des neuen Jahres legte ich mir auch solche Karten zu und dann zog ich drei Karten. Eine für die Vergangenheit, eine für die Gegenwart und eine für die Zukunft. Und es war wieder die eine von Sylvester dabei. Bei fast 50 Karten erschien es mir als äußerst unwahrscheinlich, dass da nichts weiter dahinterstecken sollte. Das war bestimmt kein Zufall! Seither ziehe ich meine Engel immer wieder zu Rate. Sie haben mir auch immer geholfen. Trotzdem hatte ich zwischenzeitlich damit aufgehört. Ich weiß gar nicht warum. Nach dieser Therapiestunde, wo wir von Engeln gesprochen hatten, begann ich jedenfalls wieder damit. In Gedanken stellte ich meine Frage nach der Zukunft und hab dann Raguel gezogen. Auf der Karte stand:

Göttliche Ordnung

>Alles ist so, wie es jetzt sein muss.

Schau hinter den Schleier der Illusion und erkenne die eigentliche Ordnung.<

Ich las die Karte wieder und wieder. So oft, bis ich die Botschaft endlich verstand. Ich musste versuchen, den Schleier der Illusion zu lüften. Das würde ich hinbekommen. Aber was war damit gemeint, mit dem Satz:

Alles ist so, wie es jetzt sein muss; es herrschte doch gerade totales Chaos in meinem Leben, in meinem Kopf und in meinem Herzen. Für mich war gerade gar nichts richtig. Meine Gedanken und Gefühle überschlugen sich förmlich. Ich begann wieder unter Schlafstörungen zu leiden. Dann fing ich damit an, meine Gedanken und Gefühle aufzuschreiben. Das half. Sobald ich mir alles von der Seele geschrieben hatte, konnte ich wieder einschlafen. Anfangs schrieb ich nur für mich, später mit dem Hintergedanken, vielleicht einmal ein Buch daraus zu machen. Ich las auch sehr viel. Vorzugsweise Bücher die sich mit Gott und dem Glauben befassten.

Angefangen habe ich mit Pater Kentenich und Anselm Grün. Dann folgten zeitgenössische ganz normale Menschen wie Peter Seewald mit seiner Jesus Biografie und Gabriele Kuby mit ihrem Buch „Mein Weg mit Maria."

Es ist also doch noch möglich, in der modernen Zeit an Maria zu glauben. Nur mit diesem Beichten, da hab ich es immer noch nicht so recht. Die folgenden Wochen ging es mir dann immer besser. Am ersten April ist mir zum ersten Mal seit langem wieder nach Scherzen zu Mute. Früher habe ich am ersten April immer irgendjemandem einen Streich gespielt. Meist musste in der Arbeit wer dran glauben. Ja, damals war es noch schön auf der Arbeit. Das Betriebsklima passte. Wir waren fast wie eine Familie. Haben auch privat viel unternommen. Rad- oder Wanderausflüge, gemeinsame Abendessen oder Theaterbesuche. Ich dachte daran, in der nächsten Sprechstunde mal die Mobbing-Geschichte, die mir wiederfahren ist, zur Sprache zu bringen. Das hatte ich ja auch immer noch nicht aufgearbeitet. Damals hatte mich mein Hausarzt zwar auch zu einer Therapie geschickt, aber es gab keinen Platz und so hab ich nur Tabletten und einmal im Monat ein 10-Minuten-Gespräch bekommen. Als wir dann weggezogen sind, hab ich die Tabletten noch zu Ende genommen, sie dann aber abgesetzt, was im Nachhinein ein schwerer Fehler war. Aber ich konnte ja nicht ahnen, wie schlimm es wirklich um mich stand. Meine Engelkarten hatten mir ja geholfen. Und wahrscheinlich auch mein ganz persönlicher Engel. Wir machen jetzt, wo ich weiß, dass er immer da ist, alles gemeinsam.

Wir gehen gemeinsam durch die Stadt, arbeiten gemeinsam im Garten, freuen uns gemeinsam und trauern auch gemeinsam. Und nachts wacht mein Engel über meinen Schlaf. Ich habe diesen Engel auch schon gemalt. Ist jetzt kein Rembrandt geworden, aber doch irgendwie schön. Auf diese Weise fühle ich meinen Engel nicht nur, ich kann ihn auch sehen. Ich glaube nämlich, dass mir sein Aussehen von Gott selbst durch den Heiligen Geist eingegeben wurde.

>Eine schöne Vorstellung. Ich überlege ernsthaft, mir auch solche Engel Karten von Doreen Virtue zu besorgen. Sie ist eine hellsichtig begabte Psychotherapeutin, die sagt: „Erzengel sind sehr reale, machtvolle, konfessionslose Wesen. Sie sind direkte Boten des Schöpfers und helfen uns in allen Bereichen des Lebens." Als Einstieg in den Glaubensweg vielleicht gar nicht mal so schlecht. Ich glaube jedenfalls, dass es so für mich einfacher wird, als über Maria. Jetzt bin ich erst einmal gespannt, wie es weiter geht.

Wachsendes Vertrauen

Mein Vertrauen in Gott wächst kontinuierlich, doch dann erfahre ich, dass meine Therapiestunden bald um sind. Ich erschrecke. Aber ich kann Langzeittherapie beantragen. Das mache ich und sie wird genehmigt. Gott sei Dank! Das Beten tut mir gut. Dennoch tu ich es nicht regelmäßig. Irgendwie schaffe ich es nicht, das Gebet in meinen Alltag zu integrieren. Was ich aber inzwischen schaffe, ist, mehr Vertrauen in Gott zu setzen, wenn mich mal wieder die Existenzangst packt. Das Vertrauen geht inzwischen sogar so weit, dass ich den Sprung in die Selbstständigkeit wage. Wenn mich keiner haben will, dann arbeite ich eben für mich selbst. Und ich fange an, meine Tabletten zu reduzieren. Ich nehme ja Antidepressiva – zwei verschiedene, welche für die Nacht, zum Schlafen und welche für Tags zum Aufputschen. Die für Tags lasse ich inzwischen weg. Nachts brauche ich sie noch, weil sonst meine Gedanken nicht aufhören zu kreisen. Vielleicht sollte ich es da auch einmal mit beten versuchen. Obwohl ich nicht wirklich glaube, das Gott mein Geschäft zum Laufen bringen wird. Andererseits hat er mir nicht den Mut gegeben? Und meine Kreativität? Ich nähe Taschen aus alten Jeanshosen. Das mache ich schon viele Jahre. Aber bisher nur für mich selbst und Freundinnen. Meine Taschen waren als Geschenk sehr gefragt. Auf einem Adventsmarkt hatte ich dann sogar einmal welche verkauft. Also könnte es doch funktionieren, mit meinem Home Store, dachte ich. Ich machte mir dann auch noch eine Homepage für den Internetverkauf. In der Folgezeit ging es mir ganz gut. So gut dass wir in den Therapiestunden längst nicht mehr über meine Psychischen Probleme, sondern fast nur noch über Gott redeten. Inzwischen hatte ich mir eine kleine Marienstatue gekauft. Die steht jetzt da zwischen zwei kleinen Vasen, in der einen sind getrocknete Kräuter und Lavendel in der anderen getrocknete Rosen, davor ein kleines Teelicht und ein kleiner sitzender Engel.

Ich betete jetzt auch öfter, aber immer noch nicht täglich. Irgendwie fehlte mir die Zeit dafür. Immer war mir etwas anderes gerade wichtiger. Zum Beispiel das Buch von Peter Seewald. Es ist eine Biografie über Jesus. Ich finde es wunderschön weil es in Worten geschrieben ist, die auch ich verstehe. Es sind auch Auszüge aus der Bibel darin, die ich erst mal nicht verstehe.

Aber der Autor versteht es, alles zu erklären, im wahrsten Sinne des Wortes. Am Ende sehe ich wirklich klar. Besonders schön fand ich, wie er das "Vaterunser" quasi entschlüsselt. Und auch die in der Bibel enthaltene Zahlensymbolik, hat mich sehr fasziniert. Peter Seewald hat die Orte, an denen Jesus war, auch selbst bereist und beschrieben, wie er sich dort gefühlt hat und zwar so gut, dass ich es direkt mitfühlen konnte. Fast so, als wäre ich selbst dort gewesen. Alle meine Zweifel waren auf einmal nicht mehr da. Egal, welche Fakten diese ganzen Atheisten noch anbringen, die gegen Jesus und Gott sprechen, sie kommen nicht gegen die Fakten aus diesem Buch an. Ich wünschte ich könnte auch so schreiben und alles so gut erklären. Vielleicht kommt das ja noch. Es liefert viel Gesprächsstoff für meine Therapiestunden. Irgendwie ist es tröstlich für mich, dass ich jetzt einfach all meine Sorgen und Nöte bei Maria abladen kann. Sie ist meine Mittlerin und Ansprechpartnerin, weil sie, genau wie ich, eine Frau, und vor allem Mutter ist. Sie versteht meinen Schmerz darüber, dass mein Ex-Mann mich meine Kinder nicht sehen lässt. Er stellt sich jetzt nicht direkt dagegen, er will sie nur nicht zum Umgang mit mir zwingen und wenn sie nicht wollen, dann ist das ihre Entscheidung. Er redet nicht gegen mich, das behauptet er jedenfalls, aber auch nicht für mich. Das macht mich fertig und zugleich zornig. Wieder so ein zwiespältiges Gefühl, fast schon paradox. Ich mag dieses Gefühl nicht!

Es soll weggehen! Beten half mir immer nur kurzzeitig. Also holte ich mir weitere Bücher.

Als nächstes wieder eines von Seewald:

"Als ich wieder zum Glauben fand."

Na das passt ja wie die Faust aufs Auge!

Ich tauchte förmlich darin ein. Dieses Buch hat mich darin bestärkt, dass auch ich es schaffen kann. Ich musste dazu keine Heilige oder Märtyrerin werden. Schön.

Dann las ich: "Die kleine Teresa"

Auch ein schönes Buch, aber mit Teresa kann ich mich nicht identifizieren. Mit Peter Seewald durchaus. Er ist ein ganz normaler Mensch und ein Zeitgenosse. Und er hat, wie ich, ganz von vorne angefangen. Katholisch aufgewachsen, als Erwachsener Gott ad acta gelegt und jetzt wieder neu entdeckt. Und jeden Tag gibt es auch für mich etwas Neues zu entdecken. Vor allem lege ich meinen Fokus auf die schönen Dinge und die Wunder, die um mich herum geschehen. Egal, was die Wissenschaft wieder mal neues entdeckt, irgendwie fehlt immer die allerletzte Erklärung, die mich in dem Glauben bestärkt, dass da doch ein Gott seine Finger im Spiel hat. Doch schon wenige Tage später kommt der erste große Rückschlag. Es übermannten mich Zweifel, nur weil ich wieder so einen Bericht auf YouTube angeschaut hatte. Daher fing ich dann an Bibelfilme anzuschauen. Ich finde sie schön und bombastisch aber auch beängstigend. Vor allem die über das Alte Testament. Wir sprachen in meiner Therapie darüber. Sehr geduldig wurde mir erklärt, dass Gott tatsächlich früher sehr zornig und strafend gewesen ist. Aber dann hat er Jesus auf die Welt geschickt und wurde ein gütiger und verzeihender Gott. Nur wie lange wird er sich dieses Chaos hier auf Erden noch ansehen?

Wenn das, was in der Bibel steht wirklich stimmt, dann ist eine erneute Sintflut längst überfällig.

Die ganze Welt ist ein Sodom und Gomorra.

Warum lässt ER das überhaupt zu? Das ganze Leid, den Hunger, die Kriege, die Seuchen?

Oder hat er uns das Ganze gar selbst geschickt?

Ist das schon der Anfang der Apokalypse?

Es gibt Menschen, die sagen, ja, das ist es!

Ich fühlte mich wieder klein und hilflos. Wie sollte ich allein mit meinen Gebeten die Welt retten? Und überhaupt, wieso sollte Gott ausgerechnet mir helfen? Ich gehe nicht in die Kirche, ich bete nur sporadisch und führe auch sonst kein besonders Christliches Leben. Jedenfalls nicht so christlich, wie ich denke, dass ich sein sollte. Irgendwie gottesfürchtiger, liebender, gebender. An den Bettlern gehe ich immer vorüber, schaue weg, wie so viele. Es sind auch so viele geworden inzwischen. Ich kann nicht jedem was geben. Ich müsste mich entscheiden. Das einzige, was ich tun kann, ist für diese armen Menschen zu beten. Wenn ich jetzt, wo ich darüber erzähle so nachdenke, dann scheint Gott wohl doch für sie zu sorgen. Es sind immer die Selben und wirklich verhungernd schaut keiner aus. Obwohl ich meine, es dürfte gar keine Bettler geben und auch keine Obdachlosen. Hier, mitten im reichen Europa! Es gibt alleine hier in meiner Stadt so viele leerstehende Gebäude. Und da bauen die Containerdörfer für Asylanten?! Einmal habe ich einem jungen Mädchen zehn Euro gegeben. Sie war gerade einmal 14 Jahre alt. Sie hat mir erzählt, dass sie von ihrer Mutter rausgeworfen wurde. Sie hatte keinen Schulabschluss und demzufolge auch keine Chance auf eine Lehrstelle. Was wohl aus ihr geworden ist?

>Jetzt muss ich den Redefluss meiner Erzählerin unterbrechen und frage warum sie meint, kein christliches Leben zu führen, wo sie doch augenscheinlich alles dafür tut.

Sie antwortet, dass sie eben nicht wirklich alles dafür tue. Das läge unter anderem daran, dass sie speziell mit einem Gebot so ihre Probleme hätte, nämlich dem Keuschheitsgebot.

„Die Körperliche Liebe ist für mich genauso wichtig wie Essen und Trinken", sagt sie.

Was mich zu der Frage bringt:

„Sex & Glaube; geht das überhaupt zusammen?"

Und sie antwortet, dass sie sich dieselbe Frage auch ständig gestellt hat. Sie hatte auch schon lange vorgehabt diese Frage einmal in ihrer Therapiestunde zu stellen, hat sich aber nie getraut. Sie hatte gehofft doch noch, ein passendes Buch, zu finden, was diese, doch etwas delikate, Frage klären würde.

Auf der Suche nach „meinem Weg"

Ein Buch habe ich mal mitgenommen, weil es von einer Frau geschrieben wurde, die in meinem Alter war und die von den selben Zweifeln wie ich, geplagt wurde. Und sie lebt in Bayern. Ich nicht mehr. Vielleicht fühle ich mich deswegen sofort mit ihr verbunden. Ich musste fast lachen, als sie ihre erste Wallfahrt beschreibt, wie sie im Bus sitzt und denkt: „was mach ich hier eigentlich?" Wie sie ihr erstes Beichtgespräch schildert. All das berührte mich in der Tiefe meiner Seele. Und es hat mich inspiriert, selber meinen Glaubensweg aufzuschreiben.

Es hat ein wenig länger gedauert, bis ich damit durch war, weil ich nach jedem Kapitel erst einmal nachdenken musste. Und immer versuchte ich Parallelen zu meinem Leben zu ziehen. Das war ganz leicht, weil es sich bei der Verfasserin wie bereits erwähnt, um eine Zeitgenossin mit ähnlichen Problemen handelte. Als ich dieses Buch von Gabriele Kuby dann zu Ende gelesen hatte, musste ich alles, wie zuvor auch schon, erst mal wieder sacken lassen. Und dann kam ich zu dem Fazit, dass wirklich und wahrhaftig zu glauben, und aus tiefstem Herzen auf Gott zu vertrauen, ein Kampf ist, der jeden Tag aufs Neue ausgefochten werden muss. Ich habe für mich beschlossen, dass mir ihr Weg doch zu radikal ist und ich meinen eigenen Weg finden musste. Was ich immer schon mal tun wollte, aber aus zeitlichen Gründen immer noch nicht geschafft hatte, war: pilgern.

Seit ich "Ich bin dann mal weg" gelesen hatte, wollte ich das tun. Ich hatte auch schon seit Jahren eine Jakobsmuschel und auch einen Pilgerpass. Die Geschichte, wie ich an die Muschel kam, ist ganz witzig. Eigentlich dachte ich zu diesem Zeitpunkt gar nicht ans pilgern. Ich war auf Heimaturlaub und besuchte einen alten Arbeitskollegen und Freund. Er führte mich durch seinen Garten und auf einmal, sah ich zwischen den Steinen, die ums Haus lagen, eine Jakobsmuschel. Und wie ein Blitz durchfuhr es mich, dass ich sie aufheben und mitnehmen sollte. Für ihn war sie nur Müll. Es lagen noch mehrere mehr oder weniger unversehrte Muscheln herum. Aber diese eine war noch ganz und sie hat genau die richtige Größe. Gleich nach meiner Rückkehr aus diesem Urlaub, habe ich ein Loch hindurch gebohrt und eine Lederschnur durchgezogen, um sie mir umhängen zu können, wenn es denn endlich so weit wäre.

Irgendwann sprach ich dann meinen Pilgerwunsch auch mal in meiner Therapiestunde an. Ich hatte mir zwischenzeitlich einen Film über den Jakobsweg besorgt und mehrmals angesehen. Er ließ meinen Wunsch, diesen besonderen Weg endlich selber zu laufen, mit jedem Mal weiter anwachsen. Gleichzeitig war mir aber auch bewusst, dass ich lieber erst einmal klein anfangen, und nicht gleich den großen Jakobsweg gehen sollte. Das bekam ich dann auch in meiner folgenden Therapiestunde zu hören. Von unserem Dom aus sei letztes Jahr ein alter Jakobsweg wieder erneuert worden und neu beschildert worden. Da dachte ich dann auch ernsthaft darüber nach. Eigentlich musste ich nur noch meine Wanderschuhe anziehen und losgehen. Aber immer wieder fand ich Gründe, warum es gerade jetzt nicht geht. Gerade jetzt ist es noch zu kalt. Morgen beginnt die Fastenzeit. Pilgern zu Ostern wäre zwar schön und passend, aber bestimmt wären mir zu viele Menschen unterwegs. Da musste ich noch viele Nächte drüber schlafen. Und dabei vergingen Wochen und Monate. Ich bin dann nicht gepilgert. Noch nicht. Irgendwie fand ich, war es noch nicht an der Zeit dafür. Der richtige Tag würde schon noch kommen.

Stattdessen habe ich dann ein neues Buch angefangen. Schon die ersten Seiten haben mir die Augen geöffnet: ich werde es nicht alleine schaffen…. und… Ich muss das auch gar nicht!

ER wird mir dabei helfen. Und ich kann mir aussuchen von wem ich mir helfen lasse. Von Maria, von Jesus, vom heiligen Geist. Und mein Engel begleitet mich sowieso immer und überall. ER ist mein Vater - unser aller Vater. Und er wartet auf mich. Er weiß, dass ich noch oft fallen werde, aber ich muss darauf vertrauen, dass er mich auffängt. ER wird mich tragen, so wie das Wasser mich trägt, wenn ich ganz still darauf liege und nicht herumzapple. Ich muss nur still sein, und nichts tun. Dann kann ich IHN erhören und erfühlen. Zuerst war das alles noch reine Theorie für mich. Aber ich wollte, dass es wahr würde. Ich wollte, dass ER mich erfüllt, mich trägt, mich auffängt. Nur fehlte mir dazu noch Vertrauen.

„Ich darf mich nicht weiter ablenken lassen, von wilden Geschichten und Dokumentationen, die besagen es gibt keinen Gott." Das sagte ich mir immer wieder laut vor. In der letzten Doku, die ich bis dahin gesehen hatte wurde behauptet, dass Gott ein Vulkan sei. Funde würden das belegen. Nun denn, dachte ich, Gott kann alles sein. Womöglich hat er sich einst den Menschen zuerst auf diese Weise gezeigt. Als Naturgewalt. Irgendwann, hat das nicht mehr gereicht und so kam er als Mensch zu uns. Als Gottessohn.

Jesus hat definitiv gelebt und er hat nachweislich Wunder vollbracht. Und Maria erscheint den Menschen heute noch; weltweit.

Und Ihre Botschaft ist überall dieselbe: betet und glaubt. Es gibt auch eine Marienstatue, die weint. Kein Wissenschaftler konnte bisher herausfinden, wie sie das macht. Es ist nachweislich kein Trick dahinter. Tagtäglich begeben sich Tausende zu den diversen Marienpilgerstätten und es geschehen dort auch Wunder, nur muss man Berichte darüber suchen. So etwas kommt nicht in den Abendnachrichten. Schade eigentlich, dachte ich dann. Dafür kam dann ein Bericht über einen pädophilen Priester. Und eine Tag später schon hörte ich beim Einkaufen ein Gespräch mit, wo es hieß, alle Katholischen Priester seien entweder schwul oder pädophil oder gar beides. Und das ausgerechnet , wo ich mich mit dem Gedanken trug, es doch mal mit der Beichte zu versuchen. Das letzte Mal war ich vor meiner Firmung beichten gewesen. Es war also schon ziemlich lange her und es hatte sich so einiges angesammelt. Und dann ist da ja auch noch die Sache mit dem bereuen und es nicht wieder tun. Jesus sagte ja damals zu Maria Magdalena: „geh und sündige fortan nicht mehr."

Außer Mord, habe ich jede Sünde begangen und begehe manche davon täglich immer noch.

Womit ich wieder bei der "Sex-Frage" angelangt war. Andererseits, wenn Gott uns so geschaffen hat, wie wir sind, dann kann es doch nicht gegen seinen Willen sein und somit auch keine Sünde, oder? Katholisch sein ist wirklich schwer. Ich fragte mich, ob es wirklich noch zeitgemäß ist. Andererseits, wenn keiner mehr an Gott glaubt, was geschieht dann? Ich fürchte, die Welt versinkt dann noch mehr im Kriegschaos. Und ist es nicht auch irgendwie tröstlich, zu wissen, dass man nicht allein ist? Vor allem, in der Todesstunde. Es ist ja noch nicht allzu lange her, wo ich selbst fast tot war. Nur gut, dass es mir nicht gelungen ist. Ich wäre dann in die Hölle gekommen oder zumindest ins Fegefeuer. Meinem Atheisten darf ich das nicht erzählen. Und wenn ich so darüber nachdenke, klingt es schon ein wenig verrückt, oder? Ich bin der Meinung, so lange ich keinem mit meinem Glauben schade, und ich niemanden wegen Nichtglauben oder Andersglauben diskriminiere, kann ich alles denken und glauben. Und ich meine auch, dass Kleidung nicht mit Glauben zu tun haben sollte. Kleidung ist da um uns zu bedecken und zu wärmen, nicht mehr und nicht weniger. Kopftuch oder Burka oder sonst eine Verhüllung, die ja eigentlich nur Frauen betrifft, hat politische Motive. Diese ganzen Diskussionen darüber regen mich unbändig auf. Auch das mit den Kreuzen in öffentlichen Gebäuden und Schulen. Die gehören dort nicht hin. Aus. Basta. Alles Mögliche wird privatisiert, warum nicht die Religionen? Womöglich ist es deshalb so schwer, weil wir schon von klein auf mit oder ohne Glauben aufwachsen und alles von den Eltern übernehmen. Wir kennen es nicht anders. Das Kreuz gehört einfach zum Christsein dazu; eine Wand ohne, wirkt erst einmal nackt. Das ist alles nicht so einfach.

Und kein Blitz hat mich erschlagen

Ich beschloss nach vielen wirren Gedankengängen, mich demnächst mit Religionen zu befassen. Nicht nur mit meiner, sondern mit allen. Auf einem Flohmarkt hatte ich einmal einen Bildband, der alle großen Weltreligionen genau beschreibt ergattert. Eigentlich für meine Kinder. Die haben damals aber beide nur kurz darin geblättert. Hatte ich das Buch überhaupt noch? Ich suchte danach und - Gott Sei Dank- ich hatte es bei meinem Auszug mitgenommen. Es war sehr interessant zu lesen und auf den Karten zu sehen, wie die verschiedenen Religionen entstanden sind, und wie sie sich verbreitet haben. Leider nicht das warum. Diese Informationen musste ich mir dann aus dem Internet holen. Natürlich brachten mich diese Infos wieder aus dem Gleichgewicht. Deshalb versuchte ich es doch wieder mit der Kirche. Meine Eltern waren, wie schon mal erwähnt, keine Kirchgänger gewesen, haben mich aber dennoch im katholischen Sinne erzogen.

Ich erinnere mich, dass sogar hin und wieder unser Dorfpfarrer bei uns zu Hause war. Im Nachhinein habe ich mal erfahren, dass es darum ging, ob meine Eltern kirchlich heiraten dürfen. Sie durften nicht, weil meine Mama geschieden war. Heute wäre das wahrscheinlich kein Hindernis mehr, weil die Kirche um jedes Mitglied kämpfen muss. Aber damals, in den Siebzigern war das halt noch so. Als Kind bin ich nur vor der Erstkommunion und vor der Firmung regelmäßig in die Kirche gegangen. Später dann nur noch zu Hochzeiten du Beerdigungen und als ich eigene Kinder hatte, zu Ostern und an Weihnachten. Ich absolvierte dann meinen ersten Kirchgang seit vielen Jahren. Ich war sogar im Dom. Dort fühlte ich mich anonymer. Das wollte ich damals so. Irgendwie wollte ich dazu gehören, aber dabei nicht auffallen. Als Kind hatte ich oft das Gefühl gehabt, alle würden mich anstarren. Ob ich schön angezogen bin, ob ich auch alles richtig mache und so. bei uns Katholiken ist das ja nicht so einfach. Da muss man aufstehen, wieder hinsetzen, wieder aufstehen, dann hinknien. Und das alles im richtigen Moment. Als Kind war das ganz schön anstrengend. Vor lauter darauf achten, was die anderen gerade machen, hab ich von der Predigt kaum je etwas mitbekommen. Andererseits halfen mir diese Rituale bei meinem ersten Dombesuch sehr. Es hatte sich nämlich nichts, aber auch gar nichts geändert. Es war, als wäre ich nie weg gewesen. Ich habe sogar an der Kommunion teilgenommen und war sehr erfreut, dass mich nicht gleich der Blitz erschlagen hat, weil ich nicht zuvor gebeichtet hatte. Prompt kam mir meine Erstkommunion wieder in den Sinn. Ich war in der dritten Klasse Grundschule. Religionsunterricht hatten wir bei unserem Pfarrer. Der las uns immer etwas aus der Bibel vor und wir durften dazu mit Buntstiften ein passendes Bild zur jeweiligen Geschichte zeichnen. Wir haben jede Woche in der Kirche die Zeremonie und die Lieder geübt. Und jede Woche mussten wir beichten. Ich wusste schon gar nicht mehr, was ich noch beichten soll. Welche Sünden kann eine 9-Jährige schon begehen. Ich hatte ja keinen umgebracht oder gestohlen, und unkeusch war ich schon gar nicht. Wie auch? Auch davon hatte ich noch keinen blassen Schimmer. Blieb meist nur "ich habe Vater und Mutter nicht geehrt", obwohl ich auch da nicht genau wusste, wie das gehen sollte. Manchmal hab ich vielleicht geschwindelt, aber auch nicht wirklich gelogen. Nun denn, die Erstkommunion war ein schöner Tag. Ich stand im Mittelpunkt, ohne so recht zu wissen, warum. Ich wurde mit Geschenken überschüttet, nur weil ich zum ersten Mal eine Oblate gegessen hatte. Wenn ich so zurückdenke, habe ich zwar die Worte gehört:" Das ist mein Leib..........", aber die tiefgehende Bedeutung blieb mir verborgen.

Wie auch immer, ich nahm mir fest vor, fortan öfter zum Gottesdienst zu gehen. Aber immer wenn dann Sonntag war, blieb ich doch erst mal lieber im Bett. Ich stellte fest, dass, Glauben auch manchmal unbequem ist. Es gibt Regeln und Termine zu befolgen und zu beachten.

Andererseits ist Gott nicht überall? Ich kann immer zu ihm beten, wann und wo ich will. Ich tu das gerne draußen in der Natur. Und nachts im Bett. Manchmal bevor ich einschlafe, manchmal, wenn ich nachts aufwache und nicht mehr einschlafen kann. Dann halte ich stille Zwiesprache mit IHM. Einmal bin ich tatsächlich während des Betens eingeschlafen. Ich habe mich dabei auf meine Atmung konzentriert. Vater unser – einatmen – im Himmel - ausatmen- usw.

Ich bin nicht mehr bis zum „Amen" gekommen.

Habe geschlafen, wie ein Baby. Traumlos und glücklich. Ich sollte das wieder einmal machen, da ich in letzter Zeit wieder schwer einschlafe. Warum nur vergesse ich das immer wieder? Wo es doch so gut funktioniert hat. Ich glaube, es ist ganz gut, meine Geschichte hier zu erzählen, damit ich mich selbst wieder mehr auf das Wesentliche besinne. Der Alltag lauert immer und überall und man wird schlampig und nachlässig.

Ich sollte wieder mehr mit gutem Beispiel vorangehen.

Nach und nach wurde es mit dem Beten immer besser.

Morgens kniete ich vor "meiner" kleinen Maria, zündete ein Teelicht an und betete. Immer noch nicht jeden Tag, aber mehrmals in der Woche. Ich hatte mir die kleine Statue schon zwei Jahre zuvor auf einem Markt gekauft. Ich hatte nicht viel Geld, aber schon auf dem Weg zu diesem Markt hatte ich mir vorgenommen, mir eine kleine Marienstatue zu kaufen, falls ich eine finden sollte. Und ich fand auch schon bald einen Stand, wo verschiedene Holzschnitzereien angeboten wurden. Ich zahlte 12€, aber für mich ist sie unendlich viel mehr wert. Sie hat so einen gütigen Blick, dass ich ihr wirklich alles sagen kann. Eine Freundin hat mir dann noch einen kleinen Marienanhänger geschenkt. Ich verwahre ihn seither in meiner Geldbörse, weil ich schon ein Kreuz und einen Engel um meinen Hals trage. Den Engel hatte ich als Kind von meiner Oma bekommen, ich glaube zur Erstkommunion. Lange Jahre hatte er in meiner Schmuckschatulle gelegen, bis, kurz nachdem ich meine Therapie begonnen hatte. Ich hatte gar nicht danach gesucht, wusste gar nicht mehr, dass ich so etwas überhaupt besaß. Ich hab beim Staubwischen einfach inne gehalten, die Schatulle ausgeleert, und da war er. Schon komisch, wenn ich jetzt so darüber nachdenke. Da ruht dieser Anhänger Jahrzehnte lang in dieser Schatulle und kaum sage ich: „ich will wieder glauben", da kommt er wieder zum Vorschein. Als hätte er meinen Ruf gehört. Das konnte kein Zufall sein. Das musste sich um göttliche Fügung handeln, wieder einmal. Kurz darauf kam dann auch mein ebenfalls schon lange vermisster Rosenkranz wieder zum Vorschein. Und meine ganzen Heiligenbildchen, die unser Pfarrer damals immer an die ganz braven Kinder verteilt hatte, auch. Alles kam so nach und nach wieder hervor, ohne dass ich direkt danach gesucht habe. Als wäre ich ferngesteuert, öffnete ich auf einmal diese oder jene Kiste, worin ich

Dinge aus meiner Vergangenheit aufbewahre. Wieso ? Und wieso jetzt? Das fand ich alles sehr mysteriös aber auch spannend.

Mysteriös trug sich auch folgende Geschichte zu: Auf einem Wochenendausflug ging meine Geldbörse verloren. Was war ich verzweifelt. Schon wieder. Knapp eineinhalb Jahre zuvor hatte ich schon einmal eine Börse verloren. Die Börse und das Geld waren weg, meine Karten hatte ich aber wieder bekommen. Ich war auf Heimaturlaub gewesen. An meinem letzten Tag bin ich nachmittags durch die Stadt gebummelt betrat auch das ein oder andere Geschäft. Erst am nächsten Morgen bemerkte ich dann den Verlust. Scheisse! Da war alles drin. Bahncard, Gesundheitskarte EC-Karte und Geld hatte ich auch noch frisch abgehoben. 200 Euro. Alles weg! Ein Freund lieh mir dann kurzfristig ein paar Euro und kaufte mir die Rückfahrkarte. Dann saß ich im Zug wie ein Häufchen Elend. Gesperrt hatte ich ja alles schon. Eigentlich konnte nichts passieren. Trotzdem. Ich fragte mich, wo ich sie verloren hatte. Mir kam der junge Mann in den Sinn, der mir kurz vor meinem Hotel geholfen hatte, meine Sachen aus der soeben gerissenen Tüte wieder einzusammeln. Ich hatte eine Papiertüte, und die war im Regen aufgeweicht. Und wirklich nur zehn Schritte vor meinem Ziel lagen dann alle meine Einkäufe auf der Straße verteilt. Ich hatte mich über die spontane Hilfe dieses Mannes so gefreut, dass ich nicht darauf geachtet hatte, ob er meine Börse eingesteckt hat. In der ersten Aufregung hab ich sie nicht einmal vermisst. Und wie ich so darüber nachdachte, klingelte mein Handy. Es war die Polizei dran. Ob ich denn was vermisse, fragt mich die nette Beamtin. Mir fiel ein wahrer Fels vom Herzen. Ich hatte diese Börse geliebt. Es stand Prada drauf. War natürlich nicht echt. Ein Urlaubs Souvenir. Daher, trotz Fälschung, von hohem Wert für mich. Doch nein, die Börse sei nicht da, aber jemand hätte meine Karten - und zwar alle - in einer kleinen Tüte im Regal eines Drogeriemarktes gefunden. Genauer gesagt die Putzfrau.

Ja, in einem Drogeriemarkt war ich zuletzt gewesen. Der junge Mann war unschuldig. Ich hatte die Börse wohl dort an der Kasse liegen gelassen. Ich wünschte trotzdem insgeheim der Person, welche meine Börse an sich genommen hat, die Pest an den Hals. Nicht wegen des Geldes, sondern wegen der Börse selbst. Vielleicht hätte ich Gott lieber danken sollen. Vielleicht wäre mir dann nicht schon wieder alles abhandengekommen. Wenigstens bekam ich diesmal alles wieder. Und ich glaube fest daran, dass das am Marienanhänger gelegen hat, den ich in der Börse hatte. Leider hab ich nicht fest genug geglaubt und alle Karten sperren lassen, was mich erhebliche Gebühren gekostet hat. Und das mir, wo ich doch auf jeden Cent schauen muss. Egal, in Zukunft würde ich besser aufpassen. Vielleicht hatte der Verlust meiner Börse auch einen bestimmten Grund. Es heißt ja auch, dass Gottes Wege unergründlich sind und sich der Sinn oft erst später zeigt. Womöglich sollte mir gezeigt werden, dass Gott am Ende alles zum Guten wendet, wenn ich ihn lasse. Und dass er mir hilft, wenn ich ihn darum bitte. Und das habe ich getan. Ich habe darum gebetet, dass ich meine Börse wieder bekomme und…ich wurde erhört. Mit dem Lottogewinn klappt das allerdings nicht! Das ist wohl ein zu weltlicher und egoistischer Wunsch. Obwohl, diese Geschichte gut ausgegangen ist, befielen mich   weiterhin immer wieder Zweifel und Ängste. In der Bibel steht wir sollen uns keine Sorgen darum machen was wir anziehen sollen, was wir essen sollen und überhaupt. Gott würde für uns alle sorgen. Aber wenn ich meinen schwindenden Kontostand betrachtete, bekam ich es doch mit der Angst zu tun. Ich glaubte nicht, dass Gott mein Konto wieder auffüllen würde. Daran zweifle ich heute noch. In Biblischer Zeit gab es noch kein Girokonto. Es gab keine Strom- oder Gasrechnungen zu begleichen. Und obwohl es all den ganzen "Fortschritt" noch nicht gab, glaube ich, dass die Menschen damals glücklicher und zufriedener waren, als sie es heute sind. Sie lebten von der Hand in den

Mund und die jungen sorgten für die Alten. Irgendwie ist alles total durcheinander geraten. Und in diesem ganzen Durcheinander fiel mir wieder ein Buch in die Hände, als hätte es auf mich gewartet:

"Suche den Frieden und jage ihm nach"

Der Titel erschien mir widersprüchlich.

Wie kann ich Frieden finden, wenn ich ihm nachjagen muss? Andererseits hatte mir dann das was ich anfangs darin gelesen hatte, etwas von meiner Angst genommen. Es ist von echter und falscher Demut die Rede. Den Unterschied musste ich selbst noch erfahren. Es ist zwar beschrieben, worin dieser Unterschied liegt, aber ich konnte es mit meinem Herzen noch nicht begreifen. So wie ich Gottes unermessliche Güte, Barmherzigkeit und Allmacht noch nicht begreifen konnte. Was ich langsam zu begreifen beginne, ist die Tatsache, dass ich sündig bin und auch bleibe und nur Gott selbst mich davon befreien kann. Aber diese Befreiung muss ich selbst wollen. Ich sage „Ja" zu Gott, aber dieses

„Ja" kommt noch nicht aus tiefstem Herzen; es ist noch zu zaghaft. In meinem Kopf spuken noch zu viele schlechte Gedanken herum. Zum Beispiel, dass ich nur im Kloster sündenfrei leben kann. Und das will ich nicht. Ich fühle mich so klein und unbeholfen. Wie kann ich kleines Würmchen etwas an dieser schlechtgewordenen Welt ändern? Ich soll beten. Nicht nur für mich - sondern für alle. Ich lese, dass Gott die Leiden zulässt, damit wir demütig werden und daran glauben dass ER letztendlich alles zum Guten wenden wird. Das ist sehr, sehr schwer, und eigentlich nicht zu schaffen. Nicht alleine. Trotzdem soll ich nicht aufgeben und es immer wieder versuchen. Ich muss am Ball bleiben! Genau! Wenn ich es als Ballspiel betrachte, und ich in der Gottesmannschaft mitspiele, dann kann ich eigentlich nur gewinnen, oder? Nur welches Ballspiel spielt der liebe Gott? ER ist der Schiedsrichter. Aber auf welcher Position bin ich dabei? Das herauszufinden wird nicht einfach. Hoffentlich bekomme ich keinen Platzverweis.

Von Lust und Schmerz

Doch am Ball zu bleiben erwies sich als gar nicht so einfach. Ich bekam meine Lust einfach nicht aus dem Kopf. Sie war da. Und je mehr ich versuchte nicht daran zu denken, desto stärker wurde sie. Wie machen das denn alle anderen? Wie haben es die ganzen Heiligen gemacht? Davon war bisher in keinem der Bücher, die ich bis dato gelesen hatte, die Rede. Ist es nun wirklich eine so schlimme Sünde oder darf ich das? Wie gehe ich damit um? Da kursieren Gerüchte, Jesus wäre mit Maria Magdalena verheiratet gewesen, sie hätten sogar Kinder gezeugt. Dann gibt es die andere Seite, vor allem die katholische Kirche, die das vehement bestreitet. Aber warum denn? Ist es denn nicht geradezu menschlich und natürlich, einander auch körperlich zu begehren und zu lieben, nicht nur geistlich? Ich selber würde jetzt nicht sofort von meinem Glauben abfallen, wenn herauskäme, dass es wirklich so gewesen ist. Im Gegenteil. Ich wäre geradezu erleichtert.

Weil dann wäre ich endlich hundertprozentig sicher, dass Gott mich so liebt, wie ich bin. Mit all meinen Fehlern und trotz meiner Sünden, weil Jesus war ja genauso. Aber so fühle ich mich unvollkommen und unwert. Nicht nur Gott gegenüber. Und dann kommen wieder Kommentare vom Papst, wo ich denke „hä?! Was soll das denn jetzt?" Wie, als er mal sagte: „…. sie sollen sich nicht wie die Karnickel vermehren." Das hat mich erst einmal wieder total aus meinem Konzept gebracht, wo ich sowieso nicht so der Papst Fan bin, selbst da nicht, als wir Bayern Papst waren. Aber ich glaube ja nicht alles gleich und hinterfrage erst einmal. So auch in diesem Fall. Im Internet gab es die komplette Rede zu lesen und danach war klar dass dieser Satz von den Medien komplett aus dem Kontext gerissen worden war. Somit war der Franziskus nochmal davongekommen. Trotzdem, ein Fan des Vatikan werde ich wohl niemals werden. Allein wenn ich daran denke, wie es manche aus dieser Papstzunft getrieben haben. Nämlich ziemlich bunt.

Dagegen bin ich ja wieder harmlos. Vielleicht ist ja doch noch nicht Hopfen und Malz mit mir verloren. Ich habe inzwischen auch endgültig eine Antwort auf meine Frage ob und wie Lust und Glaube zusammen gehen. Natürlich fand sich die Antwort wieder in einem Buch, das wie alle anderen Bücher wieder durch Zufall zu mir gelangt ist: "Das Geheimnis der Begegnung" Es ist von Pater Anselm Grün und es geht darin um verschiedene Themen, den Glauben betreffend, aber es wird darin auch das Thema Erotik aufgegriffen. Ein Ausschnitt aus der Bibel macht auf einmal alles klar für mich. Hätte nie gedacht, dass so etwas darin zu finden ist.

>...*Seine Linke liegt unter meinem Kopf, seine rechte umfängt mich. Bei den Gazellen und Hirschen auf der Flur beschwöre ich euch, Jerusalems Töchter: Stört die Liebe nicht auf, weckt sie nicht, bis es ihr selbst gefällt* < Hohelied 2,6 f
Das Hohelied der Liebe beschreibt die Erotik zwischen Mann und Frau. Es sind wunderbare Lieder der Erotik die die Bibel uns vorsingt. Man

spürt diesen Liedern die Freude an der erotischen Liebe an. Die Sänger dieser Lieder preisen letztlich Gott, der den Menschen die Liebe geschenkt hat. Gott hat den Menschen in der erotischen Liebe sein größtes Geschenk übergeben, so schreibt Pater Anselm Grün.

Noch etwas habe ich darüber gelesen:

> die Kunst der Erotik möchte dich in die Kunst des Liebens einführen, in der es nicht darum geht, den anderen zu besitzen, sondern *miteinander Liebe zu sein;* und durch die menschliche Liebe die Urliebe- Gott selbst- zu berühren.

Die Erotik lehrt dich aber auch die Kunst des erotischen Spiels. Weil du deinen Partner liebst, werdet ihr nicht müde, diese Liebe in spielerischer Weise auszudrücken und euch so aneinander zu freuen. In dieser Freude freut sich Gott selbst mit, der der Grund aller Liebe ist und uns die Liebe als größtes Geschenk überlassen hat. Indem Menschen sich aneinander freuen, sollen sie zugleich Gott für diese erotische Freude aneinander danken…

... so ist in der Erotik immer schon die Sehnsucht vorhanden, in der Liebe zum Mann oder zur Frau, Gottes Liebe und Schönheit zu berühren. Nur wenn die Erotik für die spirituelle Dimension offen ist, wird sie die Menschen in der Ehe und in der Freundschaft, dauerhaft beglücken.

Somit ist für mich nun einiges klarer geworden: Ich bin gar nicht so sündig, wie ich dachte.

Danke Gott, für die Liebe. AMEN

Ja, Amen

denke auch ich, nachdem meine Erzählerin für heute mit dieser Geschichte endet. Endlich konnte die Frage aller Fragen geklärt werden. Nicht nur für sie. Auch ich hatte mich das schon so manches Mal gefragt. Jetzt spüre ich förmlich, wie es vorangeht. Bei uns beiden. Immer öfter fühle ich mich wie sie. Mal genauso verloren und dann wieder voller Hoffnung und voller Liebe. Immer mehr wächst in mir das Bedürfnis den selben Weg wie meine Erzählerin zu beschreiten. Aber noch wage ich es nicht. Ich will noch mehr darüber erfahren. Noch bin ich nicht überzeugt, dass es möglich ist. Ich bin auf alle Fälle gespannt, was sie mir noch erzählen wird. Tags darauf geht es auch schon weiter. Bei einer Kanne Tee sitzt sie mir wieder gegenüber und erzählt:

Ich gehe regelmäßig zur Kirche, nehme an der Kommunion teil, immer noch ohne Beichte, und immer noch hat mich kein Blitz erschlagen.

Das amüsiert mich schon etwas. Ich denke, der Priester würde sagen, ich nehme meinen Glauben nicht ernst. Doch, das tue ich!

Ich versuche das Ganze nur Zeitgemäßer zu gestalten. Ich will mich schon auf Gott einlassen, mich selbst dabei aber nicht verlieren. Das ist eine wahre Gratwanderung. Mein lieber Atheist bringt mich auch immer wieder von meinem Weg ab. Er tut das meist unwissentlich. Wobei, wenn ich ganz ehrlich bin, dann benutze ich ihn auch oft als Alibi. Ich sage mir dann selbst, ich könne heute nicht zur Kirche, weil es ihm nicht gut geht und ich ihn nicht alleine lassen will. Oder ich verschiebe mein Gebet, weil er gerade da ist und ich es nicht vor seinen Augen tun will, und am Ende vergesse ich es ganz. Dann ist es manchmal so, dass ich etwas erzähle, zum Beispiel, dass ich mir einen Film über Jesus angesehen habe und er lächelt nur milde, so als wolle er damit sagen:

„Du und dein Jesus, ihr beiden seid mir schon welche." Und dann überlegte ich, ob er nicht doch Recht hatte und fing selbst wieder an zu zweifeln ja ich haderte sogar mit Gott. Manchmal war ich sogar regelrecht zornig mit IHM. Das war definitiv eine Sünde, und die Strafe dafür folgte auf dem Fuße. Es heißt nicht umsonst:

kleine Sünden straft der liebe Gott sofort.

Es war nicht gleich sofort, weshalb mir der Zusammenhang erst später klar wurde, als ich alles in mein Glaubenstagebuch notierte und das vorangegangene nochmal las.

Und dann kam der Tag, an dem diese Frage beantwortet wurde:

Der Schmerz war wieder da - mein Schmerz.

Und der damit verbundene Wunsch zu sterben –

einfach einzuschlafen und nicht mehr aufzuwachen, nur damit dieser Schmerz endlich aufhört und nie mehr wiederkehrt. Ich spürte ihn körperlich, direkt von wo er immer kommt: im Herzen. Es tat so weh. Als würde ein Messer darin stecken und auch noch umgedreht. Ich schrie, ich weinte lauthals und flehte um Erlösung. Ich habe den schmerzhaften Rosenkranz gebetet und darum dass, Maria den Schmerz von mir nehmen möge. Dann betete ich den Barmherzigkeitsrosenkranz zu Jesus. Dabei flossen meine Tränen in Strömen. Irgendwann verkroch ich mich dann in mein Bett, weinte unaufhörlich weiter, Unfähig zu trinken, zu essen oder auch nur auf die Toilette zu gehen. Dann schickte ich noch ein Stoßgebet direkt zum lieben Gott:

„lieber Gott, lass den Schmerz aufhören, bitte!"
Und siehe da, er hörte tatsächlich auf.

Aber dann, nur wenige Tage später, war er plötzlich wieder da. Ich war allein zu Hause. Wo sollte ich auch hingehen? Ich hätte einen Freund, anrufen können. Aber ich dachte, wenn ich immer wieder wegen derselben Geschichte dort antanze, mich ausweine und dann wieder gehe, wird er immer weniger verstehen, warum ich dorthin zurückkehre, wo mir ständig wehgetan wird. In meiner Therapie wurde mir gesagt, ich müsse mich meinem Schmerz stellen, wenn er kommt, und ihn nicht wieder verdrängen. Nur dass er ausgerechnet zu dem Zeitpunkt hochkam, wo am nächsten Tag die Therapiestunde ausfiel, war kein sehr gutes Timing. Aber vielleicht hat Gott das ja mit Absicht so eingefädelt. Damit ich gezwungen bin, es alleine durchzustehen?

Ich schrieb dann folgendes in mein Tagebuch:

>Find ich echt scheisse lieber Gott, aber das weißt du ja sicher. Ich frage mich, wofür Du mich strafen willst? <

Sünden hatte ich ja genug begangen. Aber auch schon genug dafür gelitten, dachte ich jedenfalls. Und dann sage ich laut: „Was willst Du von mir?"

Mir war übel, ich konnte nichts essen. Trotzdem habe ich gekocht und auch eine kleine Portion zu mir genommen. Aber geschmeckt hat es mir nicht. Mein Freund hat dann noch gesagt, er fühle sich schlecht, weil ich mich schlecht fühle und dass er das nicht möchte. Aber dass ich mich nur schlecht fühle, weil er mich wegen einer Nichtigkeit angeschrien hat, hat er nicht gesehen. Als ich dann in der folgenden Therapiestunde davon erzählt habe, bekam ich anstatt Trost zu hören, ich solle nicht jedes Mal die Schuld bei ihm suchen, weil er ja nur so ist, weil er auch einen Schmerz hat. Super, er durfte seinen Schmerz haben und ich sollte für uns beide beten. Das war ganz schön kräftezehrend. Ich hoffte nur, der Aufwand würde sich lohnen. Vielleicht sollte ich um mehr Kraft beten? Ich dachte noch: „Vielleicht will Gott auch nur meinen Glauben auf die Probe stellen, wie einst bei Abraham, als er von ihm verlangte, seinen Sohn Isaak zu opfern. In diesem Fall, hoffte ich, dass mein Widder bald um die Ecke käme. Irgendwie scheine ich noch ein Egoismus Problem zu haben, so dachte ich. Und dann: „Was genau ist überhaupt Egoismus?" Ich meinte damit nicht die Definition, die kannte ich.

Ich wollte wissen, ab welchem Zeitpunkt man von Egoismus redet. Ist es egoistisch von mir, zu wollen, dass mein Schmerz nie wiederkehrt? War es egoistisch von mir, diese Ehe, die keine mehr war, zu verlassen? Mein Jüngster würde bald wieder Geburtstag haben. Ich dachte schon seit Tagen nur noch daran. Seit ich von meinem Mann getrennt bin, habe ich kaum mehr Kontakt zu meinen beiden Söhnen, obwohl ich nur ein paar Straßen weiter gezogen war. Ich war ja nicht aus der Welt und dachte daher naiver Weise, ich könnte mich ja trotzdem weiterhin um sie kümmern und für sie da sein. Aber sie wollten mich nicht mehr denn ich war die Böse - die, die gegangen ist. Ich habe mich immer um ein gemeinsames Gespräch bemüht, aber mein Mann hatte geblockt. Irgendwann dachte ich dann, dass ist nun Gottes Strafe für mich weil ich die Ehe verlassen habe. Dabei waren wir nie kirchlich getraut. Ich konnte also gar nichts brechen, weil vor der Kirche diese Ehe nie bestanden hat. Das hat mein Gewissen beruhigt, aber nicht den

Schmerz von mir genommen, den ich fühle, weil ich meine Kinder nicht sehe. Schlimmer noch, sie wollen nichts mit mir zu tun haben. Dabei hätte ich ihnen so viel Wichtiges zu sagen. Lebenswichtiges sogar: Vergesst Euren Glauben nicht und die Liebe, die größte Macht.

Genau wie die Menschheit nichts mit Gott - unserem Vater zu tun haben will und noch weniger mit unser aller Mutter: Maria. Sie fühlt meinen Schmerz um ein vielfaches. Und ich kann ihr meinen Schmerz noch aufladen. Und so wie ich zu ihr und zu Gott zurückgefunden habe, kann ich hoffen, dass meine Kinder eines Tages zu mir zurück finden werden. Ich bete täglich darum, dass sie ihren Weg finden und Gott sie leiten und beschützen möge. Manchmal funktioniert das auch, aber an diesem einen Tag gerade mal wieder nicht. Aber das war wohl wieder eine Prüfung für mich. Trotz meines Schmerzes die Hoffnung und den Glauben zu behalten; nicht aufhören mit dem Gebet, und sei es auch noch so kurz. Und wieder einmal fragte ich mich:

Was will Gott von mir? Was ist meine Aufgabe? Warum lässt er mich so leiden? Wobei, leiden ist wohl etwas übertrieben. Da gibt es eine Unmenge anderer Menschen, die wirklich leiden. Ich wünschte mir einfach nur, dass meine Kinder mich lieben, so wie ich sie liebe, wie jede Mutter sich das wünscht. Und weil das nicht so ist, fühle ich mich unwohl. Dabei sollte ich froh sein, dass sie gesund sind, und es ihnen an nichts fehlt. Außer am Glauben. Sie sind zwar beide getauft und haben sich firmen lassen. Aber gläubig zu leben haben sie nicht wirklich gelernt. Obwohl: es hängt ein Kreuz im Esszimmer und jeder hat sein kleines Kreuz über der Tür im Kinderzimmer bekommen. Aber ob die da immer noch hängen? Mein Mann ist ja aus steuerlichen Gründen aus der Kirche ausgetreten Im Gegensatz zu mir hat er sich keinerlei Gedanken darum gemacht, was dieser Austritt für Folgen nach sich zieht. Wo wird er mal beerdigt werden? Ich finde den Gedanken ohne Priester sterben zu müssen schrecklich. Ganz alleine, ohne Begleitung. So bin ich. Ständig mache ich mir Gedanken um andere. Um mich selbst schon auch, klar; hin und wieder kommt mein Egoismus noch durch. Aber er wird weniger. Möglicherweise ist es auch gar kein Egoismus, sondern nur die Angst davor, mein ICH aufgeben zu müssen. Aber genau das muss ich tun, damit Gott sich in mir ausbreiten kann. Nur so kann Gott in mir und - durch mich - wirken. Und ich muss darauf vertrauen, dass ich nicht verloren gehe, wenn ich mein ICH aufgebe, sondern mein wahres ICH mich erfüllen wird. Das ist sehr schwer zu begreifen. Es ist schwer etwas aufzugeben für etwas, das man gar nicht kennt. Noch schwerer ist es, dass ich auch nicht weiß, was ich aufgebe, weil ich mich selbst gar nicht kenne. Ich gebe quasi etwas Unbekanntes für noch etwas Rätselhafteres auf. Ich glaube nicht, dass ich dafür schon bereit bin. Womöglich werde ich niemals bereit dafür sein. Aber mir wurde gesagt, so lange ich es nur immer wieder versuche, ist alles gut. Gott sieht meine Bemü-hungen. Also ging ich den nächsten Schritt und schloss mich einer Gebetsgruppe an. Fast hätte ich das erste Treffen, es war ein spezieller Ostergebetstag, verpasst. Zum ersten Mal, seit es die Zeitumstellung gibt, hatte ich vergessen, meine Uhren umzustellen. Irgendwie hatte ich das diesmal überhaupt nicht mitbekommen. Den Morgen danach hatte ich kurz etwas gestutzt, weil die Uhrzeit auf meinem PC nicht mit der Wanduhr übereinstimmte, das war es aber auch schon. Und an besagtem Gebetstag um kurz nach 14 Uhr ruft mich die Leiterin der Gebetsgruppe an, ob ich denn noch zur Gebetsstunde kommen würde. War mir das peinlich. Aber sie haben auf mich gewartet. Und ich bin sehr froh darüber. Es war sehr schön gemeinsam zu beten und zu singen. Ich singe sehr gerne und überlege schon lange, ob ich nicht einem Kirchenchor beitreten soll. Aber dann denke ich wieder, dass ich nicht gut genug dafür bin. Obwohl ich als Kind im Schulchor mitgesungen habe. Das ist auch so ein Problem von mir: immer zu denken, ich wäre nicht gut genug. Das fließt wohl auch in meine

Bewerbungen mit ein und wenn ich dann wieder eine Absage bekomme, fühle ich mich auch noch darin bestätigt. Sie haben mich nicht genommen, weil ich nicht gut genug bin, weil jemand anderes besser ist. Inzwischen habe ich es aufgegeben - habe MICH aufgegeben. Langsam bekommt mein Schmerz einen Namen. Es ist immer wieder derselbe Schmerz. Ich erfahre, dass dieser Schmerz, diese meine Herzenswunde, dieselbe ist, die Jesus trägt. Mein Schmerz ist das Unge-liebt-sein, das Weggestoßen-werden. Auch Je-sus wird nicht mehr geliebt, auch er wird von den Menschen weg gestoßen. Gemeinsam können wir diese Wunde heilen. Damit aber diese Hei-lungsarbeit geschehen kann, muss ich meinen Schmerz zulassen, wenn er wieder auftaucht. Aber genau das macht mir Angst. Ich habe Angst, dass ich es nicht schaffe, wieder aus mei-nem Schmerz herauszukommen, wenn ich mich hineinfallen lasse. Was, wenn mich dann wieder Selbstmordgedanken überfallen? Und was, wenn mein Atheist dann nicht rechtzeitig zur Stelle ist?

Oder er keine Lust mehr hat, mich immer wieder zu retten. Die Vorstellung, gemeinsam mit Jesus Heilung an mir geschehen zu lassen, klingt schön. Aber ob ich den Schmerz noch einmal ertragen will, das weiß ich noch nicht. Nun, wenn ich es nicht versuche, werde ich es auch nie erfahren, dachte ich dann und freute mich auf meine erste gemeinsame Gebetsstunde. Sie fand in der Praxis statt. Ich wusste nicht, wer und wieviele dabei sein würden. Vielleicht würde sich daraus ja eine Freundschaft ergeben. Neue Hoffnung keimte in mir auf. Ob sie sich erfüllen würde, musste sich erst noch zeigen. Ich war jedenfalls bereit und offen für alles. Gott wird schon wissen, was er tut. Ich musste mich nur vertrauensvoll in seine Hände begeben, mich seiner Führung überlassen. Das ist zu dieser Zeit noch nicht so einfach für mich. Es war alles noch ganz neu. Ich entdeckte nicht nur Gott sondern auch mich. Alles begann in einem völlig neuen Licht zu erscheinen, ja sogar überhaupt erst zu erscheinen. Langsam wich die Dunkelheit.

Alltagssorgen und Erfahrungen

Das Thema dieser ersten Gebetsstunde war: Barmherzigkeit. Fazit nach dieser Stunde:

Wir sollen wieder mehr Barmherzigkeit üben, auch gegenüber uns selber. Das ist nicht einfach. Für mich stellt sich nämlich die Frage wo Barmherzigkeit aufhört und Egoismus anfängt. Es besteht auch die Gefahr in Selbstmitleid zu verfallen. Ich googelte „Barmherzigkeit" und fand folgende Erklärung: milde, mildtätig, gnädig.

Damit konnte ich was anfangen. Ich sollte also gnädig mit mir selber sein. Ich dachte darüber nach, ob ich den ungnädig mit mir bin oder war.

Und ich stellte fest: ja, ich bin es - manchmal.

Zum Beispiel, wenn ich mir die Schuld für Dinge und Ereignisse gebe, für die ich eigentlich gar nichts kann. Das muss ich mir also abgewöhnen. Anderen gegenüber Barmherzigkeit zu üben, fällt mir leichter. Ich fluche seither nicht mehr beim Autofahren, wenn jemand zu langsam fährt oder nicht blinkt bevor er abbiegt. Und wenn sich jemand seltsam verhält oder spricht, dann denke ich nicht mehr: "was für ein A...." Nein, ich denke, der oder die Arme, was hat der wohl schon durchgemacht, um so zu werden." Und das ist dann nicht ironisch gedacht. Überhaupt bin ich weniger zynisch als noch vor einem Jahr. Nur mein Schrecken, wie es in der Welt zugeht, wird immer größer. Und ich fühle mich so machtlos.

Dabei wäre es so einfach, würde die Menschheit wieder glauben und auch danach leben und frage ich mich: „wieso lässt Gott das alles zu? Ist das wirklich alles Satans Werk? Ist Satan so mächtig, dass er so viele Menschen auf seine Seite zieht?" Aber das ist wieder ein ganz anderes Thema. Mein aktuellstes Thema sollte ja Ostern sein. Was bedeutet Ostern speziell für mich? Als Kind war Ostersonntag, der Tag, an dem es Schokolade gab und noch irgendeine Kleinigkeit wie ein Ball, Rollschuhe, Federballschläger oder ähnliches. Jesus ist am Karfreitag gestorben, weshalb es kein Fleisch gab und im Radio spielte nur ruhige Musik und es herrschte Tanzverbot.

Am Ostersonntag ist er auferstanden und der Papst spendete den Segen Urbi et Orbi. In der Kirche war ich an Ostern noch nie. Doch, einmal mit meinen Kindern. Ich kann mich aber nicht mehr daran erinnern, wie das genau war. Ich beschloss am kommenden Freitag und am Sonntag in den Dom gehen. Als es dann Karfreitag war, ging ich nicht in den Dom, sondern nach St. Ansgar. Das ist eine kleine, schlichte Kirche nicht weit weg von dort, wo ich wohne. Ich habe mich in dieser kleinen Gemeinde auf Anhieb wohl gefühlt und war überrascht, wie viele jüngere Menschen an dieser Karfreitagslithurgie teilnahmen. Eigentlich hab ich es ja nicht so mit der Institution Kirche. Aber hohe kirchliche Feiertage gemeinsam mit Gleichgesinnten zu begehen, fand ich schon immer sehr schön. Vor allem das gemeinsame Singen und Orgelklänge liebe ich geradezu. Da saß ich nun und lauschte der Bibellesung aus dem Evangelium des Johannes. Anschließend wurde das Kreuz verhüllt hereingetragen, enthüllt und vorne hingestellt. Alle gingen nun der Reihe nach vorne, legten ihre Blumen am Kreuz nieder und berührten es sogar. Das habe ich nicht gewagt. Aber als ich an der Reihe war, kniete ich nieder, legte meine Blume unter das Kreuz und für einen kurzen Moment fühlte ich unendliche Trauer über SEINEN Tod. Mir kamen tatsächlich die Tränen hoch. Das war wie damals, als meine Oma gestorben ist, und ich eine Rose auf ihren Sarg legte. Als hätte ich einen nahen Verwandten verloren. Ich fragte mich, ob ich wohl am Ostersonntag Freude über SEINE Auferstehung fühlen würde? Der Sonntag war dann ein wunderschöner Frühlingstag. Die Sonne schien zwar noch nicht so richtig warm, aber angenehm. Ich fuhr mit dem Rad zur Kirche. Die beiden Damen von Karfreitag saßen wieder in derselben Bank und ich setzte mich wieder zu ihnen. Beide gaben mir sogleich die Hand und wünschten mir frohe Ostern. Die Kirche füllte sich nun ziemlich schnell und diesmal vollständig. So viele "Hallelujas" wie an diesem Tag, hatte ich lange nicht gesungen. Es waren durchweg fröhliche Lieder. Hinter mir sang eine alte Dame, herzerweichend falsch, dafür aber am aller lautesten und mit solcher Freude und Inbrunst, daß es die falschen Töne wieder vollkommen ausglich. Wie schon am Freitag, ging ich wieder zur Kommunion, obwohl ich immer noch nicht bei der Beichte gewesen war. Eigentlich kennt Gott ja alle meine Sünden und nur Er kann Vergebung üben. Wozu also der Umweg über einen Priester? In der Bibel habe ich noch nichts von beichten gelesen.

Ich denke, ich bin nur Einem Rechenschaft schuldig. In Gedanken habe ich auch schon Rücksprache mit IHM gehalten. Naja, nicht ganz. Nur ich habe gesprochen, ER hat noch nicht geantwortet. Nun, da mich wiederum kein Blitz erschlagen hat, als ich an der Kommunion teilgenommen habe, denke ich, es war o.k. Ich muss mich unbedingt mit jemandem darüber austauschen. Ich könnte ja erst einmal nur so mit dem Priester reden. Nur mit welchem? Da stehen mehrere zur Auswahl, die abwechselnd die

Sonntagpredigt abhalten: ein indischer, ein russischer oder polnischer, ein ganz alter und ein noch ziemlich junger Priester. Ich tendiere ja zu dem jungen Priester, aber ich trau mich noch nicht so recht. Und wo soll ich anfangen? Es ist alles noch viel zu neu und so wirr. Andererseits könnte ich durch ein Gespräch mit einem Priester vielleicht endlich mehr Klarheit erlangen?

Ich weiß es noch nicht und bleibe wohl besser erst einmal beim Schreiben; und beim Lesen.

Als mich wieder einmal meine weltlichen Gefühle und Wünsche überrollen, fällt mir folgendes Buch in die Hände: "Mit Gott durch dick und dünn".

Anfangs fand ich es sehr hilfreich und anregend.

Aber als ich so darüber nachgedacht habe, fiel mir auf, dass es wieder von einem Menschen geschrieben wurde, der sein Leben voll und ganz Gott verschrieben hat. Es handelt von einer Frau, welcher im KZ Jesus erschienen ist. Und nachdem sie das KZ lebend verlassen hat, hat sie ihr ganzes Leben danach ausgerichtet, dorthin zu gehen, wohin Gott sie gerade schickte um dort dann seine Botschaft zu verkünden. Gott hat immer rechtzeitig für das nötige Geld gesorgt, sie hatte immer Unterkunft und Essen. Und genau da liegt nun mein Problem. Ich glaube an Gott - wirklich, das tue ich. Aber für ihn alles aufgeben, was ich habe oder noch zu haben wünsche, das ist sehr, sehr schwierig. Ich habe auch nicht in einem KZ gelitten, mir ist noch niemals irgendetwas erschienen, auch nicht im Traum. Wirkliche Wunder habe ich auch nicht erlebt und ich kenne auch niemanden, der das hat. Außer die Geburt meiner beiden Kinder. Das war für mich beide male ein Wunder. Aber damit fange ich keine neuen Gläubigen ein, in Zeiten wo Eier eingefroren werden um später im Reagenzglas befruchtet zu werden. Also wie kann ich persönlich den Glauben wieder in die Welt tragen, ohne groß dafür reisen zu müssen? Wie kann ich das machen, ohne meinen Freund, der immer noch ein überzeugter Atheist ist aufgeben zu müssen? Obwohl eigentlich tut er mir nicht wirklich gut. Er hält mich eher fest und zieht mich mit sich hinunter. Andererseits hebt er mich wieder in den Himmel. Aber diese ständige auf und ab macht mich total fertig. Da wäre Gott schon beständiger. Trotzdem halte ich immer noch an der weltlichen Liebe fest. Es fühlt sich einfach zu schön an. Diese spezielle kribbeln habe ich bei Gottes Liebe einfach noch nicht empfunden. Und dennoch gibt es Menschen, die genau darauf abfahren. Wie beispielsweise die Nonnen, die sich sogar sich „Braut Christi" nennen. Die sind mit Jesus verheiratet, tragen sogar einen Ring.

Aber ist denen das wirklich genug oder liegen sie auch nachts mit juckendem Schoß im Bett und hoffen, dass ein Mann kommt und das beendet?

Für mich wäre das nur allzu menschlich. Wenn ich also in Göttliche Sphären aufsteigen will, muss ich wirklich alles Menschliche aufgeben?

Darf ich noch Lust verspüren und diese auch ausleben? Pater Anselm Grün hat ein Büchlein über Beziehungen geschrieben und darin auch ein Kapitel der Erotik gewidmet. Fand ich sehr interessant. Zwischen Eheleuten wäre das völlig in Ordnung, ja sogar erwünscht. Es gäbe in der Bibel sogar Psalmen, die sich speziell diesem Thema widmen. Das hatte ich alles ja schon einmal gelesen und somit sollte dieses Thema mal langsam vom Tisch sein. Aber da war immer noch mein Egoismus. Ich wollte einfach immer noch zu viel. Das heißt eigentlich wollte ich nur so viel Geld auf meinem Konto haben, dass ich, wenn ich alt bin, nicht irgendwo mal angebunden in meinem eigenen Dreck würde liegen müssen.

Aber Gott will, dass ich so auf ihn vertraue, dass er schon rechtzeitig für alles sorgen wird. Nur leider hat mich meine bisherige Erfahrung gelehrt, dass ohne Geld absolut nichts läuft. Es ist wie in diesem Psychospiel, wo einer sagt: "lass dich fallen, ich fang dich auf". Bei einem Menschen, den du siehst, mag das noch funktionieren, selbst wenn du ihn gar nicht kennst. Aber Gott ist unsichtbar. Wie also kann er mich auffangen? Und überhaupt, bin ich nicht viel zu gering? Bin ich nicht die Sünde in Person?

Soll heißen, ich habe schon jede Sünde - außer Mord- begangen und begehe so manche täglich wieder. Wieso also sollte ER mich auffangen?

Na gerade deswegen! Jesus ging auch zu den Sündern. Er sagte, der Arzt geht auch zu den Kranken und nicht zu den Gesunden. O.K. das verstehe ich wieder. Trotzdem ist mein Herz immer noch verschlossen, trotzdem klammere ich mich immer noch an Menschen und Dinge.

Wie kann ich mich loslösen von allem? Will ich mich überhaupt lösen? Was passiert dann?

Immer noch plagen mich zu viele Zweifel und immer noch gibt es so viele ungeklärte Fragen. Manchmal habe ich das Gefühl, wenn sich eine Frage beantwortet, wachsen dafür zehn andere nach. Ich wollte wissender werden, und werde mir stattdessen nur bewusster, wie unwissend ich doch bin. Es gibt noch viel zu tun und zu lernen. Womöglich würde das für den Rest meines Lebens nicht mehr aufhören.

Von Traurigkeit zu Stärke finden

Ich lese von Loslösen und hingeben und merke dabei, dass ich beides erst noch lernen muss.

Und dann ist da auch noch mein Geschäft.

Bald sollte die Eröffnung meines Ateliers sein.

Ich schrieb erneut meine Gedanken auf:

>Es ist Anfang Mai. Eigentlich ist heute ein schöner Tag. Trotzdem befällt mich gegen Abend wieder diese unendliche Traurigkeit. Irgendwie läuft alles schief. Meine Glieder sind schwer wie Blei. Nichts will so recht gelingen in meinem Leben. Dabei habe ich gerade heute mein neues Aushängeschild vollendet und gleich ins Fenster gehängt. Ich habe es fotografiert und gepostet. Es fand auch sogleich Anklang. Trotzdem will keine so rechte Freude darüber aufkommen. Kein Mensch will meine Taschen kaufen. Ich schrieb einer Bekannten und bat um Hilfe. Aber ich bekam nur Vorwürfe: ich solle endlich selbst Verantwortung für mich übernehmen etc. Dabei wollte ich doch einfach nur mal wieder ratschen.

Ja, zugegeben, auch ein wenig jammern. Bei meiner inzwischen verstorbenen Freundin durfte ich das. Wir tranken Kaffee, ich kotzte mich aus und alles war wieder gut. Es bedurfte keines weiteren Kommentars ihrerseits. Da sich meine Stimmung den ganzen Nachmittag über durch nichts heben lässt, mache ich einen Abendspaziergang über den Friedhof. Ausgerechnet. Aber komischerweise spenden mir die Toten Trost. Sie haben alles schon hinter sich. Mir geht das Lied "amoi segn ma uns wieda" durch den Kopf. Ich schaue zum Himmel auf und denke an meinen Papa. Sonderbarerweise nicht voller Trauer, sondern voller Hoffnung. Langsam geht es mir besser. Eine Hasenbande jagt sich zwischen den Gräbern. Ich muss schmunzeln. Oben in den höchsten Bäumen nisten die Saatkrähen. Ich schlage den entgegengesetzten Weg ein, um dem Lärm und eventuell herunterfallenden Vogel Kot zu entgehen. Schließlich Stille, bis auf ein paar Amseln. Ihr Gesang erheitert mich. Langsam trete ich nun den Rückweg an. Mein Schatz sitzt in der Küche. Auch er ist von Traurigkeit befallen und spricht schon seit Tagen kaum ein Wort mit mir. Ich kann ihn nicht herausholen aus seiner Finsternis, weil er nicht an Gott glaubt und schon gar nicht daran, dass Gott Licht und Freude spenden kann. Für eine Weile hatte selbst ich das wieder einmal vergessen. Einen kurzen Moment war ich geneigt ihn zu schütteln und anzuschreien, er möge mir doch endlich sagen, was los ist. Aber ich weiß, er kann es mir nicht sagen, weil er es selbst nicht weiß. Jetzt stehe ich wiederum vor der Frage, was ich tun soll. Soll ich meinen eigenen Weg gehen - ohne ihn; oder soll ich versuchen, ihn mit Gottes Hilfe mitzutragen?

Ist es da ein Wunder, dass ich traurig bin?

Die Traurigkeit scheint mein ständiger Begleiter zu sein. Ich kann nur nicht unterscheiden, ob sie von meiner Depression herrührt oder ob das auch noch zu meinem ganz persönlichen Schmerz dazugehört. Anfang Juni fasste ich dann folgenden Beschluss:

„Nie wieder lasse ich mich treten"!

Ich schrieb folgendes in mein Tagebuch:

Er will in Ruhe gelassen werden - kann er haben! Ich habe endlich begriffen, dass das "bleiben" – in der letzten Sonntagspredigt ging es darum - nicht auf ihn bezogen war, sondern auf mich. Ich soll mir selber treu bleiben. Meinen Wünschen, Hoffnungen und Träumen. Alles habe ich für ihn aufgegeben, nur weil ich dachte, er liebt mich. Aber das tut er nicht. Und ich kann ihm nicht vertrauen. Ab sofort vertraue ich nur noch auf Gott. Nur er weiß was gut für mich ist <

Es hatte lange gedauert, bis ich das begriffen habe und ich musste es auf die harte Tour erfahren. Ich hoffte, daß Gott jetzt, wieder etwas milder mit mir umgehen würde. Ich träumte davon wieder nach Hause in meine Heimat zu gehen. Ich betete darum, dass Gott es mir ermöglichen möge, dass er mir Helfer und das nötige Geld schicken möge, für den Umzug und zur Überbrückung, bis ich Arbeit hätte. So bescheiden war ich geworden. Ich wollte wieder arbeiten gehen. Mein Traum vom eigenen Laden war erst mal gestrichen. Obwohl ER das sicher auch bewerkstelligen hätte können. Schließlich ist ER allmächtig. Aber ich wollte bescheidener sein, und ich wollte mich nicht mehr so sehr an Menschen hängen. Vor allem an keinen Mann mehr. Zugleich ersehne ich mir aber nach wie vor eine Freundin. Aber wenn ich einen Job bekomme, wo ich mit Menschen zu tun habe, mit denen ich auch reden kann, dann bin ich abends wahrscheinlich froh, wenn endlich Stille und Ruhe herrscht, denke ich dann. Ich Beschloss, sonntags regelmäßig in die Kirche zu gehen, und wenn dann alles endlich wieder in ruhigeren Bahnen verliefe, wollte ich anstatt Urlaub endlich meine Pilgerreise antreten. Bis zu meiner ersten Pilgerwanderung sollte es allerdings noch eine ganze Weile dauern. Ich weiß erst noch gar nicht so recht, was ich mir davon erhoffe. Ich habe nochmal das Buch von H.P Kerkeling gelesen. Dieses Mal mit etwas anderen Augen – noch offener. Irgendwie würde mich dieser Jakobsweg schon reizen. Aber er ängstigt mich auch.

So ganz alleine als Frau in den Bergen. Da kann ja weiß Gott was geschehen. So weit geht mein Gottvertrauen noch nicht. Aber doch so weit, dass ich IHM doch tatsächlich einmal eine E-Mail geschickt habe. Darin habe ich IHN darum gebeten, dass er meinen Schatz aus seinem Schmerz heraushelfen möge, weil ich das nicht mehr vermag. Ich habe einfach keine Kraft mehr. Zwei Nächte musste ich nun schon alleine in meiner Wohnung verbringen, ständig schwankend zwischen Angst und Wut. Angst davor, er würde mich nicht mehr lieben, und ich hätte wieder irgendwas Falsches getan oder gesagt, obwohl mein Kopf genau weiß, dass das gar nicht sein kann. Und er hat mir auch bestätigt, dass ich nicht Schuld bin. Und Wut darüber, dass er sich nicht endlich therapieren lässt, auf welche Weise auch immer. Mir hat ja das Beten schon oft geholfen, aber er ist ja Atheist. Wie kann ich ihn zum Beten bringen? Ich kann nur selber für ihn beten und Gott immer wieder um Hilfe bitten. Auch um Hilfe darum, dass meine Wut nicht eines Tages dazu führt, dass ich doch noch das Handtuch werfe und meinen Schatz verlasse, weil ich seine Launen nicht mehr ertrage. Diesmal war ich wieder nah dran, hab mir Stellenanzeigen in meiner Heimat angeschaut und Mietwohnungen. Aber erstens gibt es keine Arbeit für mich und zweitens sind die Wohnungen da viel zu teuer. Es muss eine andere Lösung für unser Dilemma geben. Obwohl ich schon seit Wochen um eine Lösung bete, hat sich noch keine aufgetan. Jetzt heißt es wohl: nicht aufgeben - weiter glauben weiterhin beten; und mit Gott im Dialog bleiben, auch wenn es nur in Form einer E-Mail ist. Auch Gott muss sich den Gegebenheiten anpassen. Schließlich hat ER uns ja die Intelligenz dafür gegeben, solche Kommunikationsgeräte zu bauen und zu bedienen. Ich könnte mir vorstellen, dass der ein oder andere besser damit zurecht käme, an Gott eine SMS zu schicken, anstatt die Hände zum Gebet zu falten. Jesus hat ja selbst gesagt, wir könnten immer und überall mit Gott sprechen.

Je mehr ich darüber nachachte, desto besser fand ich diese Idee. Bisher ist es aber bei dieser einen E-Mail geblieben. Ich habe meine ganz eigene Art zu beten gefunden. Es ist mehr so ein Zwiegespräch in meinem Kopf. Wobei, das stimmt auch nicht so ganz, weil Gott antwortet ja nicht. Ich denke mir nur, was er eventuell antworten könnte, wenn er es täte. Oder antwortet er doch, indem er mir diese Gedanken schickt? Was hat er mir sonst noch geschickt? Hat er mir überhaupt etwas geschickt und ich habe es noch gar nicht bemerkt. Ich gehe in mich und fühle, dass ich stärker geworden bin. Er hat mir also Kraft geschickt. Nur wofür würde ich diese Kraft und Stärke künftig brauchen? Ich sollte es nur allzu bald erfahren. Und es war nicht das, was ich insgeheim vermutet hatte, nicht für meinen Atheisten, sondern für meinen Urlaub hatte er mir diese Kraft geschickt. Leider nicht genug. Danach war alles aufgebraucht, was beinahe tödlich endete.

Urlaub mit Folgen

Ich fühlte mich stark.

Stark genug um mit meinem Bekannten einen Urlaub in der Sonne zu verbringen. Denn eigentlich wollte ich das gar nicht mehr. Aber ich hatte ihm versprochen, ihn zu begleiten. Er hatte sich ja immer so rührend um mich gekümmert, wenn ich mal wieder heulend, wegen irgendwelcher Partnerschaftsprobleme bei ihm ankam. Und er hat mir zugehört, mich getröstet und in den Arm genommen. Und dann führte es einmal zu weit. Ich hatte es meinem Partner gebeichtet. Doch der fand das nicht weiter schlimm. Im Gegenteil. Er ermunterte mich dazu, weiter zu machen. Ich würde ihm nichts wegnehmen. Und dann wurde ich zu diesem Urlaub eingeladen. Auch dazu hat mich mein Freund ermuntert. Er sei nicht eifersüchtig. Nun, ich war es schon. Ich bekam mit, dass mein Freund plante, während meines Urlaubes eine seiner Verflossenen zu besuchen. Das wurmte mich. Was sollte ich tun? Ich betete zu Gott um eine Lösung. Aber ich erhielt keine Antwort. Oder ich habe sie nicht gehört. Keine Ahnung. Das alles scheint heute Lichtjahre her zu sein. Vor dem Urlaub hatte sich herausgestellt, dass mein Freund doch eifersüchtig ist. Es gab einen heftigen Streit der darin mündete, dass ich zwei Nächte vor meinem Abflug in die Sonne zu meinem Bekannten flüchtete und dort die Nacht verbrachte. Am nächsten Tag kam mein Freund dort an und nahm mich wieder mit. Wir versöhnten uns und er brachte mich pünktlich zum Flughafen. Mein Bekannter war vollkommen von der Rolle und stocksauer. Er sprach während des ganzen Fluges kein Wort mit mir. Erst bei unserer Ankunft im Ferienhaus. Ich bezog das Kinderzimmer und er das Schlafzimmer mit dem großen Bett drin. Es war einerseits ein schöner Urlaub. Emotional aber äußerst anstrengend. Wir hatten am ersten Abend zwar darüber gesprochen, dass es nicht so laufen würde, wie er sich das vorher erträumt hatte. Sex würde es keinen mehr geben. Nie mehr. Das fand er auch gut so.

Ich hatte mich entschieden. Er hatte dabei verloren. Ich war einfach seine Reisebegleitung. Das war ja auch der eigentliche Plan gewesen. Nur Begleitung, sonst nichts. Er wollte halt nicht alleine sein. Und ich wollte mal wieder Sonne tanken. Das hielt ihn aber nicht davon ab, es jeden Abend aufs Neue zu versuchen. Diese ständige „Nein" sagen erforderte all meine Kraft und viele Nerven. Am Ende brachten wir den Urlaub aber doch ganz gut rum. Am Flughafen wartete schon mein Schatz auf mich. Mein Bekannter ging einfach weiter. Er hat sich nicht mal verabschiedet. Das war jetzt für mich wieder komisch. Stand ich jetzt zwischen zwei Männern? Mein Bekannter meldete sich erst einmal nicht mehr. Aber ich fühlte ihn an mir zerren. Das ist schwer zu erklären. Ich bin zu meiner Depression auch noch hypersensibel. Ich kann Schwingungen, besonders negative, auch auf größere Entfernungen wahrnehmen, sofern sie mich persönlich betreffen. Mein Freund war sehr lieb zu mir. Er hatte mich doch vermisst und während meiner Abwesenheit seine Wohnung umgebaut, damit ich mich wohler fühle. Ich hatte mich auch gut erholt. Die Sonne hatte mir gut getan. Mit meinem Bekannten telefoniere ich erst einmal nur. Er sagte es nie direkt, aber ich fühlte, dass er will, dass ich zu ihm ziehe. Er meinte, mein Freund würde mir nicht gut tun. Er wollte nicht wahr haben, dass ich mich für ihn entschieden habe, obwohl er mir nichts bieten kann. Das stimmte schon irgendwie. Aber ich wollte es doch auch alleine schaffen. Ich wollte nicht mehr von einem Mann finanziell abhängig sein. Das hatte ich alles schon hinter mir. Ich habe jetzt etwas unendlich Wertvolleres: Liebe. Leider auch schmerzvoller, weil ich mir dieser Liebe nicht immer sicher war. Das musste ich erst noch lernen. Dazu fehlte mir noch genügend Vertrauen. Ich hatte ja noch nicht einmal in mich selbst Vertrauen. Als Kind hatte meine eigene Mutter mein Vertrauen immer wieder mit Füssen getreten, indem sie mein Tagebuch aufgebrochen und gelesen hat. Mehrmals. Anstatt mit mir zu reden. Wenn ich das mal versucht habe, dann hat sie immer gesagt: „mit dir streite ich nicht", und ist aus dem Zimmer gegangen. Immer. Einmal, es ging um die Einrichtung meines Puppenhauses, wir waren uns nicht einig. Ich wollte einfach nicht so wie sie. Weil ich aber nichts sagen durfte, habe ich draußen im Garten vor mich hin gemault. Sie hat's gehört, mich reingerufen und dann musste ich die Hosen runter lassen. Sie hat mich grün und blau geschlagen, nur weil ich anderer Meinung war und das laut geäußert habe. Es hätte ja wer hören können. An diesem Tag habe ich gelernt, dass meine Meinung nicht gefragt ist und wahrscheinlich auch niemals gefragt sein würde und wenn ich sie laut äußere, gibt's auf die Fresse. Warum Gott damals nicht eingeschritten ist? Keine Ahnung. Es steckt immer noch in mir. Diese Angst Widerspruch zu leisten. Nur keinem auf die Füße treten. Zu allem immer Ja und Amen sagen. Auch zu einem Urlaub, von dem man im Vornherein weiß, dass es noch Folgen haben wird. Beinahe tödliche Folgen sogar. Das Gezerre um mich ging mir auf die Nerven - Buchstäblich. Stell dir vor es zerren zwei Menschen jeweils an einem Arm von Dir und auf einmal lässt der eine los. Und ausgerechnet noch derjenige, bei dem du eigentlich bleiben willst. Von einem Tag auf den Anderen zog sich mein Freund wieder mal vollkommen in sich zurück. Und wieder wusste ich nicht warum und wieder suchte ich die Schuld bei mir. Ich war schon immer an allem Schuld gewesen. Ich war diejenige, die nicht auf ihre Schwester aufgepasst hat. Überhaupt war ich von Anfang an ungewollt. Ich war ein Unfall, hätte gar nicht geboren werden dürfen. Ich war die Böse, die aus der Ehe ausgebrochen ist und Mann und Kinder verlassen hat. Und wofür?!

Dafür, dass ich wieder einmal alleine dasaß?

Das war ja nicht mal das Schlimmste. Es war die erneute Zurückweisung, die ich durch meinen Freund erfuhr. Früher bin ich in so einem Fall zu meinem Bekannten. Bei ihm konnte ich mich immer ausweinen und dann ging's wieder. Aber jetzt, nach diesem verhängnisvollen Urlaub, ging das nicht mehr. Jetzt würde er mich bestimmt nicht mehr weg lassen. Und so wurde nach und nach aus meiner Ratlosigkeit Hoffnungslosigkeit und am Ende völlige Verzweiflung.

Ich hatte ja schon zwei Selbstmordversuche hinter mir. Ich wusste, wie es nicht klappte. Dieses Mal sollte es klappen. Mir fielen die Medikamente ein, die ich vor fast einem Jahr nicht, wie vereinbart, entsorgt hatte. Es waren Starke Schmerzmittel, eines davon sogar ein Morphinderivat.

Die Packungsbeilagen lasen sich sehr vielversprechend. Ich würde einfach einschlafen. Genauso wollte ich es doch immer, wenn ich ans Sterben dachte und ich hatte in meinem Leben schon oft daran gedacht. Aber eben nur gedacht. Jetzt und heute war es mir ernst! Ich hatte keine Lust mehr, diejenige zu sein, die ständig getreten wird. Was sollte ich hier noch?

Keiner liebte mich.

Keiner brauchte mich.

Niemand würde mich vermissen.

Und so nahm das Verhängnis seinen Lauf:

Es ist der 1.Juli. Ein Dienstag.

Die Sonne scheint.

Mein Freund ist im Garten bei seinen Tomaten.

Ich lasse ihn in Ruhe, weil ich merke, dass er wieder einmal nicht gerade gut gelaunt ist. Ich kenne das schon und noch ist es nicht schlimm für mich. Ich weiß ja, das ist nur eine Phase die wieder vorüber geht. Dann, auf einmal kommt er an und verlangt seine EC-Karte. Die verwalte ich, wegen seiner Spielsucht. Und weil ich nie gelernt habe „Nein" zu sagen, komme ich seiner Forderung umgehend nach. Aber kaum ist er weg, nehme ich das Telefon, und rufe bei der Sperrhotline an. Die Sperre greift sofort. Schon eine halbe Stunde später rauscht er herein, natürlich stocksauer. Er greift sich alles Bargeld, was er findet. Es ist nicht viel, weil ich vorsorglich den Großteil versteckt halte. Es hätte mir klar sein müssen, dass er bald wieder zurück sein würde. Eigentlich. Aber ich bin kein Kopfmensch. Ich bin ein Herzmensch. Und mein Herz starb in dem Moment, wo er die Tür zuknallte. Obwohl es so warm war, ließ ich mir ein Bad ein. Während dessen schaute ich nach etwas trinkbarem. Es sollte möglichst hochprozentig sein. Ich fand auch was. Dann mixte ich mit den Medikamenten und dem Alkohol mir einen Cocktail. Ein ganzes Glas voll. Schmeckte gar nicht mal so übel. Die Wanne ist voll. Ich lasse mich hinein gleiten. So muss sich ein Fötus in Mamas Bauch fühlen. Wohlig warm und behütet. Ich weine. Zerfließe förmlich in Selbstmitleid. Scheiß Gottlose Welt!

Ich trinke noch mehr. Langsam werde ich benommen. Dann fällt mir ein, dass ich eine Karte von der Telefonseelsorge habe. Die kann ich anrufen! Die werden mir bestimmt zuhören und mich trösten. Ich steige aus der Wanne. Die Karte hängt an meiner Pinnwand. Es stehen zwei Nummern darauf. Die erste ist besetzt beziehungsweise ich lande in einer Warteschleife. Ich wähle die andere Nummer. Es dauert eine gefühlte Ewigkeit. Dann ertönt endlich eine wenig freundlich klingende Stimme: „Ja!" Ich kann nicht richtig flüssig sprechen, weil ich heftig schluchze und etwas benommen bin. Ich sage irgendwas, bekomme aber keine Antwort.

Daher frage ich „sind sie noch da?"

Wieder kommt mir ein unfreundliches und knappes „Ja!" entgegen. Das ist zu viel für mich. Wenn nicht einmal die, die eigentlich dafür zuständig sind, etwas von mir wissen wollen, wer dann? Ich klappe mein Handy zu, nehme noch einen Schluck und gehe wieder in die Wanne.

Ich lasse nochmal warmes Wasser nach. Ist ja egal. Ich werde es nicht mehr bezahlen müssen. Ich gebe mich wieder meinen Tränen hin. Bisher hatte mich weinen immer erleichtert. Nicht so dieses Mal. Ich versinke in meiner Verzweiflung. Noch einmal tauche ich kurz auf, als mir einfällt, dass ich ja noch einen Abschiedsbrief schreiben muss. Es war mir ja ernst diese Mal. Ich schwanke schon etwas. Das Mittel fängt an zu wirken. Wo ist mein Block? Wo ein Stift? Irgendwie fühle ich mich schon benebelt und irre durch meine Wohnung, als wäre ich fremd hier.

Überhaupt fühle ich mich fremd in dieser Welt.

Gut, dass es bald vorbei sein würde. Endlich habe ich Stift und Papier gefunden und schreibe, was mir spontan in den Sinn kommt. Obwohl ich schon fast weg bin, fließen die Worte ganz leicht aus mir heraus. Der Brief ist ohne Anrede und ohne Unterschrift. Wozu auch? Er würde wissen, für wen der Brief ist und auch von wem.

Außerdem fühle ich mich nicht mehr als ich.

Ich stehe neben mir und sehe mir beim Schreiben zu:

"tut mir leid, dass ich so in dein Leben geplatzt bin. Ich werde dich nicht mehr weiter belästigen. Ich werde diese ganze scheiß Welt nicht mehr mit meiner Anwesenheit belästigen. Nur um eins bitte ich dich: such mir unten einen schönen Baum aus - Einen wo nicht die Krähen auf mich scheissen. Weil geschissen wurde jetzt genug auf mich. Meine Sachen gehen zurück an Klaus und meine Jungs. Nie wieder wird dich eine so lieben, wie ich es tu."

Als der Brief fertig ist, lege ich ihn auf den Fuß-abstreifer vor meine Wohnungstür.

Dann lasse ich mich erneut in das warme Wasser gleiten.

Es gelingt mir noch ein kleines Gebet:

„lieber Gott, bitte nimm mich zu Dir. Außer Du hast doch noch was zu tun für mich, dann, mach bitte, dass ich gefunden werde."

Ich erinnere mich, dass ich, während ich betete, fürchterlich weinte…und...dann schlief ich einfach so ein...

…und wachte auf der Intensivstation wieder auf.

Mein erster Gedanke war, dass Gott wohl doch noch Verwendung für mich auf Erden hat.

Ansonsten fühlte ich nur Leere - und Durst.

Eine Schwester fragte mich nach meinem Befinden. Ich fragte: „Mama?" „Nein, Mama ist nicht hier, Sie sind im Krankenhaus." „O.K." dachte ich und schlief wieder ein. Ich wachte ein paarmal auf und jedes Mal war gleich jemand da. Irgendwie fühlte ich mich wie in Watte gepackt.

Dass ich wirklich fast eine Todsünde begangen hätte, realisierte ich noch nicht. Diese Erkenntnis traf mich erst ein paar Tage später, als ich den Sonntagsgottesdienst in der Psychiatrischen Klinik besuchte. Nach diesem Gottesdienst dachte ich darüber nach, was geschehen war: Der schwärzeste Tag in meinem Leben wäre beinahe mein letzter gewesen. Rückblickend kann ich gar nicht mehr genau sagen, warum eigentlich. Was war passiert? Wieso wollte ich aus dem Leben scheiden? Schon wieder. Woher war diese Hoffnungslosigkeit auf einmal gekommen? Es hatte sich alles so endgültig angefühlt. Und dann, als ich wieder aufgewacht bin, da fühlte ich nichts. Keinen Schmerz, keine Hoffnung, keine Verzweiflung, nur Leere. Ich war ausgelaugt, kraftlos, alles war egal. Manch einer möchte nun meinen ich hätte Wut darüber fühlen sollen, weil ich doch sterben wollte und es mir verwehrt wurde. Aber auch das fühlte ich nicht und ich fragte mich: Warum? Sollte Platz für Neues geschaffen werden? Sind meine Altlasten nun weg?

Ist mein Schmerz endlich weg? Ich weiß es in diesen Tagen einfach nicht. Was ich weiß ist, dass es weiter geht – gehen muss – irgendwie.

Gott hat wohl doch noch etwas vor mit mir.

Ich meine: Wer sonst, wenn nicht er?

Es hat mich niemand im Krankenhaus besucht, außer meinem Schatz. Der war nun auf einmal da für mich. Vielleicht hat Gott ihm nun endlich die nötige Kraft dafür gegeben? Er glaubt ja nicht. Für ihn ist alles Zufall, was geschehen ist. Auch dass er im richtigen Moment nach mir gesehen hat. Nur Fünf Minuten später und es wäre aus gewesen mit mir. Eventuell auch zehn Minuten. Aber bestimmt nicht länger. Genau weiß ich es nicht. Es sagt ja keiner was dazu. Die Ärzte fragen immer nur warum ich es getan habe und wo ich die Medikamente her hatte. Ich weiß doch selbst nicht warum. Hat mich der Teufel dazu getrieben? Das sage ich natürlich nicht, weil ich ziemlich sicher war, dass die mich dann gleich in die Geschlossene stecken würden. Ich sagte fast gar nichts. Ich wollte nicht wieder mein ganzes

Leben vor denen aufrollen. Sie waren zwar alle sehr bemüht, aber ich fasste zu keinem der Ärzte und Ärztinnen Vertrauen. Ich wollte einfach nur in meine gewohnte Therapiepraxis. Ich habe viel geschlafen und wenn ich wach war, hab ich nachgedacht. Hauptsächlich über Gott. Und über den Teufel, der mich so in die Verzweiflung getrieben hat. Nach nur drei Tagen wurde ich, auf eigenen Wunsch, entlassen. Somit konnte noch am selben Nachmittag in meine gewohnte Praxis gehen. Vor Scham kann ich erst einmal nicht sprechen. Ich weine nur. Ich habe Angst, dass ich geschimpft werde, weil ich beinahe eine Todsünde begangen hätte oder zumindest eine riesen Dummheit. Aber niemand schimpft. Im Gegenteil. Hier erfahre ich den Trost und das Verständnis, das ich brauche. Ich erzählte vom Gottesdienst in der Klinik. Da war die Rede von Jakob gewesen; wie er mit Gott um den Segen gerungen hat. Und beim Erzählen wurde mir auf einmal schlagartig klar, dass Gott und der Teufel- in mir- um meine Seele gerungen haben müssen.

Und Gott hat gewonnen. Ich schwor mir, nie wieder zu vergessen, dass Gott mich niemals verlassen wird. Nur weil ich immer noch gezweifelt habe, konnte sich der Teufel Zugang zu mir verschaffen; es konnte nur so gewesen sein.

"Ich lass dich nicht fallen! Ich verlasse dich nicht" Dieser Spruch stand auf kleinen Kärtchen geschrieben, die im Andachtsraum der Klinik auslagen. Eins davon klebt jetzt an meinem Badezimmerspiegel und ein weiteres in der Küche. Damit ich es auch wirklich nie mehr vergesse. Und noch etwas habe ich gelernt: Alles hat einen Sinn. Ich musste erst sterben, um dann wiedergeboren zu werden. Nein- ich war nicht drüben - ich habe kein Licht gesehen und auch keine Erscheinung. Trotzdem weilte ich für kurze Zeit nicht mehr unter den Lebenden. Das ist schwer zu erklären und wahrscheinlich nur für solche nachvollziehbar, die selber schon einmal versucht haben, ihrem Leben ein Ende zu setzen.

Zwei Monate später sitze ich wieder da und fühle mich Mutterseelenallein und von allen verlassen.

Ich weiß, Gott ist bei mir. ER lässt mich nicht im Stich. Aber gerade jetzt bräuchte ich eine feste, eine menschliche Umarmung.

Ich will geliebt und gebraucht werden!

Stattdessen werde ich weggestoßen.

Und ich will auch Hilfe erhalten - tatkräftige Hilfe.

Ich habe gebetet. Aber es tat sich nichts.

Ich erfuhr immer mehr über mich und warum ich so bin wie ich eben bin. Verstehen tu ich mich nun besser, aber fühlen tu ich mich dabei nicht besser, weil immer klarer herauskommt, dass ich anders bin und die Mehrheit der anderen Menschen nicht damit zurechtkommt. Ich weiß nun zwar, warum das so ist und dass sie nichts dafür können, weil die Gesellschaft nun mal so ist, aber es macht mich dadurch noch einsamer. Mein Partner ist, genauso wie ich: ein Außenseiter. Genauso empfindsam, sensibel und voller Wut, nichts daran ändern zu können. Das schweißt uns einerseits zusammen, auf der anderen Seite können wir dann aber wieder nicht zusammen sein, weil er es gerade mal wieder nicht erträgt, ich aber meinerseits genau dann ein großes Bedürfnis nach Nähe habe. Und dann sitze ich wieder da und heule mir die Augen aus und denke ich muss ihn verlassen, weil ich sonst vollkommen vor die Hunde gehe. Aber dann denke ich wieder, dass ich genau das nicht tun kann, weil er mich braucht und ich ihn, und vor allem, weil ich ihn so sehr liebe. Er kann ja auch nicht aus seiner Haut, so wie ich nicht aus meiner. Und dann bete ich wieder für ihn, dass er schnell wieder aus seinem Loch herausfindet. Und für mich: dass ich die Einsamkeit und das Gefühl der Verlassenheit ertrage oder besser noch, es ganz verschwindet und ich wieder Hoffnung und Freude fühlen kann. Dann folgten wieder paar Tage, da war es wieder so wie es eigentlich sein sollte. Wir haben zusammen im Gartengearbeitet und dazwischen haben wir uns immer wieder geliebt. Es war schön. Dann - auf einmal war alles vorbei - nur weil ich gefragt habe, wie lange er noch an seinem Computer machen will. Zwei Tage lang essen wir nicht mal mehr zusammen - getrennt von Tisch und Bett sozusagen.

Wie soll sich da ein Mensch nicht allein fühlen?

Wie soll ich da noch an Gott glauben?

Hat nicht Jesus die Liebe gepredigt:

„Liebe deinen Nächsten wie dich selbst?"

Und nun lässt er, dieser Erzatheist, mich wieder einmal allein! Ohne Liebe . Ohne Zuversicht.

Ich betete: „ ich bin hier GOTT! Und wo bist Du?"

Ich erhielt keine Antwort.

Da dachte ich auf einmal an Don Camillo und daran, wie Jesus immer zu ihm gesprochen hat. Mir fiel ein, dass ich die DVD-Box mit allen Episoden noch habe. Sogleich legte ich mir den ersten Film ein. Immer wieder schön die beiden. Ich fand sie schon als Kind sehr lustig, aber heute schaue ich die Filme mit ganz anderen Augen an. Ich blicke mehr "dahinter". Die beiden können nicht so recht miteinander aber auch nicht ohne einander und am Ende siegt doch immer die Liebe. Und in jeder Episode steckt eine Botschaft; sozusagen die Moral von der Geschicht'.

Am tollsten fand ich aber immer, dass Jesus zu Camillo spricht. Deswegen beneidete ich Don Camillo immer - weil Jesus zu ihm gesprochen hat und zu mir noch nie. Nicht ein einziges Wort hat er je zu mir gesagt, egal wie sehr ich das kleine Kreuz, das ich habe, und das über meiner Schlafzimmertür hängt, auch manchmal ange-schrien habe. Egal mit welcher Inbrunst ich bei jeder Eucharestiefeier mitgebetet habe:

"Herr, ich bin nicht würdig, dass Du eingehst unter mein Dach, aber sprich nur ein Wort, so wird meine Seele gesund". Wie sehr habe ich mir gewünscht - und wünsche es mir noch - nur ein einziges Wort! Oder wenigstens ein kleines Au-genzwinkern, irgendein Zeichen. Aber dann habe ich gelernt, dass Gott und Jesus nicht durch Wor-te mit uns sprechen, sondern sie lassen Dinge geschehen oder ich werde auf einmal von Wär-me durchflutet, oder meine Stimmung wandelt sich plötzlich ins Positive. Gott kommuniziert durch Zeichen mit uns und durch unser Herz. Wir müssen nur genau hinschauen und hin fühlen.

Und noch etwas habe ich durch diese Filme gelernt: "Liebe Deine Feinde, wie Dich selbst".

Das scheint auf den ersten Blick unmöglich, aber Camillo und Peppone haben genau das getan. Sie haben gegeneinander gekämpft und mochten sich nicht besonders, aber eigentlich doch, denn sie hatten eigentlich nur ein Problem als Pfarrer versus roter Bürgermeister. Als bloße Menschen - ohne Berücksichtigung ihres jeweiligen Amtes, mochten sie sich. Genauso verhält es sich auch mit Gott. Er sieht in uns nur den bloßen Menschen. Für ihn gibt es keinen Bettler und keinen König. Alle Menschen sind gleich. Gleichwert und Gleichberechtigt. ER sieht in unser Herz, wenn wir ihn lassen. Viele Menschen haben ihr Herz für Gott verschlossen. Für sie gibt es gar keinen Gott. das finde ich sehr schade, denn es hat sich schon so manches Mal für mich als sehr erbaulich erwiesen, an IHN zu glauben. Ich sehe sie förmlich vor mir, wie sie mich mitleidig belächeln und mich für kindisch oder gar für verrückt halten. Doch wie sagte Jesus so schön:

„Die Letzten werden die Ersten sein" oder wie man heute sagen würde: "wer zuletzt lacht, lacht am besten". Wobei ich damit nicht alle Ungläubigen auslachen will. Ich schließe im Gegenteil jeden einzelnen in meine Gebete ein. Wenn ich sie schon nicht überzeugen kann - für sie beten kann ich - ob sie wollen oder nicht.

> Herr hab Erbarmen mit ihnen, denn sie wissen nicht, was sie tun< Und sie haben nicht die geringste Ahnung, was sie versäumen. Noch vor nicht allzu langer Zeit, war ich auch eine von denen - nicht ganz, weil: so ganz weg vom Glauben war ich ja nie, aber ich hatte so meine Zweifel. Jetzt werden mit jedem Tag meine Zweifel weniger und meine Hoffnung wird stärker. Und je stärker meine Hoffnung wird desto stärker werde auch ich. So fühlt es sich zumindest eine Zeitlang an. Alles läuft bestens. Ich bete täglich und jedes Mal nach meinem Gebet fühle ich mich erfrischt und gestärkt für den Tag, so als wäre ich frisch geduscht. Mein Herz ist voller Freude, ja es hüpft sogar fast. Ich unternahm viele Radausflüge und

Spaziergänge. Meist allein. Naja, nicht ganz allein, mein Engel ist ja immer dabei, aber ohne meinen Atheisten. Ihn hatte ich im Moment auf Eis gelegt, was die Glaubensarbeit an ihm betraf. Ich erwartete auch nichts mehr von ihm. Wenn ich nichts erwarte, so dachte ich, kann ich nicht enttäuscht und verletzt werden. Ich hatte diese ständigen Tritte in mein Herz langsam endgültig satt. Der Typ, der dann noch die andere Wange hinhält, bin ich nicht, und will ich auch nicht werden. Ist mir egal, ob das so in der Bibel steht. Das ist so eine Stelle, die für mich nicht mehr zeitgemäß ist. Ich will zwar keinen Kampf und noch weniger Krieg, aber immer nur kuschen will ich auch nicht. Wenn ich schon keine Liebe erfahre, so will ich doch wenigstens Respekt. Das sage ich auch zum lieben Gott so. Manchmal streite ich mich gedanklich fast mit IHM, frage vorwurfsvoll nach dem Warum und Wieso. Ich verstehe ihn oft nicht, aber ich möchte es. Ich denke, darum darf ich auch manchmal wütend mit Ihm sein, wie zu einem Vater.

Stille, Zukunftsangst und ein Dialog mit Gott

Inzwischen war es August geworden.

Ich ging spazieren und dachte: „Ach, ist das schön." Kein Laut drang an mein gepeinigtes Ohr - nur das Summen der Hummeln und Bienen, das Rauschen der Blätter über mir. Kein Auto, kein Flugzeug und vor allem keine Rasenmäher oder Heckenscheren. Am schlimmsten finde ich im Herbst die Laubbläser. Die sind nicht nur laut, sondern stinken auch noch. Hier ist der sogenannte Fortschritt definitiv nicht gegeben. Da fühle ich mich manchmal schon gemüßigt, dem betreffenden Störenfried einen Besen in die Hand zu drücken mit den Worten „weniger ist manchmal mehr". Weniger Geräusch ist mehr Stille und ich kann in mich hineinhorchen. Horchen, was mein Engel mir zuflüstert, vielleicht sogar was Gott mir sagen will. Wie schön wäre es doch, könnte ich mich unter einen Baum legen und einfach nur der Stille lauschen oder meinem Herzen und an Nichts denken. Ich bin einfach nur. Und dann, wenn ich lange genug gelauscht habe, dann fange ich ein Zwiegespräch mit meinem Engel oder Gott an. Nur leider gibt es nur noch wenige Orte der wirklichen Stille. Während ich so meine Worte der Stille aufschreibe, wird mir bewusst, wie mein PC leise rauscht, ich höre die Schritte der Bewohner über mir, ein Nachbar mäht seinen Rasen. Dann denke ich an früher, als ich noch Kind war und auch als junge Erwachsene. Wir fuhren damals oft in die Berge. Mehr als jedes Panorama, habe ich immer die vollkommene Stille genossen. Manchmal versuche ich es mit Oropax, aber die drücken dann nach einer Weile und ich höre ich mein Blut in den Ohren rauschen. Das ist für eine Weile zwar auch ganz schön, aber doch ein Geräusch. Wie und wo finde ich heute noch Stille und Ruhe? Ich begann mich auf die Suche nach solchen Orten zu begeben. Zwei Orte habe ich schließlich für mich entdeckt: der eine ist die Mariengrotte im Dom, der andere ist ein kleiner Anglersee. Eigentlich nur für Angler, aber als mal einer ankam, während ich gerade dort saß und erschrocken aufsprang, da meinte dieser ganz freundlich ich dürfe jederzeit herkommen und da sitzen. Nur eben nicht baden oder Feuer machen. Da fällt mir ein, dass ich schon lange nicht mehr dort war, an diesem See. Keine Zeit. Ich sollte mir diese Zeit mal wieder nehmen. Nur wann?

Diese Zeit…

Ständig vergeht sie und meist auch noch wie im Flug. Gestern waren meine Jungs noch Babys und Vorgestern war ich selber noch eines. So kommt es mir manchmal vor. Ich lasse meine Augen auf dem See ruhen und schwelge noch für eine Weile in der Vergangenheit. Doch schon bald hatte mich die Gegenwart wieder und es kommt noch schlimmer: mich ergreift wieder mal die Zukunftsangst. Völlig unnötig aus der Sicht meines Freundes. Er war zu Bekannten nach Berlin gefahren. Auf der Rückfahrt rief er mich dann kurz an und teilte mir mit, wo er grade war und wie lange er noch brauchen würde. Alles war gut. Ich ging ins Bett mit dem Gedanken, dass er bald hier bei mir sein würde. Als ich am nächsten Morgen wach wurde, war er aber immer noch nicht da. Natürlich versuchte ich ihn anzurufen, konnte ihn aber nicht erreichen. Gut, dachte ich, vielleicht ist er grad wo Kaffee trinken und hat sein Handy im Auto gelassen. Ich versuchte es ca. zwanzig Minuten später nochmal. Mailbox. Langsam werde ich doch unruhig. Eine Stunde vergeht. Zwei Stunden vergehen. Jetzt werde ich panisch. In meinem Kopf spielen sich die schlimmsten Unfallszenarien ab. Und dann frage ich mich, wie ich ohne ihn weiterleben soll und ich fange an voller Verzweiflung zu beten:

„Herr, bring ihn mir zurück, bitte!"

Es vergingen weitere Stunden. Dann, endlich fährt er auf den Hof. Ich laufe ihm heulend entgegen. Er versteht nicht warum ich weine. Anstatt mich in den Arm zu nehmen beschimpft er mich, weil ich so hysterisch bin. Er hätte sich nur verfahren gehabt und dann hätte er auf einem Parkplatz ein paar Stunden geschlafen. Er verstand nicht, warum er hätte anrufen sollen. Er sei doch nur Auto gefahren. Was hätte da passieren sollen?! Mir wären da so an die tausend Sachen eingefallen. Ich denke, das wäre wohl jeder Frau so gegangen, wenn ihr Partner nicht zur vereinbarten Zeit nach Hause gekommen wäre. Ich habe ja sonst niemanden. Jedenfalls nicht hier in der Nähe. Ich frage mich, was Gott mir damit schon wieder sagen wollte. Hat er mir wieder ein Zeichen gegeben und ich sehe es in meinem Egoismus nur nicht? Oder weil mein Herz hat immer noch Angst hat, IHN ganz hineinzulassen. Ich weiß nicht, wie ich diese Angst loswerden kann außer vielleicht mit beten, beten und nochmals beten". Aber was soll ich beten? Ist es denn nicht schon wieder egoistisch, Gott ständig um irgendwas zu bitten? Obwohl es heiß ja, ich könne Gott um alles bitten, er sei schließlich mein Vater. Doch während ich dasaß und diese Gedanken all aufschrieb, wartete ich insgeheim darauf, dass mein Partner zu mir kommt und sich bei mir entschuldigt. Ständig bin ich es nämlich, die am Ende ihn um Verzeihung bittet. Ich wähne mich immer im Recht, weil ich ja alles nur aus Liebe tu. Aber tu ich das wirklich? Mein Verstand sagt ja, aber ganz tief in meinem Herzen ist etwas, das nagt an mir. Etwas, das will, dass ich einen anderen Weg einschlage. Gott kann nur durch mich wirken, wenn ich das auch zulasse. Aber ich habe zu große Angst vor dieser Macht. Und dann ist da ja auch noch eine Stimme, die flüstert: "es gibt keinen Gott". Es ist, als würden Gott und der Teufel direkt in mir drin um mich kämpfen und mich zerreißt es dabei. Noch habe ich nicht das Gefühl, mit Gott meinen Frieden zu finden. Der Weg zu ihm scheint mir sehr anstrengend zu werden. Ich muss immerzu kämpfen. Innen und außen. Längere Zeit habe ich dann nichts aufgeschrieben. Ich wollte nicht mehr denken müssen, mich nicht mehr auseinandersetzen müssen. Aber ohne Auseinandersetzung gibt es keinen Glauben. Ich hatte ein paar Sonntagsgottesdienste geschwänzt. Mal hatte ich verschlafen, mal war mir das Wetter zu schlecht, mal wollte ich doch lieber noch kuscheln.

Es fanden sich immer irgendwelche Ausreden.

Aber Glauben ist nun einmal unbequem.

Als ich einmal Ende September vom Einkaufen zurückkam, fing ich wieder an zu denken:

„Bald ist schon wieder Weihnachten."

Das suggerieren zumindest die Supermärkte, in denen schon seit ein paar Wochen Lebkuchen und Christstollen angeboten werden. Das bringt mich zu der Überlegung, was Weihnachten eigentlich für mich bedeutet, was es in der Kindheit bedeutet hat. Es war schon immer irgendwie geheimnisvoll. An Heiligabend war das Wohnzimmer abgeschlossen und es war geheimnisvolles rascheln zu hören. Es hieß, das wären die Engel und das Christkind würde Geschenke bringen. Es gab immer etwas ganz besonders leckeres zu essen und bevor die Geschenke ausgepackt werden durften, sangen wir alle vor der Krippe. Meistens hat das Christkind auch alles gebracht, was auf dem Wunschzettel stand. Wir Kinder waren damals aber auch noch sehr bescheiden - im Gegensatz zu meinen späteren eigenen Kindern. In die Kirche wurde nie gegangen. Das wollte ich später, wenn ich mal Kinder haben würde anders machen. Ich habe alles weitestgehend am Vortag vorbereitet sodass ich an Heilig Abend Zeit hatte, mit meinem Mann und unseren Kindern in die Christmette zu gehen. In manchen Jahren gingen auch die Oma und mein Mann mit den Jungs, während ich kochte und alles vorbereitete. Als die Kinder dann etwas größer waren, haben wir mit ihnen besprochen, dass es keine großen Geschenke mehr geben würde und wir stattdessen eine größere Spende geben würden. Meist spendeten wir an die Kinderkrebsstation in einer Klinik. Noch später übernahmen wir eine Patenschaft bei World Vision. Ich hoffe wir konnten unseren Kindern auf diese Weise ein wenig den eigentlichen Sinn von Weihnachten vermitteln - nämlich die Nächstenliebe. Ob es gelungen ist, werden wir erst sehen, wenn sie selber einmal Kinder haben. Inzwischen ist Weihnachten für mich immer wieder anders gewesen. Erst zogen wir vom Süden in den Norden Deutschlands. Somit fiel die Christmette weg. Nicht, dass keine stattgefunden hätte, aber keiner meiner Männer hatte Lust dazu. Dann wurden wir geschieden und mein neuer Partner feiert kein Weihnachten. Wir waren zwar bei seinen Eltern, aber das lief ganz komisch ab. Erst Kaffee trinken, dann Baum schmücken, dann Spaziergang und abends Essen. Es wollte keine so rechte weihnachtliche Stimmung bei mir aufkommen. Im Jahr darauf bin ich dann an Weihnachten Heim gefahren. Das war sehr schön, aber letztes Jahr hat meine Mama gesagt, dass es ihretwegen gar kein Weihnachten zu geben bräuchte und sie es früher nur wegen uns Kindern gefeiert hätte. Das hat mich dann doch etwas geschockt, wo ich doch eigentlich den Vorschlag hätte machen wollen, zusammen zur Mette zu gehen. Und irgendwie hatte ich im Jahr nach dieser Aussage meiner Mutter gar keine Lust nach Hause zu fahren. Dann wünschte ich würde ein paar Menschen kennen, mit denen ich Weihnachten feiern könnte, so wie es sich gehört. Ich habe immer so gerne Plätzchen gebacken, aber für wen sollte ich das heute noch tun? Ich habe so viel Liebe zu verschenken – aber keiner will sie haben. Nur gut, dass noch ein Weilchen bis Weihnachten Zeit ist. Noch fast drei Monate. Während dieser drei Monate ist so einiges geschehen. Die Probleme hörten nicht auf. Die weltlichen nicht und auch nicht die himmlischen. Erst einmal gab es wieder Zoff mit meinem Atheisten. Der Versuch, mich ihm wieder anzunähern war gescheitert. Er sagte nur:

"Schatz, raus aus meinem Kopf, bitte!"

Nun das kann er haben, dachte ich. Ich beschloss mal wieder zu verschwinden, und zwar nicht nur aus seinem Kopf sondern gleich komplett aus seinem Leben. Wenn er mich partout nicht haben wollte, musste ich wohl endlich die Konsequenz daraus ziehen. Er wird sich niemals mehr ändern - nicht für mich und auch für sonst niemanden. Dann muss er eben alleine bleiben, wenn er mit anderen nicht kann. Ich hatte die Hoffnung gehabt, unsere Liebe könne das ändern, aber da er mich offensichtlich nicht liebte - nicht so wie ich ihn, trotz allem - würde er fortan ohne mich, ohne mein Geld und ohne mein Auto auskommen müssen, so mein Plan. Ich musste einsehen, dass ich ohne ihn besser dran wäre und besser leben könne. Ich hätte all mein Geld noch, hätte er mir nicht alles aus der Tasche gezogen. Klar, das Wochenende war für ihn sehr anstrengend gewesen, für mich aber auch. Ich wollte doch nur ein kurzes "ich liebe dich" und einen Kuss. Mehr hätte ich gar nicht verlangt. Aber nicht einmal dazu war er in der Lage. Ich wollte nicht mehr ständig nur getreten werden.

So schrieb ich an diesem Tag in mein Tagebuch:

> Wieso muss ich immer wieder ständig in meiner Wunde stochern lassen? Und dann dreht er das Messer auch noch in der Wunde um, weil zustechen allein reicht ja noch nicht!

Und am Ende bin immer ich die Böse, die alles nicht versteht und sich nicht richtig verhält, damit der Herr sich auch wohl fühlt. <

Dummerweise hatte sich meine Schwester angesagt, sonst hätte ich augenblicklich meine Koffer gepackt und wäre zurück in meine Heimat gefahren. Sie hatte mich schon lange einmal besuchen wollen und endlich hatten wir einen passenden Termin gefunden. Ich schlief also stattdessen wieder alleine in meiner Wohnung mit dem Gedanken ein, dass er morgen wieder so tun würde, als wäre nichts gewesen. Und wenn ich darüber reden will, dann soll ich es einfach vergessen- so wie er. Er merkt sich sowas nicht. Aber bei mir entsteht jedes Mal eine neue Kerbe auf meiner Seele. Meine Herzenswunde wird, kaum dass sie nur ein wenig anfängt zu heilen, wieder von neuem aufgerissen. Und so spreche ich, diesmal laut, mit Gott:

„Warum hast DU mich auf diese Welt geschickt? Wie soll ich an DICH und die Liebe glauben, wenn ich selbst keine Liebe erfahren darf beziehungsweise die Liebe nur mit Schmerz verbunden ist? Wenn DU mich liebst, wieso lässt Du zu, dass mir immer wieder so wehgetan wird? Damit ich in meinem Schmerz zu Dir komme? Nun lieber Gott, ich bin hier, aber ich merke keine Heilung. Wenn DU willst, dass ich hier weg gehe, weil bei ihm Hopfen und Malz verloren ist, dann gib mir auch genug Geld, damit ich das tun kann. Mach mich unabhängig. Ich hab schon verstanden, dass ich demütig und bescheiden sein muss. Aber muss ich wirklich auch arm sein? Was bitte soll ich tun? Wie soll ich mich verhalten?" Ich spüre schon wieder langsam dieses Gefühl der Ohnmacht in mir hoch kommen, den Wunsch einfach einzuschlafen und nicht mehr leiden zu müssen. Es tut einfach so weh, immer wieder weggestoßen zu werden. Ich weiß, das ist auch Dein Schmerz. Auch DU willst die Menschen nur mit DEINER Liebe beschenken und keiner will sie haben. Nun ich würde DEINE Liebe schon wollen, aber ich bin noch zu schwach in meinem Glauben, um sie voll und ganz annehmen zu können. Ich sehne mich immer noch nach der menschlichen Liebe, weil ich doch nur diese Art von Liebe kenne und begreife. Wie kann ich DEINE göttliche Liebe auch begreifen, wo sie doch so groß und mächtig ist. Ich wünschte, Du könntest sein Herz öffnen und mir deine Liebe durch ihn schicken. Gib mir genug Kraft um in sein Herz zu gelangen und ihn zum Glauben zurückzuführen. Wieso sonst hast du uns zusammengeführt? Ich glaube, dass wir nur gemeinsam schaffen können, was du uns auferlegt hast. Auch wenn wir unsere Aufgabe immer noch nicht kennen. Er noch viel weniger als ich. Nur ein einziges Mal wünsche ich, dass er mal einen Schritt auf mich zumacht und nicht darauf wartet dass ich wieder angekrochen komme und mich für etwas entschuldige, wo ich nicht einmal weiß, wofür eigentlich. Es läuft immer nach demselben Schema: ich tue oder sage in seinen Augen etwas Falsches, er verschließt sich, stößt mich weg, schimpft manchmal sogar und am nächsten Tag ist er wie umgewandelt, als wäre nichts geschehen. Er schläft wie ein Baby und ich leide hier in meinem Kämmerchen ganz alleine und verlassen. So oft habe ich um Antworten gebetet aber nie eine bekommen. Es ist, als schriebe ich Briefe, die immer wieder ungeöffnet zurückkommen: "return to sender", wie Elvis so schön gesungen hat. Dabei heißt es doch Du hörst und siehst alles und sorgst Dich um Deine Kinder. Ich habe meinen Anker nach Dir ausgeworfen, aber die See unter mir ist so tief, dass er keinen Halt findet. Ich treibe hilflos im Meer und sehe weit und breit kein Land und das Wasser ist so kalt. Mir ist kalt. Innen und außen. Wer wärmt mich heute Nacht?" Es hat mich niemand gewärmt.

Auch Gott nicht So habe ich mich still und einsam in den Schlaf geweint. Auch die folgende Nacht verbrachte ich alleine. Dieses Mal redete ich nicht laut mit Gott, nein, ich führte einen stillen Dialog:

„Hier bin ich also wieder, lieber Gott und keinen Deut schlauer als gestern. Ich habe immer noch keine Antworten auf meine Fragen gefunden. Im Gegenteil. Heute ist alles noch viel, viel schlimmer. Was willst du von mir? Was ist meine Aufgabe? Warum musste ich mir von meinem Partner diese schlimmen Worte anhören? Ich bin so durcheinander. Soll ich gehen oder alles weiter still ertragen. Ich liege doch schon am Boden und dennoch tritt er noch nach mir. Ich kann das nicht länger aushalten. Ich weiß, ich muss hier weg, weil er mich sonst mit sich in die Tiefe reißt, aber ohne Hilfe schaffe ich das nicht. Ich habe solche Angst. Angst vor neuem Schmerz, Angst, allein zu bleiben, Angst in meinem Kummer zu ertrinken. Trotz allem liebe ich ihn noch und hoffe auf Rettung für ihn. Aber ich glaub ich muss mich jetzt erst einmal selber retten. Ich wurde ja gewarnt, er selbst hat mich sogar gewarnt, aber ich wollte es nicht glauben. Jetzt habe ich den Salat. Wie komme ich jetzt wieder raus aus diesem Schlammassel? Zu reden ist nicht mit ihm.

Wieder beten? Ich habe heute schon so viel gebetet- Sogar im Dom war ich und habe eine Kerze bei Maria angezündet.

Mein Kopf schmerzt, mein Herz schmerzt –

Alles ist nur noch Schmerz für mich.

Lass das bitte endlich aufhören!

Ich fühle Wut in mir aufkeimen, dass er so mit mir umspringt, wo ich doch mein bestmöglichstes für ihn getan habe. Mehr kann ich halt nicht. Ich habe nicht die Kraft dafür. Bitte sag mir was ich tun soll und gib mir dann aber auch die nötige Stärke und Ausdauer dafür- falls ich bleiben soll. Und wenn mein Weg woanders hinführen soll, dann gib mir die nötigen Mittel dazu! Es geht in der heutigen Welt einfach nicht ohne Geld. Das ist zwar traurig, aber leider wahr. Aber das weißt du ja alles. Ich verstehe gar nichts mehr. Hilf mir!"

Habe ich Antwort erhalten? Bin ich tatsächlich gegangen? Auf beide Fragen lautet die Antwort gleich: nein. Meine Gefühle überschlagen sich erneut. Eigentlich andauernd. Ich frage mich, wie lange ich diese Wechselbäder der Gefühle noch aushalte. Und wie hält mein Atheist das aus? Hat er überhaupt etwas auszuhalten. Ich weiß es nicht. Männer reden ja nicht oder nur ungern über ihre Gefühle. Und er schon gar nicht. Ich beginne Mitleid für ihn zu empfinden, weil er niemanden hat, zu dem er seine Sorgen und

Ängste tragen kann. Ich frage mich, ob Gott auch meine Bitten, die ihn betreffen, erhört, wo er doch nicht an IHN glaubt.

Da fällt mir eine Geschichte ein, die ich gehört habe. Die handelt von einem Ehepaar, wo die Frau sehr gläubig war und der Mann auch Atheist. Trotzdem hat er sie auf ihre Wallfahrt nach Medjugorje begleitet. Während sie zu Maria betete, -die dort übrigens immer noch erscheint,- saß er auf einem Hügel im Gras und wartete. Da ist ihm auf einmal Jesus erschienen und hat ihn so gütig und voller Liebe angeschaut, dass dieser Mann seither auch gläubig geworden ist.

Diese Geschichte gibt mir Hoffnung. Obwohl ich sie meinem Atheisten nicht erzählen kann, der würde mich glatt rauswerfen oder wieder milde lächeln, wie so oft. Er versteht mich einfach nicht, will mich wohl auch gar nicht verstehen, fordert seinerseits aber, dass ihn betreffend, alle nachsichtig reagieren.

Starre und Leere, Freude und Sehnsucht

Aus meinem Glaubenstagebuch:

Ich bin völlig erstarrt, wie das Kaninchen vor der Schlange. Ich kann nicht mehr denken. Mein Kopf ist leer. Mein Herz ist leer - nein - nicht ganz- es ist von Angst erfüllt. Ich habe geschlafen, dank Tabletten. Aber dadurch konnte ich auch nicht nachdenken und auch nicht beten. Und ich hatte auch keinen Traum - nichts - absolut gar nichts. Was soll ich nur tun? Wenn ich in diesem Zustand vor meinen Partner trete, wird er noch wütender, weil er mir nicht helfen kann; er hat mit sich selbst genug zu tun und ich bin ja schuld, dass es ihm jetzt so schlecht geht. Er braucht eine Frau, die stark ist und ihn aushält, so wie er ist. Nun stellt sich die Frage: will Gott, dass ich das aushalte- oder will Er dass ich meinen eigenen Weg bzw. Seinen Weg gehe? Was ist überhaupt Sein Weg? Beten wäre eine Option gewesen um zu einer Lösung zu gelangen. Aber nicht einmal dazu war ich zu der Zeit in der Lage.

Ich erinnere mich wie ich zitterte, obwohl es eigentlich gar nicht kalt war. Ich wünschte zu einer Freundin gehen zu können - nicht um mir Rat zu holen, das musste ich schon selber lösen, aber ich brauchte jemanden, der mir zuhörte.

Ich weiß, Gott hört mir zu, Maria auch, Jesus auch - sie alle hören mein Flehen und meine Verzweiflung. Aber ich höre keine Antworten.

Immer wieder betete ich:

>Lieber Gott, ich sitze hier, bin ganz leise, bewege mich nicht, kein Radio läuft, kein anderer Laut stört deine Stimme. Bitte sprich endlich zu mir!

Erlöse mich aus dieser Leere und Erstarrung.

Sag mir, was mein nächster Schritt sein soll.

Ich alleine bin zu schwach. Ich brauche Deine Hilfe < Und tatsächlich, meine Gebete wurden erhört. Langsam strömte wieder Wärme durch meinen Körper. Ich fühlte mich leichter und war wieder in der Lage, mich zu bewegen. Ich hatte Gott darum gebeten, mir den Engel zu schicken, den ich gerade in meiner jetzigen Situation nötig hatte. Es gibt ja verschiedene Engel für unterschiedliche Zuständigkeitsbereiche. Er hat mir Jeremiel geschickt. Auf der Karte die ich gezogen hatte, stand zu lesen:

Überwindung von Schwierigkeiten

Das Schlimmste hast Du jetzt hinter Dir.

Du überwindest problemlos alle vorherigen Herausforderungen".

Ich sah diese Engelkarte wieder als sowas von richtig an. Und auch die Bedeutung des Namens bestärkte mich darin. Er bedeutet nämlich "Barmherzigkeit Gottes".

Und da ich die letzten Tage oft den Barmherzigkeitsrosenkranz gebetet hatte, konnte dieser Engel nicht falsch sein. Und es gab auch wirklich noch einige Schwierigkeiten zu überwinden. Die allererste war, meinen Hintern hoch zu kriegen. Das hatte ich zum Teil ja schon geschafft. Jetzt musste ich anfangen, wieder Buchführung zu lernen bzw. überhaupt mein Bankwissen wieder aufzufrischen. Ich musste lernen, wie man ein Geschäft führt. Ich begann langsam zu begreifen, dass ich das nicht alleine schaffen muss. Hierfür gibt es die IHK. Aber dafür hatte ich erst durch die schmerzliche Phase gehen müssen. Nur dadurch war es möglich gewesen, mir die Augen zu öffnen, für das was möglich ist und was ich kann. Ich beginne wieder zu glauben, dass ich mit Gottes Hilfe alles schaffe. Ob ich das will, ist wieder eine andere Sache. Das alles ist ja erst einmal mit viel Arbeit verbunden - zumindest für meinen Kopf. In irgendeiner Kiste fanden sich dann auch die Bücher dafür. Und entsprechende Software gab es inzwischen ja auch. Ich würde das schon hinbekommen.

Abends betete ich:

„Danke lieber Gott für das Licht, das du mir geschickt hast. Lass es mich nicht wieder aus den Augen verlieren."

Der folgende Tag verlief dann recht hektisch, weil meine Schwester sich für den kommenden Nachmittag zum Kaffee angemeldet hatte. Einkaufen, putzen, Kuchen backen. Eigentlich hatte ich mir schon seit längerer Zeit vorgenommen, regelmäßiger zu beten.

Am besten gleich morgens. Doch an diesem Morgen kam mein Partner dazwischen. Da war dann der Gedanke ans beten erst mal weg. Und später, als mein Blick beim Putzen auf meine kleine Maria fiel, dachte ich "du musst noch beten- mach ich gleich nachher". Kurz vor dem Abendbrot fand ich dann endlich Zeit zu beten, aber irgendwie war es nur eine Pflichtübung. Das musste sich noch ändern. Obwohl, dachte ich, es war immer noch besser, als gar nicht zu beten und wenn ich später im Bett läge, dann könnte ich das ja nochmal besser machen. Dann kann ich wieder in Dialog mit Gott treten. So dachte ich. Es wurde dann wieder mehr ein Monolog. Das nervt manchmal. Andererseits wieso sollte Gott sich ausgerechnet mit mir unterhalten? Ich erinnerte mich an ein Kindergebet das ich als ich klein war immer gesprochen habe:

"Jesukindlein komm zu mir, mach ein frommes Kind aus mir, mein Herz ist klein, kann niemand hinein. Nur Du mein liebes Jesulein".

Meine Mutter hat mir das beigebracht und ich hab es später meine Kinder gelehrt. Später in der Schule habe ich dann das "Vaterunser" gelernt und gebetet. Das heißt nein, das Vaterunser hat mir mein ältester Cousin beigebracht. Irgendwann hat das mit dem beten dann aufgehört. Ich habe zwar gemeinsam mit meinen Kindern gebetet, aber selbst nicht mehr - komisch, wenn ich jetzt so darüber nachdenke. Obwohl, so ganz aufgehört habe ich nie mit dem beten. Ich schickte so das ein oder andere Stoßgebet gen Himmel. Und als dann mein Schwiegervater an Krebs erkrankt war, habe ich für ihn gebetet. Als er schließlich in der Klinik lag und es ihm immer schlechter ging, habe ich Gott gebeten, ihn nicht länger leiden zu lassen. Einen Tag später ist er tatsächlich gestorben. Dasselbe geschah mit meinem Opa. Er hatte keine Krankheit, er war einfach nur alt und konnte sich nicht mehr artikulieren und hat niemanden mehr erkannt. Auch er starb noch in derselben Nacht, in der ich um seine Erlösung gebetet hatte. Und dann war da noch mein Vater. Drei oder vier Mal war er dem Tod schon buchstäblich von der Schippe gesprungen. Wir wollten ihn noch nicht gehen lassen und haben um ihn gebetet und für ihn und Gott hat ihn noch eine Weile bei uns gelassen. Aber dann wollte er selbst nicht mehr. Die Ärzte aber hatten ihn trotz Patientenverfügung, künstlich beatmet und ernährt. Er hat sich dann selbst alle Schläuche herausgerissen und jegliche Nahrungsaufnahme verweigert. Ich habe alles ja nur aus der Ferne mitbekommen, aber als ich dann mitbekam, wie sehr er sich quälte, um endlich sterben zu dürfen, habe ich auch um seinen Tod gebetet - und -wurde wieder erhört. Beim ersten Mal mag einer das ja noch als Zufall sehen, aber inzwischen habe ich fünf Menschen - meine Oma und eine Freundin kamen noch dazu- quasi in den Tod gebetet. Immer mit denselben Worten:

" Lieber Gott, bitte, entweder mache........ wieder gesund oder erlöse sie/ihn von ihren Leiden und nimm sie zu Dir in Dein Reich."

Zu beten funktioniert also. Aber wie bekomme ich das in meinen Alltag integriert ohne dass es oberflächlich wird? Komischerweise fällt es mir leichter zu beten, wenn es mir schlecht geht. Auch mal „danke" zu sagen, wenn alles gut ist, das vergesse ich nur zu leicht. Ich könnte mir vorstellen, dass das nicht nur mir so geht. Dankbarkeit und Demut müssen wir alle erst wieder lernen. Als meine Schwester kommt, ist von all dem allerdings keine Rede mehr. Ich weiß gar nicht, ob sie an Gott glaubt. Ich denke, auch sie hat damals als der Unfall passierte, ihren Glauben verloren. Vielleicht hätte ich mich doch mit ihr darüber austauschen sollen. Der Gedanke kam mir drei Tage zu spät. Am Sonntag waren wir noch zusammen Essen. Sie dachte es wäre mein Geburtstag und hatte mich eingeladen. Das war auch der eigentliche Grund ihres Besuches gewesen. Sie wollte nicht, dass ich wie die meisten Jahre, diesen Tag alleine verbringe. Sie hatte sich um einen Tag vertan. Aber ich sagte nichts. Am nächsten Morgen, meinem tatsächlichen

Geburtstag habe ich meine Erinnerungskiste hervorgeholt. Alte Fotos, Briefe, Ansichtskarten, meine Geburtsurkunde. Ich sah, dass ich an einem Mittwoch geboren bin. Eine Waage in der Mitte der Woche. Das musste doch etwas bedeuten. Jedem Sternzeichen werden ja bestimmte Eigenschaften zugeordnet. Und obwohl ich nicht an Horoskope glaube, muss ich zugeben, dass die meisten Eigenschaften, die der Waage zugeordnet sind, durchaus zutreffen. Nur, ob ich diese Eigenschaften schon von Geburt an hatte, oder ich sie mir erst später, als ich davon gelesen hatte, angeeignet habe, kann ich heute nicht mit Gewissheit sagen. Eventuell wurden sie mir auch von Gott gegeben. Als ich so darüber nachdachte, erschien mir das sogar sehr wahrscheinlich. Nur, was sollte ich nun damit machen? Wie konnte ich meine Talente einsetzen? Was waren überhaupt meine Talente? Ich fand, dass ich kann leidlich malen konnte, dass ich sehr kreativ bin, gut zuhören kann, Ordnungsliebend und ausgeglichen bin. Was ich nicht so gut kann, ist

144

alles, was heute in der Arbeitswelt gefordert wird. Schon allein bei dem Gedanken, eine Bewerbung schreiben zu müssen, bekomme ich Gänsehaut. Und dann erst das Vorstellungsgespräch. Was die da alles fragen und ich dann antworten muss, in der Hoffnung, dass es auch das ist, was die hören wollen. Obwohl die einzig wahre Antwort wäre:" ich habe mich bei Ihnen beworben, weil ich einen Job brauche um Geld zu verdienen, damit ich meine Miete zahlen kann". Stattdessen erwarten die, dass ich sozusagen lüge. Kein Mensch identifiziert sich mit der Firma, bei der er arbeitet, es sei denn, es handelt sich um einen kleinen Familienbetrieb. Aber wir müssen alle so tun, als ob. Wir müssen schleimen und in den A..... kriechen, damit wir 450 € bekommen, die zum Leben zu wenig und zum Sterben zu viel sind.

Was für eine verkehrte Welt!

Was für eine Gottlose Welt!

Ich erinnerte mich, dass ich vor einem Jahr den Sprung in die Selbstständigkeit gewagt habe.

Mit Gottes Hilfe. Heute fällt mir schwer, weiterhin auf IHN zu vertrauen, weil, es läuft nicht so wirklich gut. Vielleicht liegt es daran, dass es noch nicht das ist, was ER von mir will. Aber in die Arbeitsmühle soll ich wohl auch nicht wieder zurück, sonst würde ich nicht dauernd Absagen erhalten. Als ich darum gebetet hatte, ER möge mir den Engel zu Hilfe schicken, den ich gerade jetzt brauche, hat er mir Jeremiel geschickt

(schon wieder. Dieselbe Karte hatte ich erst beim letzten Mal gezogen, fällt mir eben erst auf).

Auf der Karte standen folgende Worte:

Überwindung von Schwierigkeiten

" das Schlimmste hast Du jetzt hinter dir, und du überwindest problemlos alle vorherigen Herausforderungen".

Wieder einmal, oder immer noch, genau zu meiner Situation passend. Ich bin immer wieder aufs Neue erstaunt darüber. Selbst, wer nicht an Gott glaubt, kann erst einmal mit seinen Engeln kommunizieren und zusammen arbeiten. Irgendwann ergibt sich dann der Glaube von ganz alleine.

Bei mir war das so. Wobei ich ja nie so ganz weg vom Glauben war. Mit meinem Partner - dem Atheisten - wird das etwas schwieriger werden. Aber ich denke, darin liegt eine meiner Aufgaben. Ich kramte noch ein wenig weiter und hing so dem ein oder anderen Gedanken nach da kam mein Schatz und lud mich auf einen Ausflug ein. Es war ja ein schöner frühherbstlicher Tag. Wir unternahmen eine kleine Wanderung. Es braucht gar keine großen Feiern. Einer meiner früheren Religionslehrer, ich glaube, er war sogar Pfarrer, hatte mal gesagt, dass eigentlich die Mütter an den Geburtstagen ihrer Kinder feiern müssten. Ich hab das damals nicht verstanden. Erst nachdem ich selbst zweimal die Leistung des Gebärens vollbracht hatte, war mir klargeworden, was er gemeint hatte. Wir feiern unseren Geburtstag, obwohl wir selbst gar nichts dazu beigetragen haben. Es ist keine Leistung ein Jahr älter geworden zu sein. Also nicht vor Erreichen des neunzigsten Lebensjahres. Ab dann wird jedes weitere Jahr spannend. Kurz überlegte ich, meiner Mutter zu meiner Geburt zu gratulieren, hab es dann aber doch gelassen. Ich glaube, das hätte sie verwirrt. Womöglich hätte sie gar gedacht, ich meine es sarkastisch, weil sie ja weiß, dass ich weiß, dass ich kein Wunschkind war. Der September plätscherte so dahin, ich betete endlich jeden Tag, aber nur einmal, entweder morgens oder abends. Es passierte nichts Besonderes bis auf den einen Sonntag, wo ich mal wieder zur Kirche gegangen bin. Es war Erntedank Gottesdienst. Leider hatte ich das vorher nicht gewusst, weil ich den Sonntag davor nicht zur Kirche gegangen war. Ich hätte schon auch gerne ein paar meiner Gartenfrüchte vor den Altar gelegt. In der Predigt hat der Priester dann aus einem Brief von Johannes gelesen. Darin stand irgendetwas von "ich will immer glücklich sein..." Da sagte ein kleines Kind in der ersten Reihe: "ich auch". und der Priester antwortete: "ja, Du auch". Das fand die ganze Gemeinde, einschließlich mir, sehr erheiternd. Überhaupt finde ich Gottesdienste, die nicht ganz so steif ablaufen, viel schöner. Menschlich eben. Es zeigt, dass auch Priester nur Menschen sind, und dass Gott selbst auch einmal als Mensch unter uns geweilt hat. Zu schade, denke ich auf dem Heimweg, dass ich meinen Partner so gar nicht für die Kirche und den Glauben begeistern kann. Mir bleibt nur immer wieder für ihn mitzubeten. Er ist so verschlossen und nur auf sich und sein Projekt bedacht. Ich weiß ja, er meint, er tut das alles nur für mich. Aber er will alles tausend Prozentig machen und verrennt sich dabei total. Ich musste irgendwie versuchen, sein Motiv zu ändern und seine Sichtweise. Arbeiten oder Liebe. Beides zusammen geht nicht - sagt er - und schon gar nicht irgendetwas dazwischen. Er schloss mich zu der Zeit gerade mal wieder total aus, hatte aber erst ein paar Tage zuvor gesagt, dass ihm noch kein Mensch so nahe gekommen sei, wie ich. Das ist wirklich sehr schwer zu verstehen. Aber nur, weil er das gesagt hatte, war ich überhaupt noch bei ihm. Weil ich dadurch Hoffnung habe, doch noch so weit zu ihm durchzudringen, dass ich ihm die Herrlichkeit Gottes nahe bringen kann. Ich wünschte nur manchmal, wir könnten sie gemeinsam entdecken. Weil auch ich war ja eigentlich selbst noch am Lernen. Ich war immer noch schwankend im Glauben, war immer noch nicht zur Beichte, bete noch immer nicht täglich und besuche nur unregelmäßig den Gottesdienst. Obwohl alle 14 Tage ist ja auch regelmäßig. Bald würde es Winter sein und ich würde mich sonntags überwinden müssen, aus dem warmen Bett nach draußen in die Kälte zur Kirche zu gehen. So rechte Freude darauf wollte sich noch nicht einstellen. Aber mir war klar, ich sollte freudig in die Kirche gehen. Wenn ich dann erst mal drin wäre, in der Kirche und das erste Lied gesungen wird, dann würde ich mich schon freuen. Bisher hatte ich noch keinen Gottesdienst bereut oder langweilig gefunden. Immer waren in der Predigt ein paar Worte, die mir zu Herzen gegangen sind. Was mich immer am meisten anrührt, ist das Lied der Schwarzen Madonna. Spätestens bei der zweiten Strophe kullern mir die Tränen aus den Augen. Dagegen kann ich einfach nicht ankämpfen. Der Text und die Melodie rühren an mein Innerstes, wenn ich auch mit dem Verstand nicht wirklich begreifen kann, was genau mich da so anrührt. Noch Stunden danach summte ich die Melodie vor mich hin. Ich danke dir Gott, nicht nur für die Ernte, sondern auch für die Musik. Ich glaube, den meisten Menschen ist nicht bewusst, dass auch sie ein Geschenk von Gott ist. Auf die Frage, was ich denn auf eine einsame Insel mitnehmen würde, würde ich, jetzt nicht an erster Stelle, aber zumindest weit vorne, die Musik nennen. Das ginge schon. Mit so einem alten Grammophon, wie in dem Film „die Blaue Lagune". Das mit der Insel wäre, wenn ich grad so drüber nachdenke, eine schöne Lösung. Aber auf Dauer vielleicht doch langweilig. Ich hätte zwar meine Ruhe, könnte aber auch nichts mehr bewirken. Mein Hirn schlägt grade mal wieder Purzelbäume. Was mich zu meinem nächsten Thema bring über welches ich mir so meine ganz eigenen

Gedanken gemacht habe: Freude. Freude ist ja die Schwester der Liebe. Beides hängt zusammen. Ohne Liebe keine Freude und umgekehrt.

Was ist Freude? Wie führe ich sie herbei? Kann ich immerzu Freude empfinden? Darf ich das überhaupt? Unsere Gesellschaft ist ja irgendwie „freudlos" geworden. Schon am ersten Schultag heißt es: „Jetzt beginnt der Ernst des Lebens." So wird uns schon von klein aus beigebracht, dass Lernen und das Leben keine Freude macht. Wie Traurig. Das Leben sollte nicht so ernst sein. Das hat Gott niemals so geplant. Er hatte für uns das Paradies geschaffen, und darin sollten wir in Freude und Frieden leben. Aber das wollten wir ja nicht und jetzt haben wir diesen ganzen Schlamassel. Aber es gibt einen Ausweg: Jesus. Ein gutes Beispiel dafür liefert die Geschichte mit dem reichen Kaufmann. Jesus sagte zu ihm: „verkaufe alles, was du besitzt, gib das Geld den Armen und folge mir nach." Zu seinen Jüngern sagte Jesus "Eher geht ein Kamel durch ein Nadelöhr, als dass ein Reicher ins Himmelreich gelangt".(steht so in der Bibel)

Ich habe lange über diese Worte nachgedacht.

Kann ich nur ins Himmelreich gelangen, wenn ich arm bin? Wir haben dann am Tag darauf in meiner Therapie darüber gesprochen. Dabei kamen dann auch auf den heiligen Franziskus zu sprechen. Ich äußerte die Meinung, dass so ein Leben, wie Franziskus es geführt hat, in der heutigen Zeit einfach nicht mehr machbar ist. Ich kann nicht von Haus zu Haus ziehen, den Glauben predigen und von den Menschen Nahrung und Unterkunft erbetteln. Als Antwort erhielt ich, dass allein die Sehnsucht und das Streben danach schon genüge. Es ist ja auch nicht leicht, wenn man als Kind im Wohlstand aufgewachsen ist, plötzlich alles aufzugeben - freiwillig. Aber es ist trotzdem möglich Gutes zu tun, Liebe zu geben, Freude zu schenken, und Gottes Wort weiter zu geben. Ich kann gläubig sein, meinen Glauben auch leben und trotzdem Lebensfreude haben und auch zeigen. Ich muss nicht verbissen und ernst dabei sein. Da wünsche ich mir manchmal unsere Gottesdienste wären so voller Freude, wie bei den Schwarzen, die singen, klatschen und tanzen sogar. Ich liebe Gospel. Unsere alten Kirchenlieder sind auch schön. Leider werden heutzutage nur diese modernen Sachen gesungen. Viel zu schnell und die Melodien sind für meine Ohren auch nicht wirklich schön. Da will dann keine so rechte Freude aufkommen. Ich begann langsam zu begreifen, dass Freude zu schenken ohne eine Gegenleistung dafür zu erwarten, auch etwas war, was ich erst noch lernen musste. Überhaupt habe ich noch viele zu viele Erwartungen an andere Menschen, insbesondere an meinen Partner. Ich muss lernen, meine Freude und meine Gute Laune nicht von seiner Laune und seinem Verhalten abhängig zu machen. Neulich habe ich das sogar mal geschafft. Ich bin ohne ihn zum Tanzen ausgegangen und dann hab ich mich auch wieder gefreut, nach Hause zu kommen. Und sonntags gehe ich ja auch ohne ihn zur Kirche. Und es freut mich,

154

dass er mich auch lässt und fragt ob es schön war, obwohl er ja überzeugter Atheist ist. Und ich gebe die Hoffnung nicht auf, dass er doch einmal mitkommt. Was mir momentan noch überhaupt keine Freude bereitet, ist der Gedanke an Weihnachten. Wie und wo soll ich das dieses Jahr verbringen? Nachdem meine Mutter mir letztes Jahr erzählt hat, dass Weihnachten ihr nichts bedeutet, zieht es mich nun nicht mehr so wirklich nach Hause. Es hat mich auch geschockt, als sie gestand, nie so wirklich Freude daran gehabt zu haben. Was genau ist eigentlich Freude? Ich habe die Erfahrung gemacht, dass es viele kleine Dinge sind, die die Freude im Leben ausmachen. Als ich in der Tagesklinik wegen meiner Depression in Therapie gewesen bin, hatte eine der Ärztinnen zu mir gesagt, wir sollten ein Freudetagbuch schreiben. Und es stimmt schon. Wenn ich am Ende des Tages darüber nachdenke, was mir Freude bereitet hat und das dann aufschreibe, muss ich unwillkürlich lächeln und schlafe viel besser ein. Gestern zum Beispiel haben wir etwas Honig auf die Fensterbank geträufelt und schon nach zehn Minuten kamen die Marienkäfer, die sich schon im Fensterrahmen verkrochen hatten und labten sich daran. Es sind ganz tolle Fotos daraus entstanden. Ich erfreue mich immer noch an meinen Wildblumen und den Bienen und Hummeln, die darin summen. Heute Abend war ein wundervoller, herbstlicher Sonnenuntergang. Vor allem die Wolken, die minütlich ihre Farbe änderten, waren geradezu faszinierend. So etwas Schönes kann doch nur von Gott geschaffen sein. Mit diesen Worten im Kopf schlief ich an diesem Abend ein. Und am nächsten Morgen, noch während ich Kaffee trank, schaute ich nach, was es denn Neues bei Facebook gab. Und schon beim Lesen des ersten Beitrages begann meine Freude vom Vortag zu schwinden. Was regt es mich auf, dass alle immer nur über das schlechte Wetter schimpfen. oder überhaupt über das Wetter, es ist doch eh nicht zu ändern. Aus, basta, Ende. Aber nein, wir müssen immerzu an allem herum meckern.

Scheint die Sonne - ist es zu heiß. Regnet es - ist es zu nass und zu kalt. Und - oh mein Gott - im Winter schneit's dann auch noch!

Warum sehen sie denn nicht, dass alles von Gott gemacht und gewollt ist? Wie schön ist so eine verschneite Winterlandschaft, wenn der Himmel blau ist und der Raureif in den Bäumen hängt. Aber auch wenn der Himmel grau ist. Der ganze Dreck verschwindet unter einer weißen Decke. Unsere Feldfrüchte wachsen nur, wenn sie genug Wasser und Sonne haben. Wir ernähren uns doch davon. Sie brauchen den Regen. Und ER schickt ihn. Zugegeben, manchmal ist der regen etwas ungerecht verteilt und manchmal auch zu viel. Aber doch nicht hier bei uns. Und wenn, dann sind die daraus folgenden Überschwemmungen doch hausgemacht. Gott hat unsere Flüsse nicht begradigt und in Kanäle eingesperrt. Ich möchte am liebsten laut schreien: „es gibt kein falsches Wetter, nur falsche Kleidung und die falsche Einstellung!" Und: „Geld kann man nicht essen!"

Wie unzufrieden sind die Menschen doch geworden. Sie haben alles und wollen doch immer mehr und mehr. Ich glaube, darum sind die alten Hochkulturen alle zugrunde gegangen. Sie starben aus, weil der Zenit erreicht war und es kein Zurück mehr gab. Ich bete jeden Tag darum, dass wir dieses Zurück noch rechtzeitig schaffen. Die Bankentürme sind die neuen Türme zu Babel. Viel zu viele wurden davon gebaut. Zwei Türme hat Gott schon einstürzen lassen – zur Warnung! Aber wie blind sind wir geworden! Wir haben es nicht als solche erkannt.

Gott schickt, wie im Alten Testament, Krankheiten, Seuchen, Hungersnöte, Naturkatastrophen... Dennoch sehen wir es immer noch nicht - bis auf einige wenige. Aber werden diese Wenigen genügen, um die Menschheit nicht aussterben zu lassen? Ich schließe die gesamte Menschheit in meine Gebete mit ein - jeden Tag aufs Neue: Hab Erbarmen GOTT, mit mir, mit den Meinen und mit der ganzen Welt!!!

Natürlich gibt es da noch die Wissenschaft, die besagt, die Krankheiten und Seuchen würden durch Viren und Bakterien verursacht. Dem kann ich nicht widersprechen. Das ist alles ausreichend belegt und bewiesen. Auch, dass diese Viren und Bakterien lange vor den Menschen die Erde bevölkert haben. Aber wie genau es dann weiter gegangen ist, kann niemand wirklich beweisen. Sie nennen es Kambrische Explosion.

Doch wie genau hat sich das Leben dann weiter entwickelt? Also wie ganz genau? Irgendwo fehlt mir da immer ein Bindeglied. Die Wissenschaft meint, der Mensch stamme vom Affen ab, weil wir mit den Affen viel gemein haben. Aber wir haben auch mit Bären und Schweinen viel gemein. Wer genauer recherchiert, stellt sehr schnell fest, dass eigentlich noch viel zu wenige Fossilien gefunden wurden, die diese Theorie bestätigen. Und selbst wenn, woher kam der Affe? Wir wissen, die Dinosaurier sind ausgestorben und die Säugetiere haben daraufhin ihren Siegeszug angetreten. Aber was hat sich aus was entwickelt? Wann hat diese Vielfalt begonnen? Diese ganze Forschung hat uns schon viel verraten, aber nicht den tatsächlichen Beginn allen Lebens. Ich sehe mir gerne entsprechende Dokumentarfilme an. Aber keiner konnte mir bisher die Frage aller Fragen wirklich befriedigend und nachvollziehbar beantworten. Wirklich, ich glaube nicht, dass Gott den Menschen aus Lehm geformt hat, aber geformt hat er ihn. Und zwar aus allen Elementen, die wir heute in uns finden können. In der Bibel steht nur deshalb Lehm, weil die Vorstellungskraft der Menschen damals noch nicht für mehr ausgereicht hat. Wir meinen zu wissen, dass es einen Urknall gegeben hat. Aber ist es nicht genauso verrückt, an einen Urknall zu glauben, wie an Gott. Beides ist nicht zu hundert Prozent beweisbar. In einem Computer kann ich viel simulieren. Eigentlich alles. Ein Computer macht nur das, was Menschen ihm vorher eingetrichtert haben. Wenn da einer eingibt: „mach mir den Urknall", dann macht der das. Das ist kein Beweis für den Urknall. Für mich beweist das nur, dass einer mit dem Computer umgehen kann. Was hat nun aber der Urknall mit meinem Glaubensweg zu tun, wenn ich doch mit dem Herzen und nicht mit dem Verstand glauben soll? Ich meine alles. Weil Herz und Verstand lassen sich nicht so einfach trennen.

Mein Atheist meint schon, dass das geht. Also bei ihm mag das ja stimmen, er ist ja auch ein Mann. Da fällt mir gerade auf, ich kenne nur männliche Atheisten. Also solche, die sich auch dazu bekennen und Bücher darüber geschrieben haben. Frauen glauben alle an irgendwas und wenn es nur Engel sind, oder? Und die Frauen spielten auch bei Jesus eine wichtige Rolle. Man(n) hat sie nur später aus der Bibel herausgeschrieben. Sind nicht wir Frauen, die Gefäße, die Gottes Liebe empfangen und weitergeben sollen? Maria ist dafür das Vorbild schlechthin. Sie hat alles von Gott empfangen, einschließlich seines Sohnes und hat alles an uns Menschen weiter verschenkt. Das tut sie noch, wenn wir sie darum bitten.

Ich bin nur ein Mensch

Da fällt mir wieder eine Predigt ein, die mich auch sehr berührt hat. Sie begann mit den Worten:

„ich bin nur ein Mensch." Gefolgt von der Frage wann wir diese Worte sagen. . Wir benützen diese Worte als Ausrede für unsere Unzulänglichkeiten und unsere Sündhaftigkeit.

„Siehe Gott, ich bin nur ein Mensch: klein und unbedeutend und voller Sünde."

Und wieder fühlte ich mich direkt angesprochen. Ja, Gott, auch ich bin sündig und schwach. Ich bin immer noch zu schwach und zu bedürftig um Dir voll und ganz zu vertrauen. Und wieder betete ich um Geld, oder zumindest darum, dass ich durch meine Arbeit endlich mal zu etwas Geld komme - genug um davon leben zu können, damit ich nicht doch am Ende noch

Hartz IV beantragen muss. Und dann las der Priester aus dem Markus-Evangelium:

Jakobus und Johannes gingen zu Jesus und baten darum, dereinst im Himmel links und rechts neben ihm sitzen zu dürfen....Als die anderen Jünger das hörten, wurden sie sehr ärgerlich über Jakobus und Johannes. Da rief Jesus sie zu sich und sagte:" Ihr wisst, dass die, die als Herrscher gelten, ihre Völker unterdrücken und die Mächtigen ihre Macht über die Menschen missbrauchen. Bei Euch aber soll es nicht so sein, sondern wer bei Euch groß sein will, der soll euer Diener sein, und wer bei euch der erste sein will, soll der Sklave aller sein."....

Auch ich bin nicht auf die Erde gekommen um zu herrschen, sondern um zu dienen.....

Wir haben vergessen, wie es ist, zu dienen. Einige wenige tun es noch, indem sie ein Ehrenamt ausüben.

Aber selbst da gibt es welche, die über den anderen stehen wollen. Und natürlich wollen sie dann auch für ihre Tätigkeit geehrt werden. Sie haben das Wort "Ehrenamt" völlig falsch verstanden. Das hat nichts damit zu tun geehrt zu werden, sondern es sollte jedem eine Ehre sein, dienen zu dürfen. Aber da kommt wieder unsere Menschlichkeit zum Vorschein - oder ist es gar teuflisch, was da immer wieder aus uns hervordrängt. Der Teufel hat ja auch Jesus immer wieder versucht. Nur war Jesus stark genug, ihm zu widerstehen. Darum habe ich nachdem ich die heilige Kommunion empfangen habe, um Jesu Kraft gebetet. Nur das mit dem "Sklave sein", will mir nicht so recht gefallen. Dieses Wort ist doch etwas negativ belastet. Mit Sicherheit, hat Jesus das nicht so gemeint, wie wir es heute sehen. Somit stellt sich mir wieder die Frage, wie ich die Worte aus der Bibel in die heutige Zeit umsetzen kann. Wie kann ich Gott und den Menschen dienen, ohne mich dabei zum Sklaven zu machen?

Und bin ich nicht eigentlich schon Sklave?

Sklave meiner Erziehung

Sklave der Gesellschaft

Sklave der Medien

Sklave der Konzerne

Wir alle sind auf die eine oder andere Weise Sklaven. Aber wie kommen wir da wieder heraus?

Nun, ich kann nicht alle aus diesem Sumpf mit herausziehen. Ich schaffe es ja kaum, mich selbst zu retten.

Und da kommt wieder Gott ins Spiel? Nur er kann uns erretten, wenn wir ihn darum bitten.

Und so bitte ich Dich HERR, rette mich, die meinen und alle die an Dich glauben. Schicke uns den heiligen Geist, auf dass er uns den richtigen Weg weise. AMEN

Tagelang betete ich dann dasselbe Gebet. Aber irgendwie fühlte ich mich nicht besser dabei. Im Gegenteil. Ich begann müde zu werden.

Müde zu lesen, wie die Flüchtlinge bei uns frieren.

Müde zu sehen, wie Asylantenheime angezündet werden.

Müde zu lesen, wie Konzerne die ganze Welt ausbeuten.

Müde zu lesen, wie fünf reiche Familien die ganze Welt regieren.

Müde zu sehen, dass meine ganzen Gebete nichts daran ändern -- oder bewirken sie doch etwas?

Bin ich nur zu ungeduldig- oder sehe ich die Wirkung nur nicht?

Es ist so anstrengend und macht mich fast schon wieder hoffnungslos, zu sehen, was in dieser Welt passiert.

Wie wir unsere Erde immer schneller zerstören.

Und immer noch wollen die Politiker uns glauben machen, es läge am CO_2-Ausstoß.

Ich kann das schon nicht mehr hören! Es liegt nicht nur daran, sondern einfach an allem was wir tun. Wir müssen umkehren und komplett neu anfangen. Weg vom Großen und wieder zurück zum Kleinen. Weg vom: "der Große frisst den Kleinen."- Zurück zu "der Große hilft dem Kleinen". Dann werden vielleicht beide nur noch "Mittelgroß", können aber immer noch leben. Da gibt es ein Kartellgesetz, und trotzdem ist es möglich, dass riesengroße Konzerne entstehen, die uns dann diktieren, was wir essen und trinken sollen und die dafür sorgen, dass die eh schon Armen noch ärmer werden und dann zu uns kommen. Ich bin es müde zu lesen und zu hören, dass wir erst Waffen in die armen Länder verkaufen und uns dann beschweren, dass die Menschen dann zu uns flüchten. Ich bin es müde zu hören, dass über die Pegida -Anhänger gelästert wird. Diese Menschen tun wenigstens etwas. Sie sagen den Politikern, dass sich etwas ändern muss. Sie haben keine Angst vor Moslems, sondern sie wollen grundsätzlich etwas ändern, drücken es nur nicht richtig aus, weil so viel geändert werden muss, dass es fast unmöglich scheint. Und die Reichen und Mächtigen, welche Angst haben, es wird ihnen etwas genommen, die unterdrücken das dann, ziehen das Ganze sogar ins Lächerliche. Ich bin es müde zu lesen, wer von wem geschieden wird, wer grade schwanger ist, welcher sogenannte Promi betrunken Auto gefahren ist, usw.- das ist mir alles scheißegal! Ich möchte am liebsten laut schreien: "wacht endlich auf! Es ist schon fünf Minuten nach Zwölf!" Und wir müssen noch nicht einmal mehr auf die Straße um uns zusammen zu schließen und gegen dieses System aufzulehnen bzw. es zu ändern. Nein - dafür gibt es Facebook - und genau dafür! Und nicht um anderen mitzuteilen, daß man grade aufs Klo geht. Ich bin es müde zu lesen, wie wir uns über streikendes Bahn- und Flugpersonal aufregen. Es streiken noch viel zu wenige und es streiken die falschen. Es sollten mal die streiken, wo es auch die Großen mal trifft und nicht nur die Kleinen. Und das Motiv muss sich ändern. Was nützen 2% mehr Gehalt, wenn am anderen Ende die Preise um 4% steigen? Fernseher werden immer billiger - super. Brot bleibt gleich - auch super. Milch kost fast nix - und wovon soll der Bauer leben? Ich bin dieses Systems müde. Wir alle sind müde und haben uns einlullen lassen.

AUFWACHEN!!!!!!

Aber ich rufe nicht.

Ich schweige, wie so viele.

Jetzt breche ich mein Schweigen und erzähle, was ich aufgeschrieben habe. Mein Glaubensweg geht ja noch weiter. Und jeden Tag lerne ich etwas Neues dazu. Neulich hatte ich sogar mehrere Aha-Gedanken. Es geschah während meiner Therapiestunde. Mir ist sozusagen mehrmals ein Licht aufgegangen. Ich hatte erzählt, dass ich erfahren hatte, wie andere über mich geredet haben und Dinge über mich erzählt haben, die schlichtweg falsch waren. Und ich hab dann erzählt, dass ich mich daraufhin via Facebook dazu geäußert habe. Einerseits, höre ich dann, wäre es gut gewesen, mich einmal zu wehren. Aber ich hätte es auch anders machen können. Es hat schon seinen Grund, warum Menschen so sind, wie sie sind. Warum manche tratschen und ungerecht sind. Jeder hätte sein Kreuz zu tragen. Ich das meine und die das ihre. Ich gehe immer davon aus, nein ich erwarte es sogar, dass alle Menschen so sind wie ich und dieselben Wertvorstellungen haben.

Nämlich: Treue, Vertrauen, Wahrheit, Liebe.

Aber dem ist mitnichten so. Heute zählen nur Geld, Macht und Sex. Und weil ich auch noch hypersensibel bin, nehme ich die negativen Schwingungen alle wahr. Und ich verzweifle schier an der Schlechtigkeit dieser Welt, was bis zum Selbstmord führen kann - ja schon dazu geführt hat - mehrmals schon. Und letztens wäre es mir ja auch fast geglückt. Ich muss mich damit abfinden, dass die Menschheit und die Welt schlecht ist und ich allein daran absolut nichts ändern kann. Das kann nur ER. Aber ich kann mir immer wieder sagen, dass mein Engel immer an meiner Seite ist- egal wohin ich gehe, ob ich wach bin oder schlafe, mein Engel ist dabei. Und vielleicht kann ich ja auch andere davon über-zeugen, dass auch sie einen Engel haben; dass jeder einen ganz persönlichen Engel hat, der von Geburt an bis zum Tod dabei ist. Ich bügle mit meinem Engel, ich gehe mit ihm durch die Stadt, er weint und lacht mit mir. Jetzt mag sich manch einer fragen, was soll ich mit so einem Engel, der nur neben mir steht, ja vielleicht sogar Ballast ist? Nun unser Engel weist uns auch, wenn wir auf ihn hören. Wir können mit ihm kommunizieren, wenn wir uns seiner bewusst sind. Ich gebe zu, auch ich vergesse das immer noch manchmal. Ich muss mir dann selber vorsagen:

"ich bin nicht allein, mein Engel ist bei mir, wir sind zu zweit." Und zu zweit geht vieles leichter, ist leichter zu ertragen und wenn es ganz schlimm wird, dann bete ich zu Maria - meiner Mutter. Und noch etwas habe ich gelernt bei dieser Sitzung: Es geht nicht ohne Leid. Wir müssen zwar nicht mehr unter der Folter sterben, wie all die Heiligen vor uns, aber wir müssen - wie Jesus - unser Kreuz tragen und es auch ertragen. In Demut und Geduld unseren Schmerz zulassen und erdulden; und ich habe gelernt, warum mir so viele Frauen ablehnend gegenüber stehen, die Männer hingegen sind meist Feuer und Flamme für mich. Dabei will ich gar nichts von denen. Ich will einfach nur nett sein und ich will, dass andere nett zu mir sind - und dabei ist mir das Geschlecht egal. Die Frauen sehen eine

Gefahr in mir, weil sie selbst nicht so sind wie ich, aber es insgeheim gerne wären. Dabei praktiziere ich nur Nächstenliebe, so wie Jesus es uns gelehrt hat. Aber ich werde immerzu falsch verstanden. Die Männer glauben, bei mir landen zu können und deren Frauen glauben ich will ihnen ihre Männer abspenstig machen. Und weil sich die Frauen von mir abwenden, wende ich mich den Männern zu, weil sie sich mir zuwenden. Es ist ein Teufelskreis. Leider habe ich noch keine wirkliche Lösung dieses Problems, weil: ich will ja auch nicht ständig allein sein. Ich bin noch nicht so weit, dass mir das Geistige genügt. Ich weiß, Gott ist da, mein Engel ist da, Maria ist da. Aber ich bin ein Mensch und hungere nach menschlicher Liebe, obwohl die Göttliche um vieles reicher sein soll. Das übersteigt jedoch noch immer meinen Horizont. Die geistliche Ebene zu erreichen, ist wahrlich eine Lebensaufgabe und es ist sehr wahrscheinlich, dass ich sie niemals erreiche. Aber ich versuche es zumindest.

Was wohl mein Atheist zu meinen Gedanken-gängen sagen würde? Klingt ja schon etwas hochtrabend, davon zu träumen, so etwas wie eine „geistige Ebene" erreichen zu wollen. Ich glaube, ganz so weit würde ich gar nicht kommen wollen. Oder doch? Ich kann es mir nicht vorstel-len. Es ist noch nicht so lange her, da gehörte ich selber noch zu denen, die solche Menschen wie Schamanen, Druiden und Eremiten für abgeho-bene Spinner gehalten hat. Im Mittelalter wäre ich bestimmt als Hexe oder als Ketzerin ver-brannt worden. Ich glaube ich will zu schnell zu viel. Mir fehlt es an Geduld. Es soll sich endlich was tun. Meine Bemühungen sollen endlich Früchte tragen. Ich lese, dass es dazu Demut braucht. Ein komisches Wort in der heutigen Zeit. Oder anders: es bedeutet für viele nicht mehr dasselbe, wie ursprünglich. So vieles ist nicht mehr, wie einst; - zu vieles. Andererseits ist auch vieles gleich geblieben, es wurde nur vergessen. Ich versuche nun auf meine Weise, alle wieder daran zu erinnern: an den Ursprung allen Seins.

Was ist Demut und noch mehr Fragen

Auszug aus meinem Glaubenstagebuch:

> ich denke Gott wird meine Bemühungen ihm näher zu kommen irgendwann doch honorieren und mich letztendlich in sein Reich aufnehmen - nach ein paar Jahren Fegefeuer.

Und ich stelle dann auch nicht wie Jakobus und Simon, den Anspruch, gleich neben ihm sitzen zu wollen. Wie schon in der Schule, will ich ganz hinten sitzen - Hauptsache drin. AMEN<

Ist das jetzt schon Demut? Also der Wunsch , nicht gleich direkt bei Gott sitzen zu wollen. Das war eine meiner nächsten Fragen, die mich zu beschäftigen begann. Mit dieser Frage im Herzen – nicht im Kopf- saß ich im Wartezimmer meiner Therapiepraxis. Ich schaute mir wie immer die Bücher in den Regalen an. Und dann die Heft-chen, die so auf dem Tischchen herumlagen. Und dann fand ich es. Oder hatte es mich gefun-den? Bei so manchen Büchern, die ich mir im

Laufe der Zeit aus der Praxis ausgeliehen hatte, erwuchs in mir beim Lesen durchaus der Eindruck, als wäre es tatsächlich so gewesen. In diesem Fall handelte es sich um einen Bericht und Lebenslauf über Pater Josef Kentenich.

Mit ihm hatte ich wieder einen Gläubigen aus unserer Zeit gefunden, naja - fast. Er wurde vor 100 Jahren geboren und er war der Gründer der Schönstatt-Bewegung.

Ich blätterte erst einmal nur so in dem Heftchen herum, las mal hier, mal dort ein paar Worte, bis ich auf das Thema „Demut" stieß. Und weil dies zu diesem Zeitpunkt die in mir vorherrschende Frage war, die mich gerade beschäftigte, kam ich zu der Auffassung, dass da mindestens mein Engel, wenn nicht gar Gott selbst meine Hand gerade zu dieser Broschüre gelenkt hat. Ich sollte dieses Heftchen genau jetzt finden und lesen. Und weil ich wie immer sehr frühzeitig in der Praxis war und das Gespräch vor mir noch andauerte, schaffte ich fast den ganzen Text. Besonders blieb mir dabei folgendes im Gedächtnis:

>Er war Maria ähnlich: demütig, dienmütig, schlicht, bescheiden. Jeden Erfolg führte er auf Gott zurück und jedes Lob lenkte er weiter auf den Allerhöchsten und die Gottesmutter.

Wahre Demut lohnt Gott mit seiner Gnade, mit erweisen seiner Liebe, die in demütigen Herzen Magnifikatsstimmung* wecken...< (Auszug aus PUR Spezial 3/14)

(*Magnificat anima mea Dominum hochpreiset meine Seele den Herrn)

Vor allem der Satz: „er führte jeden Erfolg auf Gott zurück", hatte mich persönlich sehr berührt. Weil: es stand da auch, dass er die Schönstatt-bewegung quasi im Alleingang ins Leben gerufen hat, aber eben nur quasi. Er war ja nicht wirklich allein - GOTT war immer mit ihm und bei ihm und wenn nicht Gott selber, so zumindest sein Engel oder Maria oder der Heilige Geist. Pater Kente-nich ist 1968 gestorben, fast ein Jahr, nachdem ich geboren worden bin. Hatte das jetzt etwas zu bedeuten? Warum war mir gerade jetzt dieses Heftchen mit dem Bericht über ihn und seine

Bewegung in die Hände gefallen? Welche Erkenntnisse konnte ich für mich daraus ziehen?

Zum einen begriff ich immer noch nicht so wirklich, was Demut bedeutet. Ich hab es dann zu Hause nachgeschlagen und die Bedeutung, die im Lexikon steht, wusste ich nun - aber - ich konnte es mit dem Herzen immer noch nicht begreifen. Oder anders gesagt: ich begriff, was Demut bedeutet, konnte das aber nicht so umsetzen. Nicht in der heutigen Zeit. Und dann begriff ich, dass ich das nie können würde - nicht alleine - nur mit SEINER Hilfe. Genau das war es, was ich wieder einmal lernen musste.

Immer und immer wieder: Ohne Gottes Hilfe geht gar nichts. Absolut nichts. Nicht der kleinste Schritt. Dieses Begreifen, dass es ohne IHN nicht geht – das ist Demut.

Danke Herr für diese Erkenntnis!

Und sie kam mir, während ich meine Gedanken dazu in mein Glaubenstagebuch geschrieben habe. Es genügte nicht, sie zu lesen, ich musste sie erst noch einmal aufschreiben und darüber nachdenken, bis mir dann endlich die Erleuchtung kam. Ja, so war das mit der Demut. Aber das war ja nicht die letzte Frage, die es zu klären gegeben hatte. Das kommt mir manchmal so vor wie mit dem Drachen, dem an der Stelle, wo man ihm den Kopf abschlägt, zwei neue Köpfe nachwachsen. Mit jeder Frage, die sich klärt tauchen weitere Fragen auf. Fragen über Fragen. Nur, weil ich begriffen hatte, was Demut bedeutet - zumindest für mich - für jemand anderen mag dies ja etwas ganz anderes bedeuten - war ich noch längst nicht am Ziel angelangt. Ich war immer noch auf dem Weg - hoffentlich auch auf dem richtigen. Was mich zu meiner nächsten Frage brachte:

„Bin ich noch auf dem richtigen Weg?"

Ich meinte: „JA, das bin ich, weil ich bin mit Gott". Darauf erfolgte aber für mich schon die nächste Frage: „Wenn ich auf dem richtigen Weg bin, wie kann ich andere Menschen dazu bringen, auch diesen Weg zu gehen? Und wie mache ich das, ohne gleich fanatisch zu wirken?

Einer der Priester, die sonntags in meiner Kirche predigen, sagte einmal, viele Menschen hätten Jesus für einen Spinner gehalten. Deshalb denke ich manchmal, dass sie auch mich für eine Spinnerin halten - die meisten jedenfalls - aber einige werden vielleicht auch inne halten und zuhören. Andererseits hat mir noch nie jemand lange zugehört. Und daher schreibe ich meine Gedanken und Fragen wieder einmal auf. So laufe ich weniger Gefahr direkt abgewiesen zu werden, was für mich, wo ich doch so ein zartes Gemüt habe, immer sehr schmerzhaft ist. Ich weiß, Gott mutet einem nie mehr zu, als man zu ertragen imstande ist. Nur: bin ich wirklich dazu imstande, alles zu ertragen? Manchmal finde ich mich immer noch als heulendes Elend unter meiner Bettdecke wieder. Dann heißt es ich solle beten, beten und nochmals beten. Ich solle daran denken, welchen Schmerz unsere Mutter Maria erleiden musste, welchen Schmerz Jesus erlitten hat und welche Schmerzen Gott immer noch leidet, weil wir- seine Kinder - ihn ablehnen, ja sogar verleugnen. Ich befand mich gerade in einer Phase, wo ich die ganze Welt retten wollte und schier daran verzweifelt bin, weil mir gleichzeitig auch klar wurde, dass ich das niemals schaffen würde. Wie sollte das auch gehen?

Ich fragte mich: „Was kann ich tun? Kann ich überhaupt etwas tun?" Und dann kam das kleine Wörtchen "quasi" ins Spiel.

„Ich kann quasi nichts tun, aber mit Gottes Hilfe eben doch!"

Und wieder schrieb ich meine Gedanken und Gefühle nieder. Ich stellte mir vor ich wäre wie der Schmetterling, der mit seinem Flügelschlag das Wetter beeinflusst. Oder, wie ich es einmal so schön auf einem Werbeplakat für eine Partei gelesen habe: "Auch ein kleiner Reißnagel, kann einen großen Hintern bewegen!" Als ich mir das bildlich vorstellte, wurde ich schon viel zuversichtlicher. Auf einmal sprudelten die Worte nur so aus mir heraus bzw. meine Finger flogen wie ferngesteuert über die Tastatur (nicht ganz - das 10 Finger-System beherrsche ich leider nicht vollkommen, bei mir sind nur vier Finger im Einsatz, aber das geht auch). Was ich damit gerade meine, wird nur jemand verstehen, der ebenso gläubig ist, wie ich<

Wenn ich meine Glaubensgedanken niederschreibe, ist es so, als würde mich jemand leiten - was ja auch tatsächlich so ist. Eigentlich unbegreiflich. Aber so ist das eben, mit dem Glauben. Da, wo das Begreifen aufhört, fängt der Glaube an. Darum sind so viele Wissenschaftler vom Glauben abgekommen. Sie meinen, die Welt und wie sie funktioniert, zu begreifen, und sind dem Irrglauben verfallen, den Glauben an Gott nicht mehr zu brauchen. Dabei wissen sie nicht, was vor dem Urknall war. Sie wissen nicht, was die sog. "dunkle Materie" ist. Was, wenn das, was sie als "Dunkle Materie" bezeichnen, die Göttliche Welt ist? Sozusagen der Garten Eden, Gottes Universum, die Ewigkeit in die wir, wenn wir gläubig sind, hineingelangen?

Genau jetzt - ich kann es direkt vor mir sehen - wird der ein oder andere dieses Buch weg legen und mich und meine Erzählerin als Spinnerin abstempeln.

Aber: was ist, wenn es der Wahrheit entspricht?

Irgendwie beginne ich auch langsam zu glauben.

Trotzdem frage ich:

wenn es Gott tatsächlich gibt, warum lässt er dann das Leid auf dieser Welt zu? Warum lässt er Krankheiten zu?

Die Erzählerin fährt fort:

Zugegeben, das alles fragte ich mich auch oft, Ich habe schon Antworten darauf gehört, die mich auch nicht so wirklich befriedigt haben und ich kann hier nur für mich sprechen: Gott wird sich schon etwas dabei gedacht haben. Vielleicht ist es ja auch nicht ER sondern sein Gegenspieler: der Teufel?

Wer an die eine Seite glaubt, muss ja auch an die andere glauben. Es gibt das Gute und auch das Böse.

Und ich frage, warum Gott dann nicht alle rettet? Weil nicht gerettet werden kann, wer nicht gerettet werden will. Du musst dein Herz schon öffnen. Du muss dich komplett ändern: deine Sichtweise, deine Werte, deine Lebensweise. Und wer will das schon? Wer will schon gerne, das was er hat, aufgeben? Wir wollen doch alle immer mehr, immer höher, immer weiter...usw. Wachstum ohne Ende ist angesagt. Es wurde mal eine Kreuzung aus Tiger und Löwe gezüchtet. Dieses Tier ist letztendlich daran gestorben, dass es nicht aufgehört hat zu wachsen. Und genauso wird es der Menschheit ergehen. Wachstum bis ins Unendliche ist nun einmal unmöglich. Wir müssen endlich einmal mit dem zufrieden sein, was wir haben. Wie das gehen soll? Nur mit Gottes Hilfe! Und es ist egal, ob wir aus einer Moschee, aus einer Kirche, aus einem Tempel zu ihm beten. Es ist egal ob auf einem Teppich kniend, stehend, sitzend oder liegend. Es ist egal in welcher Sprache, ob laut oder leise.

Hauptsache wir beten und befolgen Sein Hauptgebot: die Liebe.

„Liebe mich, so wie du bist und ich liebe Dich, so wie Du bist."

Das können wir, wenn wir es wollen, immer wieder nachlesen. In der gebetsgruppe, die ich besuche, beten wir immer still. Jede betet für sich ihr ganz eigenes „Herzens DEIN-Gebet".

Ich bin hier, lieber Gott und biete Dir meine Sorgen, Ängste und Nöte dar. Nimm sie und tausche alles gegen Liebe, Hoffnung und inneren Frieden.

Ich bete um inneren Frieden, weil im Außen der Friede nicht erreicht werden kann, solange die Menschen ihre Herzen vor Gott verschließen. Gott kann nur von innen heraus durch uns wirken. Wir können im Außen nichts verändern. Vielmehr müssen wir selbst uns wandeln lassen und gemeinsam beten. Es liegt so viel Kraft im Gebet. Viel mehr, als wir uns vorstellen können. Ganz habe ich das selbst noch nicht begriffen, aber ich lerne es langsam.

Von Leid, Aufräumen und Blumen im Dezember

Eine These, warum das Leid auf Erden ist, ist folgende:

Das Leid begann in dem Augenblick, wo Eva die Frucht vom Baum der Erkenntnis pflückte. Von da an gab es Gut und Böse. Vorher gab es nur das Gute. Und dann verführte Eva auch noch Adam, indem sie ihm die verbotene Frucht darbot. Und er nahm sie an. Diese Szene soll sich dereinst im Paradies genauso abgespielt haben. In anderen Versionen wird Eva von der Schlange verführt. Das Alte Testament lässt wirklich sehr viel Raum für unterschiedlichste Interpretationen. Wenn ich jetzt wieder meinen Verstand heranziehe, dann sagt der mir, das alles ist vollkommener Bullshit. Angefangen damit, dass nicht aus zwei einzelnen Menschen nicht die ganze restliche Menschheit entstanden sein kann. Logisch. Aber Glaube ist nicht logisch erklärbar. Höchstens theo-logisch. Jetzt bin ich aber keine Theologin und habe auch nicht vor, eine zu werden. Wie schon mal erwähnt bin ich einfach nur ein Mensch oder eine Menschin (das Wort kennt mein Rechtschreibprogramm noch gar nicht). Jedenfalls als Mensch denke ich nicht nur, ich fühle auch. Ich las die entsprechenden Bibelpassagen und sah mir den Bibelfilm, in welchem es um Adam und Eva geht, an.

Ich ließ das Ganze ein paar Tage lang sacken und kam dann für mich selbst zu folgendem Ergebnis:

Die Bibel muss jeder für sich selbst interpretieren. Sie ist nicht wörtlich zu nehmen, sondern bildhaft, so wie wir Fabeln bildhaft sehen. Adam und Eva sind nicht nur zwei einzelne Personen. Sondern symbolisieren die Zwei Geschlechter. Der Baum der Erkenntnis ist wohl eine Idee, ein Gedanke – eine Erkenntnis die Eva gekommen ist. Und mit der Erkenntnis kamen die Zweifel. Weil sie nicht mehr nur ihrem Herzen folgte, sondern ihrem Verstand. Unser Verstand stellt alles in Frage. Unser Verstand will alles ganz genau wissen. Und je mehr wir zu wissen begannen, desto mehr wurde uns bewusst, wie wenig wir wirklich wissen. Und dann meinten einige mehr zu wissen als andere. Wieder andere wollten ihr Wissen anderen aufzwingen, notfalls mit Gewalt. Und so kam schließlich das Verderben über die Menschheit. Um wie viel glücklicher leben doch die Tiere –sofern sie nicht auf unserem Speiseplan stehen- die nichts wissen. Sie leben einfach und sterben dann irgendwann. Jetzt haben wir aber nun einmal unseren Verstand und müssen irgendwie damit zurechtkommen. Die einen können das besser, die anderen weniger gut. Und ich? Zu welcher Sorte Mensch gehöre ich? Ich denke eher zu den Gefühlsmenschen. Muss wohl so sein. Sonst wäre ich ja nicht dem Glauben verfallen. Wobei ich selbst würde jetzt nicht „verfallen" sagen, so würde es mein Freund, der Atheist wahrscheinlich bezeichnen. Wir reden selten über das Glaubensthema. Wenn ich damit anfange, dann zeigt er mir entweder eine Bibel Doku oder wie neulich ein Interview mit einem sehr bekannten Atheisten, der schon mehrere

Bücher über das Thema Glauben geschrieben hat. Zum Beispiel „Gotteswahn." Jetzt war es so, dass die Moderatorin dieser Sendung offensichtlich gläubig war und dementsprechend argumentiert und gefragt hat. Und ganz oft kam dann von diesem Atheisten die Antwort:

"ja, aber ist für mich nicht relevant." Er hat ihr also in vielen Dingen zugestimmt, es für sich selbst aber als irrelevant dargestellt. Somit konnte er Gott also doch nicht zu hundert Prozent widersprechen. Ich wollte mir sein Buch trotzdem ausleihen und bin in unsere Bücherei. Mitgenommen hab ich dann „Und die Bibel hat doch recht." Die Lektüre dieses Buches hat mich ein gutes Stück voran gebracht, mir aber auch aufgezeigt, dass die Bibel immer noch ein Buch mit sieben Siegeln ist. Und der Glaubensweg, mein Glaubensweg, ist nach wie vor sehr spannend.

Zwischen meinen Lektüren arbeite ich noch mit meinen Engelkarten. Immer wenn mich Zweifel plagen oder gerade eine Frage auftaucht, oder eine Situation, die ich alleine nicht zu lösen vermag. Bevor ich eine Karte ziehe, bete ich zu Gott, dass er mir den Engel schicken möge, den ich gerade jetzt brauche, sowie das Vaterunser und das Ave Maria.

Ich zog den Engel mit Namen Jeremiel - den Engel, der hilft Schwierigkeiten zu überwinden.

Und ja, es stimmte. Es gab durchaus die eine oder andere Schwierigkeit zu überwinden.

Und was soll ich sagen - er hat mir tatsächlich geholfen. Es galt mich selbst zu überwinden und etwas zu wagen.

Ein paar Wochen später meinte ich, andere Hilfe zu brauchen. Ich vollführte wieder mein Ritual und zog: Jophiel.

Wobei, diesen Engel hatte ich nicht gezogen, er war mir beim Mischen aus dem Kartendeck gefallen. Ich las: Aufräumen

„Trenn dich von unnötigen Dingen, kläre die Energie in deinem Umfeld und wende die Prinzipien des Feng Shui an." Ich soll Störungen aus meinem Umfeld entfernen und alles loslassen, was ich nicht brauche.

Nun, ich hatte Jophiel schon einmal gezogen, vor noch nicht allzu langer Zeit. Scheinbar hatte ich mich noch nicht genügend aufgeräumt. Das würde eine schwierige Aufgabe werden, weil ich mich ja eigentlich von nichts trennen wollte. Ich hing sehr an meiner Vergangenheit, das tu ich immer noch. Was habe ich nicht alles aufgehoben. Wobei, bei jedem Umzug habe ich meine Sammlung immer etwas reduziert. Ich bewahre aber immer noch alte Kalender auf, für den Fall, dass ich mal ein Alibi brauchen sollte und weil ich sie teilweise auch für Tagebucheintragungen genutzt habe. Neulich hatte ich sie sogar mal wieder in der Hand und durchgeblättert. Und dabei dann entschieden "nein, die behalte ich noch." Meine Kalender hielt ich noch für nötig. Womöglich waren mit der Aufforderung, mich von unnötigen Dingen zu trennen, nicht wirklich nur Dinge gemeint, sondern auch Menschen oder einfach nur Gedanken? Mache ich mir unnötig Gedanken über Probleme, die gar keine sind? Sollte ich diese unnötigen Gedankengänge, die nur immer im Kreis gingen und zu keiner Lösung führten, aufgeben? Das galt es, herauszufinden, bevor ich anfangen konnte aufzuräumen. Eigentlich hatte ich zu diesem Zeitpunkt gar keine Lust dazu, irgendetwas aufzuräumen. Aber das ist auch etwas, was der Glaube so an sich hat: er ist manchmal unbequem. Und das ist wiederum eine Prüfung, wie gefestigt wir schon sind. Ich denke von „gefestigt im Glauben" kann bei mir noch lange keine Rede sein. Das kostet Kraft und Mühe. Wie so oft plagten mich wieder einmal Gewissensbisse. Und Heimweh. In der dunklen Jahreszeit ist es immer besonders schlimm. Letztes Jahr an Allerheiligen blieb ich fast den ganzen Tag im Bett und dachte an früher. Vor ein paar Jahren noch, bin ich an Allerheiligen immer zu meiner Familie gefahren. Dort habe ich dann mit allen Verwandten am Grab gestanden. Erst bei Oma und Opa und dann bei Onkel und Tante. Inzwischen ist auch mein Vater verstorben und eine Freundin. Doch ich kann keine der Gräber mehr besuchen, sie sind seit meinem Umzug einfach zu weit weg. Aber ich gedenke ihrer und bete zu Gott, und dass er sich ihrer Seelen erbarme und sie aufnimmt in sein Reich. Ja, an Allerheiligen gedenken wir unserer Toten. Kränze werden an Kriegsdenkmälern niedergelegt und die Gräber werden gesegnet. Schade, dass ich so weit weg wohne. Am schönsten war danach immer, dass fast die ganze Familie beisammen war. Wir hatten es so manches Mal sogar richtig lustig - war ja keine Beerdigung. Wir schwelgten in Erinnerungen und es wurde auch so manche Anekdote aus dem Leben der Verstorbenen erzählt. Ich vermisse das. Einige mögen gedacht haben: „schade, dass sie nicht mehr hier sind". Ich denke, dass sie es da, wo sie jetzt sind, besser haben, als wir, die noch immer hier auf Erden weilen. Warum trauern wir eigentlich, wenn jemand stirbt? Eigentlich sollten wir uns freuen, dass der oder die jetzt in das Reich Gottes aufgenommen wurde, wo nur Frieden und Liebe herrscht. Kein Hunger und Durst, keine Kälte, kein Krieg, keine Dunkelheit mehr. Und irgendwann werden wir wieder mit ihnen vereint sein. Das ist doch tröstlich. Als damals meine Patentante gestorben ist, habe ich noch nicht so gedacht. Ich hatte eine Mordswut auf sie, weil sie mich einfach so verlassen hatte. Sie war in meinem ersten Lebensjahr meine Ersatzmutter, weil meine richtige Mutter mich nicht gleich bei sich behalten hatte können. Wie stark meine Bindung zu meiner Tante war, habe ich erst begriffen, als sie nicht mehr da war. Ich habe getrauert, weil ich so viel auf später verschoben hatte, und es nun nicht mehr nachholen konnte. Überhaupt verschieben wir viel zu oft Dinge auf später und dann kann es passieren, dass es auf einmal zu spät dafür ist. Ich glaube, darum trauern wir in Wahrheit: um verpasste Gelegenheiten.

Ein paar Tage später wurde mir schmerzlich bewusst, dass es wieder mal soweit ist: Um fünf wird es dunkel. Ich mag diese früh eintretende und lang anhaltende Dunkelheit nicht. Es zeigt mir zu sehr meine innere Gemütsverfassung. Oft ist es sogar so dunkel in mir, dass ich mich, obwohl die Sonne scheint, nicht dazu aufraffen kann, raus zu gehen. Dabei sollte ich gerade dann jeden Sonnenstrahl einfangen, der sich mir noch bietet. Gott schickt Sonne und ich nutze sie sie nicht. Stattdessen sitze ich dann da und grüble darüber nach, wie es weiter gehen soll. Nichts läuft so richtig und mein Konto schrumpft und schrumpft. Draußen färbte sich schon der Himmel rot, als ich doch mal den Kopf hob und hinausblickte. So hatte ich am Ende des Tages doch noch einen schönen Augenblick. Er währte nicht lange, aber lange genug um wieder ein wenig Licht in mein Herz zu lassen und mir eine ruhige Nacht zu bescheren.

Mein Atheist kam erst später nach. Er schlug sich gerade einmal wieder mit Einschlafschwierigkeiten herum. Wahrscheinlich ging ihm auch so einiges in seinem Kopf herum. Er bekommt ja doch mit, wie ich mich mit Gott und meinem Glauben herumschlage. Es sagt nichts dazu, aber wenn ich ihn fragte, würde er wohl sagen, ich solle es aufgeben. Aber ich will nicht aufgeben. Genauso wenig wie Gott mich aufgibt. Und noch weniger gibt er meinen Atheisten auf, da bin ich mir ganz sicher. Ich würde ihn so gerne mit ins Boot holen, aber ich weiß nicht, wie ich das anstellen soll. Ich will ihn ja nicht missionieren. Dann fehlen mir auch die Argumente. Meine Gefühle für Gott sind einfach nicht in Worte zu fassen. An meiner Marketingstrategie muss ich noch arbeiten, oder besser ER muss sie mir eingeben.

Es war ein ungewöhnlich warmer Dezembertag. Die Sonne schien und so stellte ich für unsere Bienen ein Schälchen Honig draußen auf die Fensterbank. Im nu waren unsere Bienen da und labten sich daran. Nach ca. 30 Minuten war das Schälchen wie geleckt. Da dachte ich, dass es wohl doch einen Gott geben muss, denn wer sonst hatte die Bienen zur Fensterbank geleitet? Die Bienen wurden satt und ich hatte meine Freude an dem Anblick. Ich beschloss ab sofort ganz viele solche kleinen Augenblicke - Glücksmomente - zu sammeln, dann würde der Winter vielleicht nicht so schlimm werden, wie all die Jahre zuvor. Ab Weihnachten würde es ja schon wieder aufwärts gehen. Wintersonnenwende. Ich glaube, die Menschen feiern deshalb genau an diesem Datum Christi Geburt. Es heißt ja, dass mit seiner Geburt wieder Licht in die Welt kam. Ich fing schon wieder zu viel zu denken an. Es ist ja erwiesen, dass mit den ganzen Daten und Feiertagen gemogelt worden ist und manches aus dem Heidentum übernommen wurde. Fakt ist trotzdem, dass Jesus geboren wurde, gelebt und Wunder vollbracht hat und am Ende gekreuzigt wurde. Die Daten sind für meinen Glauben eigentlich nicht relevant. Sie strukturieren nur das Jahr, was genau betrachtet nicht verkehrt ist. Ich merke, dass ich mehr positive Gedanken entwickeln muss, wenn ich schon denke. Kerzenlicht, warmer Tee und Kekse halfen mir dabei. Fehlten nur noch meine Freundinnen. Ich hatte hier immer noch keinen Anschluss gefunden. Nicht einmal in der Kirche. Und schon wieder kamen meine Zweifel durch. Natürlich würde mir das

Beten helfen, hatte es ja bisher auch getan. Nur tun musste ich es halt. Aber irgendwie hatte ich an diesem Tag keine rechte Lust dazu. Ich stellte fest, dass es draußen immer noch schön und warm war, obwohl schon Dezember war. Meine Physalis trug immer noch Früchte und auch Blüten. Meine Wildblumen standen auch noch in voller Blüte. Ich jammerte schon wieder auf hohem Niveau und befolge meine eigenen Anweisungen nicht. Sprich ich betete zu wenig, ich ergab mich dem Trübsal blasen, ich übersah die Glücksmomente. Ich vergaß, dass es ja noch Telefon und Internet gab um mit meinen Freundinnen zu reden. Mir würden die Ohren abfallen, aber dann hätte ich eine Stunde nach dem Telefonat auch noch was davon. Alles halb so wild. Was so ein Besuch im Garten doch alles bewirken konnte. Womöglich hat Gott die Natur genau für solche Momente geschaffen. Und ist nicht die Bewunderung der Natur und sich an Blumen zu erfreuen, auch eine Art von Gebet? In diesem milden Dezember konnte ich mich noch lange an meinen Blumen erfreuen. Leider währt aber nichts im Leben ewig und es kam wieder anders. Ich wachte auf und draußen war Nebel. Da habe ich mich gleich wieder in meine Kissen zurückfallen lassen und noch ein Stündchen weitergeschlafen. Eigentlich schlief ich nicht mehr wirklich, ich hatte nur die Augen zu. Und tatsächlich, als ich sie eine Stunde später wieder aufschlug, da schien die Sonne. Ich dankte Gott in einem kurzen Stoßgebet und machte mich an mein Tagwerk, für das ich im Übrigen kein Geld erhalte, weil: ich bin ja zu der Zeit immer noch arbeitslos. Und waschen, putzen, kochen, etc. wird ja nicht als Arbeit gewertet, obwohl es das durchaus ist. Ich bin dabei jedenfalls ganz schön ins Schwitzen geraten. Nebenbei lief das Radio und es wurde wieder von neuen Flüchtlingen berichtet. Und wie ich dann so staubsauge, da gehen mir so einige Fragen durch den Kopf. Beispielsweise frage ich mich, wer eigentlich so alles für die Rüstungsindustrie arbeitet. Da müssen ja Menschen dahinter stecken. Irgendwer muss die Waffen, die wir in die Länder verkaufen, aus denen nun die Flüchtlinge zu uns kommen, ja herstellen. Wie viele Milliarden werden jährlich in die Rüstungsindustrie gesteckt? Was würde passieren, wenn weltweit keine Waffen mehr hergestellt und gehandelt würden? Was würde geschehen, wenn kein Mann mehr sich als Soldat verdingen würde? Was könnte man mit den dann frei gewordenen Milliarden alles Gutes tun!

Und dann fiel mir auf einmal wieder eine Geschichte ein, die ich selbst erlebt habe:

Ich war mit meinem damals 2-jährign Sohn im Stadtpark. Dort befand sich ein riesiger Abenteuerspielplatz mit einem wirklich großem Sandkasten. Mein Sohn hatte daher auch seinen Lieblingsbagger, eine Schaufel und ein Eimerchen mit. Zuerst spielte er ganz friedlich alleine, schielte aber immer wieder zu einem anderen Jungen hin, dessen Bagger ihm attraktiver als sein eigener erschien. Als der andere Junge dann mal kurz zu seiner Mama lief, um sich einen Keks zu holen, ergriff er die günstige Gelegenheit und schnappte sich dessen Bagger. Der andere Junge kam zurück und sah: sein Bagger war weg. Jetzt wurde es spannend. Der andere Junge sah sich um und erblickte seinen Bagger dann auch recht bald; ging schnurstracks darauf zu und entriss ihn meinem Sohn. Nun könnte man großes Geschrei oder sogar eine Rauferei erwarten. Aber nichts dergleichen geschah. Beide Jungs baggerten friedlich weiter und auf einmal näherten sie sich einander und in stummem Einverständnis tauschten sie ihre Bagger aus und gruben gemeinsam ein Loch. Diese beiden Jungs haben, noch nicht mal im Kindergartenalter, einen uralten Konflikt auf friedliche Art gelöst: Nämlich - ich will das was der andere hat- oder ich will, was ich nicht haben darf. Ich spinne meine Gedanken immer weiter. Schon Eva wollte damals im Paradies genau den Apfel, den sie nicht haben durfte. Und immer noch begehren wir, was wir nicht haben können, obwohl Gott uns in den Zehn Geboten doch genau sagt:

Du sollst nicht begehren Deines Nächsten Hab und Gut! Wir begehren unseres Nächsten Bodenschätze - so sehr, dass wir dafür entweder Kriege führen oder initiieren und durch Waffenlieferungen fördern. Warum tauschen wir nicht, wie unsere Kinder oder zahlen einen ehrlichen Preis dafür? Das Geld dafür wäre ja vorhanden, würde es nicht in die Waffenindustrie fließen. Ohne Waffen und ohne Kriege müsste keiner mehr aus seinem Land fliehen. Stattdessen werden wir von den Medien gegen die Flüchtlinge aufgehetzt:

Die kriegen mehr Geld als die Hartz-IV-Empfänger, die überrennen uns, ja sie klagen sogar dagegen, in Containern wohnen zu müssen. Leute! Die haben nichts mehr außer dem, was sie am Leibe tragen! Und sie haben deshalb nichts mehr, weil wir- jeder Einzelne von uns es zulassen, dass Waffen hergestellt und exportiert werden! Irgendwer kennt mit Sicherheit einen, der bei so einer Firma arbeitet. Wurde da schon mal gestreikt! Lasst Euch nicht aufhetzen, gegen hilflose Menschen, denkt lieber mal nach, warum werdet ihr aufgehetzt? Wem nützt es? Die Politiker wollen uns weismachen, dass es notwendig ist, weiterhin Waffen zu liefern, damit dort endlich Frieden herrscht und die Flüchtlinge zurück können. Aber Waffen schaffen keinen Frieden!!!

Am liebsten würde ich in die ganze Welt rufen: „Protestiert gegen Waffen, gegen Krieg und Habgier und nicht gegen Flüchtlinge. Die können nichts dafür". Und bei allem Protest sollten wir eines nicht vergessen: beten, beten und nochmals beten. Am besten gemeinsam.

Für den Frieden und für die Liebe. AMEN.

Auch ich wünsche mir Frieden, wie meine Erzählerin. Langsam aber sicher reißt sie mich mit sich mit. Ihr Glaubensweg wird mit jeder Geschichte spannender. Ob sie es schafft, mich mit ins Boot zu holen? Bestimmt eher, als ihren Atheisten. Der ist wahrlich eine harte Nuss. Manches ist auch wirklich nicht einfach so zu glauben.

Homo spiritualis, Gott und die Laubbläser

Wochen später entdeckte ich ein weiteres Buch, das mich inspiriert hat und wieder ist es von Pater Kentenich. Schon nach dem lesen der ersten paar Worte war mir klar, dass es für mich wieder ein "Knüller" sein würde. Ich war schon total gespannt, was ich daraus lernen würde. Und diesmal würde ich es auch umsetzen können. Davon war ich felsenfest überzeugt. Warum ich das jetzt schon war, obwohl ich das Buch noch gar nicht ganz gelesen hatte? Folgender Absatz war "schuld" daran: >Was ist ein Gebet? Ein Herzensdialog zwischen Gott und Geschöpf, ein Sich-Hineinkämpfen mit Herz und Willen in den heiligen Willen Gottes, ein Einatmen Gottes und ein Ausatmen des eigenen ICH, eine Vereinigung mit Gott, eine Vermählung menschlicher Ohnmacht mit göttlicher Allmacht, die letzte Antwort: das Hinfliegen zum ewigen Gott auf den Flügeln der vollkommenen Liebe, ein Hineilen zu Gott, letztlich ein Hinfliegen zu Gott.....<

Ich dachte, dass ich eigentlich das gesamte Buch abtippen sollte, aber dann würde ich wohl des Plagiats beschuldigt werden. Somit muss hier meine Empfehlung genügen:

Du und Dein Gott > ISBN 3 902849 17 5<

Ich hab es mir besorgt.

Obwohl die Geschichte, die ich hier niederschreibe nicht meine ist, tauche ich immer mehr darin ein und manches Mal habe ich das Gefühl, dass sie zu meiner wird. Ich beginne langsam auch wieder zu glauben, mich zumindest wieder damit zu befassen. Meine Erzählerin zieht mich immer mehr in ihren Bann. Insbesondere mit folgender Episode. Sie erzählt vom

Homo Spiritualis – dem geistigen Menschen:

Diesen Ausdruck habe ich gelesen- er ist nicht von mir - drückt aber alles aus, was ich irgendwann zu erstreben hoffe. So stelle ich mir einen Eremiten vor: völlig entrückt vor der Welt- nur noch mit sich und Gott. Wie glücklich muss so ein Mensch sein, der nichts mehr bedarf, weil er alles hat. Und wie weit ist diese Vorstellung von meinem jetzigen Leben entfernt .Ich muss mich Loslösen vom Sündhaften, Gefährlichem und Überflüssigem, seien es Gedanken Worte oder Taten. Und wenn schon die Äußere Einsamkeit und Stille nicht möglich ist, so muss ich doch versuchen, meine innere Einsamkeit zu bewahren. Denn nur in der Einsamkeit spricht Gott zu uns, beziehungsweise. nur dann können wir ihn hören. Er spricht dann am liebsten und am nachhaltigsten mit unserer Seele. Einsamkeit ist dann Zweisamkeit mit Gott.>*Wollen wir religiös tiefer werden, müssen wir wieder mehr schweigen*<

Auch ein Satz aus einem Buch, von dem ich mich tief berührt fühlte und dachte - ja, das kann ich. Irgendwo in dieser hektischen, lauten Welt gibt es noch stille Orte. Und wenn nicht im Außen, so doch zumindest in uns. Notfalls kann dieser Ort auch das "stille Örtchen" im Büro sein. Ein Quadratmeter nur für mich, egal was da vor dieser Tür geschieht- da drinnen bin ich allein. Und nachts in meinem Bett- bevor ich einschlafe-

da ist es dann wirklich still und ich kann versuchen, die nächste Gebetsstufe zu erreichen. Es gibt nämlich laut Pater Kentenich drei Gebetsstufen: erst betet nur der Mund, dann beten wir in Gedanken und am Ende betet das Herz alleine. Die letzte Stufe erreichen allerdings nur sehr wenige. Das ist in unserem Alltag kaum umzusetzen, weil um diese Stufe zu erreichen, müssten wir ununterbrochen beten. Wie noch kann ich zu einem "Homo Spiritualis" werden? Ich muss mich immer wieder, jeden Tag aufs Neue, anstrengen, danach streben, es mir ersehnen. Auch wenn dieses Ziel unerreichbar scheint. Wie ein kleines Kind, das hinfällt und wieder aufsteht und weiter läuft, so muss auch ich immer wieder neu aufstehen. Manchmal muss ich mich regelrecht dazu aufraffen. Dann betet nur mein Mund - aber immerhin, ich bete. >Das "Gottanschauen" und das Sprechen mit IHM muss in allen Stadien des innerlichen Lebens mit Opfern verbunden sein. < Und ja - ich opfere. Ich opfere einen Teil meiner Lebenszeit. Für Nicht-Gläubige mag das eine völlige Verschwendung sein. Weil sie nicht sehen wollen, was "danach" kommt. Sie leben nur im Hier und Jetzt und meinen, wenn sie sterben, ist alles vorbei. So auch mein Atheist. Und an manchen Tagen verfalle auch ich noch in solche Gedanken. Vor allem, wenn ich mal wieder meine, Gott hätte meine Gebete nicht erhört. Aber wenn ich dann nochmal darüber sinniere, dann merke ich doch sehr bald, dass Gott mich durchaus erhört hat. Ich habe nur um das Falsche gebetet: zum Beispiel: "lass mich im Lotto gewinnen". Natürlich hat er mich noch nie gewinnen lassen. Aber er lässt mich auch nicht verhungern oder frieren. Ich bin eben immer noch ein

"homo indigentis" – ein bedürftiger Mensch.

Genau das sind wir alle: bedürftige Menschen. Wir haben kaum eine Chance zum geistigen Menschen aufzusteigen. Oder doch?

Meine Erzählerin hat eine Lösung parat:

Den Heiligen Geist.

Der Heilige Geist - oft vergessen oder außen vor gelassen, weil er noch weniger greifbar ist, als

Gott selbst. Dabei ist der Heilige Geist die Gnade überhaupt. Er kann vollkommen in uns dringen, uns durchströmen und ausfüllen. Nur durch ihn und mit seiner Hilfe können wir Überhaupt erst zu Gott gelangen. Erst als an Pfingsten der Heilige Geist auf die Apostel herniederkam, waren sie in der Lage, die Botschaft Jesu weiter zu verkünden. Zuvor hatten sie sich völlig verängstigt in alle Winde zerstreut. Er kam in Form von Feuerzungen auf sie und am Ende konnten sie verschiedene Sprachen sprechen, um so die Botschaft Jesu in die Welt zu tragen. Manches Mal erscheint der Heilige Geist auch als Taube. Sie symbolisiert den Frieden. Aber um Frieden, Kraft und Mut zu erlangen müssen wir mit dem Heiligen Geist in Kontakt treten- ihn herbei rufen:

"*Komm Heiliger Geist! Nun komm doch endlich*!"

Wir müssen ihn bitten, unsere Herzen mit dem Feuerbrand seiner Liebe zu entzünden.

Das hört sich schon ziemlich schwülstig an. Mein Atheist würde Kopfstehen. Ich begreife es ja selber kaum.

Aber den heiligen Geist zu rufen, macht Spaß und hält fit, weil der ganze Körper daran beteiligt ist.

Der Ruf erfolgt nämlich mit einem Körpergebet:

Dafür stelle ich mich hin -fühle wie meine Füße festen Bodenkontakt haben - ich erde mich sozusagen.

Dann breite ich meine Arme aus und beschreibe während des Gebetes einen Kreis damit- von außen nach innen.

Gepriesen bist Du - Geist des lebendigen Gottes erfrische mich wie der Tau am Morgen –öffne mich

(erster Kreis- am Ende gekreuzte Hände vor dem Herzen- dann wieder ausbreiten)

durchströme mich - stärke mich - heile mich

 (+ evtl. individuelle Bitten und Wünsche)   (2. Kreis w.v.)

segne mich und lass mich ein Segen sein für Deine Geschöpfe

(Hände enden gekreuzt vor dem Herzen- tief ein und ausatmen)

Wie viele Kreise und wie schnell- das bleibt jedem selbst überlassen- jeder soll seinen eigenen Rhythmus finden.

Das Ganze **dreimal** und laut gesprochen, weil schließlich wollen wir den Geist ja herbei- **rufen**.

Meine Erzählerin und ich beteten später zum ersten Mal gemeinsam dieses Körpergebet. Anfangs war diese Art des Gebetes etwas gewöhnungsbedürftig. Überhaupt wieder zu beten. Doch nach einer Weile fühlte ich, wie ich auf einmal durchströmt wurde, wie ich für den Tag gestärkt wurde. Wenn ich nun eine Schreibblockade habe, dann vollführe ich dieses Körpergebet. Danach fliegen meine Finger förmlich über die Tasten. Ich möchte dann am liebsten laut hinausrufen: „seht her, ich glaube und das ist schön!" Dann muss ich aber auch aufpassen, dass ich nicht übermütig werde und nicht vergesse, dass nun nicht mehr ich selber schreibe, sondern der Heilige Geist mir die Worte eingibt.

Und wahrscheinlich legen jetzt an dieser Stelle die nächsten dieses Buch weg – Weil sie uns und unseren Gedankengängen nicht mehr folgen können. Schade. Ich hätte noch so viel mitzuteilen. Und meine Erzählerin auch. Sie hatte mir ja schon vorausgesagt, dass diese Wirkung eintreten würde. Ich hatte es nicht geglaubt. Jetzt schon. Und im Folgenden wurde auch ich in meinem Glauben gestärkt. Mit jeder weiteren Geschichte begann ich innerlich zu wachsen. Im Stillen hoffe ich, dass sie ihren Atheisten auch irgendwann so zum Glauben führen wird, wie mich.

Es geht weiter, an einem sonnigen Herbsttag im Oktober:

Das Laub raschelte unter meinen Füssen und ich war erst erschrocken, weil es sich so laut anhörte. Doch dann erinnerte ich mich daran, mit welcher Freude ich als Kind durch das trockene Laub gebraust bin. Und dann erinnerte ich mich auch noch, dass später meine Kinder mit derselben Freude im Laub gespielt haben und ich wurde mutiger - mein Schritt forscher und schließlich warf ich die Blätter sogar mit meinen Füssen hoch. Aber bei all der Freude blickte ich mich doch verstohlen um, ob mich jemand sieht, weil als Erwachsener so etwas Kindisches zu tun - und auch noch auf einem Friedhof - das geht ja gar nicht. Aber warum eigentlich nicht? Warum darf ich nicht manchmal Kind sein und auf einem Friedhof Freude empfinden? Die Toten stört das nicht mehr; sie sind längst im Paradies an Gottes Seite und erfreuen sich dort des Ewigen Lebens. Wir könnten uns doch -anstatt zu trauern- mit ihnen freuen. Ich glaube, wir sind nicht deshalb traurig, weil jemand von uns gegangen ist, sondern weil derjenige es geschafft hat und wir nun ohne ihn zurechtkommen müssen. Es tut weh, wir sind gekränkt ja empfinden sogar manchmal Wut. Wir sind zornig auf Gott, weil wir nicht verstehen, warum er uns ausgerechnet diesen lieben Menschen genommen hat. Womöglich war dieser Mensch auch noch viel zu jung, ein Kind gar. Ich glaube ja, dass verstorbene Kinder direkt zu Engeln werden und dann auf Erden im Verborgenen weiter wirken. Sie wurden dafür eigens auserwählt. Ist das nicht ein tröstlicher Gedanke? Ich denke, wenn ich über den Friedhof gehe, oft an das Leben und den Tod und was dann sein wird. Außer ich beobachte die Hasen, die zwischen den Gräbern fangen spielen, und Rehe, die friedlich äsen, oder ich suche nach Pilzen, wobei ich nicht die Einzige bin. Doch dann wurden meine Gedanken gestört. Die Friedhofsgärtner ratterten mit Minipflügen durch die Wege und schoben so das Laub zusammen. Mit Minibaggern wurde dieses dann verladen und weggefahren. All das machte Lärm, störte meine Ruhe, meine Gedanken und es stank nach Diesel. Vorbei war es mit Stille und Frieden. Ich schweifte ab von Gott – wieder einmal und wandte mich weltlichen Problemen zu. Man soll ja niemanden etwas Schlechtes wünschen, aber dem Erfinder des Laubbläsers wünsche ich nicht eben das Beste. Aber da gäbe es so einige Erfindungen die besser nicht gemacht worden wären. Nun sind sie aber da und für manche Dinge wohl auch gut, aber es wird leider auch Böses damit getan. Und wenn ich dann in solche Gedankengänge hinein rutsche, dann überkommt mich wieder totale Ohnmacht, weil ich nichts dagegen tun kann und Gott, der etwas tun könnte, es auch nicht tut. Da frage ich mich dann, warum? Und dann muss ich sehr aufpassen, dass Luzifer nicht wieder Zweifel und Verzweiflung in mir sät. Das ist dann wieder so ein Punkt, wo mein Glaube geprüft wird. Nur aus dieser Sicht ist das ganze Leid in der Welt überhaupt erträglich: Gott prüft uns damit. Ich glaube auch, dass nicht alles von Gott gemacht ist, sondern oft auch sein Gegenspieler -Satan- seine Finger im Spiel hat. Gott hat uns den freien Willen geschenkt und wir können uns entscheiden, auf wessen Seite wir stehen wollen. Und wie verlockend ist doch Satans Seite? Wie die Sirenen becirct er uns ständig und immerfort fallen wir auf ihn herein. Er dockt wie ein Virus an unsere Gedanken an und will uns weismachen, wir bräuchten immer mehr, von

Dingen, die wir eigentlich -genau betrachtet- gar nicht brauchen. Ich spreche hier von sog. Konsumgütern. Ich nehme mich selbst da gar nicht aus. Vieles ist aber doch eigentlich nur Tand. Was passiert, wenn ich anfange, mich davon zu trennen? Erst einmal ist der Gedanke da: „ich könnte es, wenn ich wollte." Aber wohin damit? Wegwerfen, oder doch noch Kapital daraus schlagen und verkaufen? Aber dann würde ich ja andere damit belasten. Und eigentlich sollten wir alle uns ja von Überflüssigem trennen. Ganze Industriezweige würden aber damit verschwinden, weil alles, aber auch wirklich alles auf diesem Konsum aufgebaut ist. Wie oft habe ich früher Kataloge durchgeblättert und am Ende meist nutzlose Dinge, von diversen Haushaltsgegenständen mal abgesehen, gekauft. Ich konnte es ja, das Geld war ja da. Jetzt ist dieses Geld nicht mehr da, und siehe da, es geht auch. Und ich denke darüber nach, wie unsere Welt wohl wäre, hätten wir den ein oder anderen sogenannten Fortschritt nicht gemacht. Ich glaube, so schlecht war das Mittelalter gar nicht. Die Menschen haben gearbeitet und gebetet – ora et labora - Die hygienischen Verhältnisse waren nicht so optimal, aber eigentlich hatten das die Römer zuvor schon mal im Griff, es geriet dann nur wieder in Vergessenheit. Und die medizinischen Kenntnisse waren eigentlich auch da, da hat nur leider die Kirche dagegen gesteuert. Stellen wir uns vor, es gäbe keine Industrie, keinen Strom, keine Flugzeuge, keine Autos usw. Es hätte niemand die Atombombe erfunden.....Es hätte somit keine Kriege gegeben...Oder noch anders gedacht: Wer oder was hat die Habgier in unser Leben gebracht?

Mit dem „haben-wollen" fing all unser Leid an.

Irgendwie müssen wir das "ich will haben" in uns abstellen oder zumindest reduzieren. Aber wie soll das gehen? Geht das überhaupt? Ich behaupte: Ja, das geht! Aber nur mit Gottes Hilfe!

Einmal schon hat er uns den Erlöser geschickt und bis heute gibt es Menschen, die an Ihn glauben. Er hat uns einmal erlöst –

ER kann es wieder tun - wenn wir ihn darum bitten. Aber wir müssen dafür auch Opfer bringen und unser Opfer heißt "Verzicht". Sich wieder besinnen auf das Wesentliche im Leben. Wieder zurück zum „Miteinander und Füreinander; weg vom "Gegeneinander". Auch dabei muss ich mich selbst mit an der Nase packen. Immerhin nutze ich den Fortschritt, um dieses Buch zu schreiben. Ich könnte dies auch auf der alten Schreibmaschine aus dem Keller tun. Aber auch ich bin bequem geworden. klar, ich kenne es ja nicht anders. Aber bei all der Bequemlichkeit ist unsere Welt kalt und lieblos geworden. Und das ist kein Fortschritt - das ist ein Rückschritt in Vorchristliche Zeiten, wobei selbst da haben die Menschen - zwar nicht an den einen Gott, aber zumindest an Götter geglaubt und sie konnten Gut und Böse unterscheiden. Mein Atheist würde nun sagen, dazu braucht es keinen Gott, da reichen Moral und Ethik. Wenn ich mir aber dann so die Welt und das Geschehen darin anschaue, dann denke ich: „ wohl eher nicht!"

Was ist "Gut" und was ist "Böse"?

Wie unterscheide ich es? Kann ich es überhaupt noch unterscheiden?

Ich glaube, wenn ich mich an die 10 Gebote Gottes halte, dann geht das.

Diese 10 Gebote enthalten alles, was für ein Miteinander notwendig ist.

1. Gebot: Du sollst keine anderen Götter neben mir haben.

Dieses Gebot ist meines Erachtens auch in heutiger Zeit noch hoch von Bedeutung; bedenkt man doch, was wir alles für Götter anbeten, angefangen beim sogenannten schnöden Mammon.

2. Gebot: Du sollst den Namen Gottes nicht verunehren.

ja, das ist so eine Sache mit dem Fluchen. Das müsste ich wohl jede Woche beichten. Darin liegt aber nicht unser eigentliches Problem. Das Problem ist die Verunglimpfung des Glaubens durch lächerliche Karikaturen oder schlechtreden des Glaubens usw.

3. Gebot: Du sollst den Tag des Herrn heiligen.

dazu sage ich nur: verkaufsoffene Sonntage. braucht kein Mensch, außer denjenigen, die an unser Geld wollen.

4. Gebot: Du sollst Vater und Mutter ehren.

Welches Kind hat heute noch Respekt vor Vater und Mutter? Klar, manche von uns hatten den nur, weil sie sonst geschlagen wurden, das war auch nicht richtig. Aber so, wie die Kinder heute erzogen werden - ohne Respekt vor gar nichts mehr - ist auch nicht richtig.

5. Gebot: Du sollst nicht töten.

Dies war, ist und bleibt eine Todsünde.

6. Gebot: Du sollst nicht ehebrechen.

Schwierig. Auch ich habe mich dessen schuldig gemacht. Dazu muss jeder einmal seine Grund-einstellung zur Ehe ändern und wieder wirklich zu lieben lernen und lernen das Liebe nicht das-selbe wie Sex ist.

7. Gebot: Du sollst nicht stehlen.

Ich glaube, noch nie wurde so viel gestohlen wie heutzutage; obwohl dies eines der Gebote ist, das fast jeder kennt.

8. Gebot: Du sollst nicht falsch gegen deinen Nächsten aussagen.

Du sollst nicht lügen und du sollst nicht Mobbing verüben, müsste da heute wohl stehen.

9. Gebot: Du sollst nicht begehren deines Nächsten Frau.

Durchaus auch noch zeitgemäß, weil dadurch oft Ehebruch begangen wird. Vielleicht wäre heute besser zu schreiben, du sollst nicht immer haben wollen, was du nicht haben kannst.

10. Gebot: Du sollst nicht begehren deines Nächsten Gut.

Ja, die Habgier. Eigentlich sollte dieses Gebot an dritter Stelle stehen, weil sich daraus alle anderen Sünden ergeben.

Aus Habgier wird gestohlen, gemordet, gelogen und Ehebruch begangen.

Mein Fazit: Gebote sind unbequem und daher werden sie meist gebrochen.

Alle wollen immer nur haben - auch ich

Ich will Liebe haben

Ich will es warm haben

Ich will zu Essen haben

Ich will ein Dach über dem Kopf haben

Aber ich habe nur Grundbedürfnisse, wie sie jeder hat.

Klar, ein Lottogewinn wäre schon willkommen- bei wem nicht?

Aber mich giert nicht danach.

Und ich habe eine Sehnsucht:

die Sehnsucht nach Gottes Liebe!

Die Sehnsucht, dass auf der ganzen Welt nur noch Liebe herrscht.

Make Peace not War

Und noch ein Fazit: ich bin eine Sünderin.

Schon allein, weil ich geschieden bin. Nein, eigentlich war meine Ehe schon eine Sünde, weil sie nicht vor Gott in einer Kirche geschlossen wurde. Wir lebten in wilder Ehe. Gottlos. Womöglich sind wir deshalb gescheitert?

Eine Ehe ist nicht mehr das, was sie einmal war.

Was bedeutet Ehe eigentlich heute?

Früher wurde eine Ehe zu dem Zweck eingegangen, eine Familie zu gründen und diese dann auch abzusichern. Das ist noch gar nicht so lange her. Heute heiraten viele Paare, um Steuern zu sparen - Das ist doch nicht richtig.

Da geben sich Menschen in der Kirche und vor Gott das Ja-Wort und versprechen sich zusammen zu bleiben in guten wie in schlechten Zeiten, aber sobald es schwierig wird, lassen sie sich scheiden. Ja, auch ich bin geschieden, aber ich hatte auch nicht kirchlich geheiratet. Wenn ich darauf gedrängt hätte, dann hätten wir sicherlich in der Kirche geheiratet, aber ich hatte damals schon irgendwie das Gefühl, dass es nicht von Dauer sein wird (naja immerhin 19 Jahre) und ich wollte vor Gott kein Versprechen geben, von dem ich wusste, dass ich es nicht würde halten können. Immerhin, wir haben zwei Kinder groß gezogen, ehe ich gegangen bin. Eine Ehe muss nämlich auch gepflegt werden.

Und zwar von beiden Partnern. Das war bei mir leider nicht der Fall und schließlich fehlte mir die Kraft dazu, immer alles alleine aufrecht zu erhalten. Andererseits, wenn wir vor Gott diese Ehe geschlossen hätten, hätte ich dann die Kraft gehabt? Das werde ich wohl nie erfahren. Jetzt lebe ich in einer Partnerschaft, die sehr viel Kraft von mir fordert, aber seine Liebe zu mir, macht es mir leichter; und natürlich Gottes Liebe, die ich wiederentdeckt habe. Ohne Glauben und ohne Gott kann nichts gelingen - mit Gott hingegen gelingt alles. Und wenn man eine Ehe vor Gott eingeht, dann kann dies auch nur zwischen Mann und Frau geschehen. Gleichgeschlechtliche Ehen vor Gott und der Kirche gehen einfach nicht. Ich würde jetzt nicht so weit gehen, dass ich für solche anders gearteten Menschen das Todesurteil sprechen würde - wie es schon mal war, aber es ist einfach nicht natürlich - Liebe hin oder her. Ich kenne lesbische Frauen und homosexuelle Männer - alles ganz liebe Menschen – aber bitte: nicht heiraten und Kinder haben wollen. Bei

Frauen geht das ja noch, weil diese ihre Kinder selber austragen können - aber nicht bei Männern. So etwas kann für ein Kind einfach nicht gut sein. Ein Kind ahmt unbewusst das Umfeld nach, in dem es aufgewachsen ist. Wenn ich daran denke, was so einem Kind für ein psychischer Schaden zugefügt wird, wird mir schlecht. Echt jetzt: wo in der Tierwelt ziehen zwei Männchen Junge auf? Gott sei Dank hält die Kirche da noch den Riegel vor. Ich meine, die Kirche hat nicht alles richtig gemacht, wobei so pauschal kann man das auch nicht sagen, weil hinter all dem ja Menschen stecken und Menschen sind nun einmal fehlbar. Tolerant sein ist ja auch in Ordnung. Aber bitte nicht auf Kosten der Natur. Die Ehe ist nach wie vor heilig und bei den Katholiken ein Sakrament. >Bis dass der Tod uns scheidet< ist vielleicht hinsichtlich der heutigen Lebenserwartung nicht mehr ganz zeitgemäß, aber wenn eine Familie gegründet wird, sollte man doch zusammen bleiben, bis die "Brut" flügge ist. Eine Ehe aufrecht zu erhalten ist Arbeit.

Es müssen ständig Kompromisse geschlossen werden. Aber das muss einem vor der Eheschließung schon klar sein. Wer dazu nicht bereit ist, der sollte, meiner Meinung nach, auch nicht kirchlich heiraten. Also da gehe ich, ausnahmsweise mal, mit der Kirche konform. Ernsthaft den Glauben zu leben hat Konsequenzen. Ansichten und Meinungen ändern sich - auch meine. Mein Atheist denkt da wieder ganz anders, freier. Es ist hier auch ganz schwer, Religion und Politik zu trennen. Die „andersherum gepolten" haben Jahrzehnte lang für ihre Rechte gekämpft. Möglicherweise sind auch Christen unter ihnen, wobei ich mir das nur schwer vorstellen kann. Obwohl das eine mit dem anderen wohl nichts zu tun hat. Ich könnte lesbisch sein, und trotzdem an Gott glauben. Nein, das geht nicht! Das will nicht in meinen Kopf. Es fühlt sich einfach nicht richtig an. Klar, niemand kann etwas für seine Veranlagung. Aber Kinder sollten in einem geregelten, normalen Umfeld aufwachsen, für mich die klassische Variante von Vater-Mutter-Kind.

Und nicht Mutter-Mutter-Kind oder noch schlimmer: Vater-Vater-Kind. So etwas ist einfach egoistisch.

Puh, das war heftig. Ich war ja eigentlich schon eher tolerant gewesen. Schwule und Lesben haben auch ihre Rechte. Solche Dinge kannten die Menschen aus biblischen Zeiten noch nicht. Womöglich hat da wiederum der Teufel seine Finger im Spiel? Oder gab es das damals auch schon und man hat nur nicht darüber geredet oder es verdrängt? Die Griechen und die Römer haben ja ganz offiziell die Liebe zu Knaben praktiziert. Aber das war nur körperlich. Keiner hat seinen Lustknaben geheiratet oder gar ein Kind mit ihm groß gezogen.

Sehr schwieriges Thema, dieses ganze „Gender Dings".

Ich bin schon gespannt, wie es weiter geht.

Opfern und Beten, ist ein Gebet ein Opfer?

In der letzten Sonntagspredigt wurde aus dem Markus-Evangelium gelesen

>Als Jesus einmal dem Opferkasten gegenüber saß, sah er zu, wie die Leute Geld in den Kasten warfen. Viele Reiche kamen und gaben viel. Da kam auch eine arme Witwe und warf zwei kleine Münzen hinein. Da rief Jesus seine Jünger zu sich und sagte: „Amen, ich sage Euch, diese arme Witwe hat mehr in den Opferkasten geworfen, als alle anderen."<

Was wollte Jesus damit sagen?

Der Priester hat es in seiner Predigt so ausgedrückt: All die Reichen, haben zwar gegeben, aber nicht von Herzen und es war auch kein wirkliches Opfer, weil sie haben das Geld ja, und haben vorher sichergestellt, dass sie nicht zu viel geben, sodass auch noch für sie selbst genug übrig bleibt. Die arme Frau aber, hat alles gegeben, was sie hatte und das auch noch von Herzen.

Und da fühlte ich mich auf einmal beschämt, weil mir einfiel, dass ich als Kind einmal eine Sammelbüchse von Adveniat hatte und ich hab da auch immer brav 10-Pfennig-Stücke reingesteckt, bis sie randvoll war. Aber dann habe ich die Box nicht in der Kirche abgegeben, sondern das Geld doch für mich selbst verwendet. Und auch heute noch, lege ich ganz ungern etwas in den Sammelkorb und auch nur immer ganz wenig. Damals mit der Ausrede - ich zahle ja schließlich Kirchensteuer und jetzt rede ich mich damit heraus, dass ich ja selbst nicht viel habe und zusehen muss, wo ich bleibe. Ich bin gewiss nicht reich, aber auch noch nicht so arm, dass ich nicht mehr geben könnte. Warum sperre ich mich dann innerlich so gegen das Geben? Vielleicht, weil ich dann immer eine Gegenleistung erwarte? Oder zumindest, dass ich das Gegebene irgendwann zurück erhalte? Ich habe schon dreimal, Menschen Geld geliehen und von keinem je wieder zurück erhalten. Nun ist natürlich die Enttäuschung groß und mein Vertrauen erschüttert.

Nicht nur das Vertrauen in andere Menschen, auch das Vertrauen in Gott. Dieses Vertrauen gilt es, nun wieder aufzubauen. Aber gebranntes Kind scheut bekanntlich das Feuer. Ich müsste wirklich durchs Feuer gehen. Und ich gebe offen zu, davon bin ich noch meilenweit entfernt. Mein Egoismus ist immer noch zu ausgeprägt. Vor noch nicht allzu langer Zeit habe ich die Geschichte von Mutter Teresa gelesen. Sie ist mit nichts, als dem, was sie auf dem Leib trug aus dem Kloster fortgegangen, um den Armen zu helfen. Sie ging einfach los, ohne zu wissen wohin, ohne zu wissen, wo sie schlafen sollte, ohne zu wissen, ob sie etwas zu essen bekommen würde. Sie hat sich buchstäblich in Gottes Hand begeben. Und es hat nicht lange gedauert, da bekam sie ein Haus, sie fand Mitstreiter, bekam Spenden und ihr Werk wird auf der ganzen Welt auch nach ihrem Tod in aller Stille und Bescheidenheit fortgeführt. Und ihr Werk war die praktizierte Nächstenliebe. Sie hat jedem geholfen, egal welcher Herkunft und Religion, und der erste, der ihr half, war ein Moslem.

(nachzulesen in PUR Spezial-Heft 2/2001-Internetarchiv)

So weit wie Mutter Teresa werde ich niemals kommen. Allein die Vorstellung mit nichts einfach los zu gehen bereitet mir schon Gänsehaut. Aber warum? Mir wurde einmal gesagt, ich bestünde aus zwei Teilen: Dem Kopfteil und dem Herzteil. Verstand und Gefühl. Und beides würde bei mir getrennt agieren, ja sogar gegeneinander kämpfen. Meine beiden Hälften handeln nicht harmonisch miteinander. Jetzt frage ich mich, wie bekomme ich meine beiden Teile zusammen? Wie vereine ich Herz und Verstand? Ich denke auch das geht nur mit Gottes Hilfe. Ich muss ihm mein Herz noch viel weiter öffnen, als bisher. Ich bin noch zu vorsichtig, zu zaghaft in meinem Glauben. Mir fehlt immer noch Vertrauen. Wahrscheinlich, weil Menschen mich schon zu oft und zu tief verletzt haben. Mein Kopf sagt, Gott wird diese Verletzungen heilen aber mein Herz ist noch voller Angst. Womöglich fehlt es mir auch an Opferbereitschaft. Uns allen fehlt daran. Wir alle sind viel zu egoistisch, im Herzen, wie im Kopf. Und die, die es nicht sind, werden ausgenutzt. Ich will nicht ausgenutzt werden. Auch das habe ich schon hinter mir. Die Erkenntnis, dass eine Freundin das tatsächlich getan hat, betrübt mich immer noch. Auf der anderen Seite, hatte sie damals wirklich nur mich. Ich habe nie *nein* gesagt, wenn sie mich brauchte. Jemandem helfen zu können war schon auch ein schönes Gefühl gewesen. Das ist es heute noch. Vielleicht sollte ich mir einfach nur abgewöhnen, eine Gegenleistung zu erwarten. Dann werde ich auch nicht mehr enttäuscht.

Und wieder bin ich an dem Punkt angelangt, wo nur noch das Gebet bleibt.

Doch was soll ich beten, wie bete ich richtig?

Das fragen sich vermutlich viele. Als ich mir einst diese Frage gestellt habe, kam die Antwort prompt noch in derselben Woche am Sonntag in der Kirche.

Die diesjährigen Erstkommunionkinder bekamen das Vaterunser feierlich überreicht. Jedes Kind bekam ein handgeschriebenes Exemplar, mit Gold geschrieben und einer Umrandung aus Blumen. Es sah wunderschön aus und ich wünschte ich hätte damals auch so etwas bekommen.

Vaterunser

...der du bist im Himmel

geheiligt werde Dein Name

Dein Reich komme

Dein Wille geschehe

wie im Himmel, so auf Erden.

Unser tägliches Brot gib uns heute

und vergib uns unsere Schuld

wie auch wir vergeben unseren Schuldigern

und führe uns nicht in Versuchung

sondern erlöse uns von dem Bösen

denn Dein ist das Reich und die Kraft und die Herrlichkeit

In Ewigkeit

Amen

Und dann wurden die Kinder dazu aufgefordert, sich um den Altar zu stellen und sich bei den Händen zu fassen. Und auch alle anderen Gläubigen in der Kirche haben sich bei den Händen genommen - auch über den Mittelgang hinweg- und dann haben wir gemeinsam das Vaterunser gebetet. Ich fühlte durch dieses direkte - mit den Händen- verbunden- sein, noch eine viel stärkere Kraft- so stark, dass mir die Tränen kamen. Ich war nicht in der Lage, meine Tränen zurückzuhalten- sie kullerten einfach über meine glühenden Wangen. Und ich dachte an meine Erstkommunion und an die meiner Kinder.

Und ich merkte, dass ich von meiner Erstkommunion nicht mehr viel weiß. Ich weiß noch, dass die Vorbereitung und der Unterricht immer in der Kirche stattfanden und wir mussten jedes Mal beichten. Ich wusste schon gar nicht mehr, was ich eigentlich beichten sollte, weil von den Sünden, die als solche gelten, hatte ich nie eine begangen. Und ich weiß, dass meine Mutter nicht in der Kirche war, weil sie ja kochen musste –

was sicherlich auch anders organisiert hätte werden können. Sie hat mir gefehlt. Lieber hätte ich auf alle anderen Verwandten, die dabei waren, verzichtet. Aber mit meinen damals neun Jahren hab ich das natürlich nicht gesagt.

Bei meinen Kindern war ich jedenfalls dabei, weil ich am eigenen Leib immer wieder erfahren habe, wie wichtig es ist, dass beide Elternteile bei solch wichtigen Ereignissen dabei sind. Da waren dann auch nur die Paten und Großelter eingeladen und nicht die halbe Verwandtschaft, wie zu meiner Zeit und mit denen gingen wir dann schön auswärts Essen und für Kaffee und Kuchen hatten wir zu Hause genug Platz. Die Kuchen habe ich mir schenken lassen, sodass ich damit auch keine Arbeit hatte. Ich will mich hier nicht nachträglich beschweren, ich will nur aufzeigen, dass es immer Lösungen gibt, wenn man etwas wirklich will - zum Beispiel in der Kirche dabei sein, wenn das eigene Kind den nächsten wichtigen Schritt auf dem Glaubensweg tut. Ich erinnere mich auf einmal, dass ich meinen Kindern ebenfalls das Vaterunser beigebracht habe, es selbst aber lange nicht gebetet habe.

Das sollte anders werden. Ich erinnerte mich nach diesem Gottesdienst auch daran dass Peter Seewald in seinem Buch „Jesus Christus – die Biographie" die Geheimnisse des Vaterunsers beschrieben hat: bereits in den ersten Worten des Gebets ist eine mächtige Formel verborgen:

1. mit der Anrede (Vater unser im Himmel)

2. mit dem Lobpreis (geheiligt werde Dein Name)

3. mit der Öffnung und Hingabe (Dein Wille geschehe)

4. mit der Herabrufung des Geistes und der Kraft (wie im Himmel, so auf Erden)

Die Tiefen der drei "Du-Bitten" und der vier "Wir-Bitten"

Können hier nur angedeutet werden:

-Die Anrede: Das Vaterunser hat einen Adressaten...

 "Vater unser im Himmel"

-Die erste Bitte:

"geheiligt werde Dein Name"

Wer zu Gott betet, spricht nicht mit irgendjemandem. Am Anfang steht, in der Geste der Verneigung, der Respekt. Gott ist dabei keine anonyme Macht... sondern ein DU...

-Die zweite Bitte:

"Dein Reich komme"

..Darin spiegelt sich die Ursehnsucht zurück nach dem Paradies...

...Alles soll ihm zugeordnet sein.... Wo er ist, ist alles gut, wo er nicht ist, ist im Grunde Sinnlosigkeit...

-Die dritte Bitte:

"Dein Wille geschehe, wie im Himmel, so auf Erden"

Eigenwillige Menschen schaden in ihrer Zwanghaftigkeit zuallererst sich selbst...So gesehen ist der himmlische Wille eine Art Therapie gegen irdische Verführung. Es verhindert ein Denken in ausschließlich materiellen Kategorien...

"Himmlischer Wille" bedeutet weder Gleichschaltung noch Diktatur, sondern er ist schlichtweg Ausdruck für das Gute....

...der Vater weiß, was ihr braucht, noch ehe ihr darum bittet....

... Die Drei, die in dieser Bitte aufscheint, gilt seit jeher als Göttliche Zahl....

So drückt die dritte Vater unser Bitte die Synthese des Neuen aus: Wenn der Wille Gottes im Himmel und endlich auch auf Erden geschieht, entsteht die All-Einheit- die Neue Welt des Gottesreiches.

-Die vierte Bitte:

"Unser tägliches Brot gib uns heute"

Nach der symmetrischen Struktur des Evangeliums öffnet sich in dieser- der mittleren- Bitte des Gebets –Jesu- das zentrale Geheimnis seines Kommens.

Er öffnet diese Mitte seiner Offenbarung... wenn er beim letzten Abendmahl das Brot bricht, um sich danach selbst als "das Brot des Lebens" hinzugeben....

-Die fünfte Bitte:

„Und vergib uns unsere Schuld, wie auch wir vergeben unseren Schuldigern"

Die Frage von Schuld und Sühne ist eines der zentralen Themen unserer menschlichen Existenz.

Gott vermag Schlechtes in Gutes zu verwandeln. Doch die Vergebung kann nur in denjenigen eindringen, der auch selbst ein Vergebender ist. Die „fünf" steht traditionell für das Gesetz. Es ist die Zahl des Menschen (die 5 Sinne) und der Quintessenz. Schuld zu vergeben und Vergebung zu bekommen ist das Grundgesetz der Rechtsprechung Jesu.

Nach dem Maß nachdem der Mensch auf Erden vergibt, wird ihm auch im Himmel vergeben werden.

-Die sechste Bitte:

" Und führe uns nicht in Versuchung"

...diese Bitte berührt die verborgenen Ängste des Menschen und die Frage nach dem Bösen in der Welt.

...die tatsächliche wörtliche Übersetzung lautete: "und *lasse* uns nicht in Versuchung"....

Die Versuchung wird als Prüfung Gottes gesehen. er prüft uns so, wie einst Abraham...

...Die Bitte zielt darauf ab, dass Gott für die Prüfungen die nötige Kraft geben möge, damit wir auch nach Schicksalsschlägen nicht verhärten, sondern daraus hervorgehen... und um dadurch zu uns selbst und zu Gott zu kommen...

-Die siebte Bitte:

" Sondern erlöse uns von dem Bösen"

An diesem Punkt des Vaterunsers legt die Schwelle zum Übergang in die andere Welt.

Sie ist Ausdruck der Sehnsucht der ganzen Schöpfung wieder heil zu werden......Nur Gott selbst ist es möglich, die Macht des Bösen ein für alle Mal zu brechen.....

... Die Sieben beschreibt das Ganze - wie die sieben Säulen der Weisheit Salomons Tempel vollenden, die sieben Hügel Roms die Ewige Stadt machen, die sieben Farben den Regenbogen bilden, wie die sieben Gaben den Heiligen

Geist abbilden, wie sieben Sakramente zur Heiligkeit führen, so vollendet die siebte Bitte das Vaterunser.

... In dieser Schlussbitte wird das ganze Elend der Welt vor Gott getragen...

Die Erlösung von dem Bösen ist am Ende das Wesen der Aufgabe, die Christus auf seinen Schultern liegen hat, und die in seinem Tod am Kreuz ihren sichtbarsten Ausdruck finden soll.

Wie oft hatte ich bis dahin dieses Gebet gesprochen - ohne es wirklich zu verstehen.

Ich habe es gebetet, weil Jesus es uns so gelehrt hat.

Der Priester sagte noch:

„das Vaterunser" ist das Herzensgebet schlechthin."

Und ja, es ist wahr, dieses Gebet kann mein Herz auch ganz alleine beten.

Nach diesem Vortrag holte auch ich mir das Buch von Peter Seewald. Und ich muss sagen, es hat auch mich zutiefst berührt. Peter Seewald ist je ein Journalist, kein Theologe.

Sein Vorwort beginnt mit folgenden Worten:

>Zuerst war es nur so ein Gefühl, aber dann wurde daraus Gewissheit….

Dann…Jahrzehnte lang haben wir uns damit begnügt, herauszufinden, was mit dem Mann aus Nazareth nicht stimmen kann…

Und am Ende des Vorwortes:

Zu guter Letzt verneige ich mich vor der Leistung der Evangelisten… ihr Können ist unerreicht, ihr Geist von etwas Unfassbarem, Höherem getragen. Vielleicht lässt sich ihre Arbeit so zusammenfassen:

Alles ist Geheimnis, alles ist wahr.

Nach der Lektüre des Buches begann ich die Geschichte meiner Erzählerin mit anderen Augen zu sehen. Nein, eigentlich sah ich nicht, ich fühlte nun. Ich fühlte Spannung, Freudige Erwartung.

Und ich wollte auf einmal mehr. Ich wollte auch erfahren, was sie erfahren hatte und begann in die Kirche zu gehen. Es war ganz schön, aber ich will noch andere Kirchen ausprobieren, andere Gottesdienste. Es gibt so viele hier: Die Apostolische Gemeinde, eine freikirchliche, Methodisten, Katholiken, Zeugen Jehovas und Protestanten. Sie alle glauben an Gott, aber jede Gemeinschaft bringt diesen Glauben anders zum Ausdruck. Ich will mich ausprobieren, sehen wohin ich gehöre. Meine Erzählerin weiß ja eigentlich auch noch nicht so richtig, wohin sie gehört, so jedenfalls mein Eindruck. Ich kann mich auch irren. Auf alle Fälle wirkt sie sehr oft regelrecht zerrissen zwischen Glauben und Hoffen und zwischen wollen aber nicht können. An keinen Gott zu glauben ist da schon bequemer. Aber man ist halt dann wirklich vollkommen allein. Man hat absolut niemanden, an den man sich wenden kann, wenn die Seele Hilfe braucht. Ich glaube, ich fange auch erst einmal mit Maria an. Sie kann uns Frauen am besten verstehen und helfen.

Glauben ist Kampf

Auszug aus dem Glaubenstagebuch:

>Maria, meine Mutter, du bist nicht vergessen. Ich habe nicht vergessen, dass Du es warst, die mir den Zugang zu Gott -meinem Vater- überhaupt erst wieder gezeigt hat.

Ich hatte ja Anfangs fast Angst, direkt zu Gott zu sprechen, und ich fühlte mich seiner auch nicht würdig. Es brauchte seine Zeit, bis ich begriff, dass ich Gottes Kind bin und er mich liebt so fehlerhaft und sündhaft wie ich bin. Und manchmal kann ich auch heute noch nicht direkt zu ihm gehen, weil ich denke, er würde zornig oder er versteht mich ja doch nicht. Vor allem, wenn ich Probleme mit meinen Kindern habe. Dann bist doch eher Du als Mutter meine Ansprechpartnerin. Und das wird auch bleiben. Schließlich hat dich Gott zu sich in den Himmel gehoben und Dir somit göttliche Macht verliehen.

Und Du bist es, die bis zum heutigen Tag hier auf Erden Wunder vollbringt <

Aber es macht mich auch traurig, dass so viele Menschen nicht an Maria glauben, ja sogar Menschen, die es tun, auslachen. Sie sehen das Ganze aus Wissenschaftlicher Sicht und nicht aus Göttlicher. Sie können nicht begreifen, dass Gott allmächtig ist und durchaus eine „jungfräuliche" Geburt veranlassen kann. Wobei ich muss zugeben, dass ich auch lange Zeit gezweifelt habe, wie das möglich gewesen sein soll, vor allem, als ich von dem Übersetzungsfehler in der Bibel gelesen habe. Aber selbst, wenn es „junge Frau" heißt, so ist es doch Gottes Sohn, der von Maria ausgetragen und geboren wurde. Ich habe schon gemerkt, dass Maria selbst unter Christen ein Streitpunkt ist. Aber ich habe schon Menschen kennen gelernt, die eigentlich keine Christen sind und trotzdem zu Maria beten. Sie verehren sie als Heilige. Wie auch immer, wer sich näher mit Maria beschäftigt, kommt sehr schnell an den Punkt, wo er zugeben muss, dass das eine oder andere Wunder nicht geleugnet werden kann.

Und schon wieder streiten sich mein Herz und mein Kopf. Ich kriege die beiden immer noch nicht zusammen. Nach jedem Kirchgang geht es mir gut. Ich fühle mich wohl und ausgeglichen. Aber spätestens am Montagmorgen, wenn mich der Alltag wieder hat, ist alle Harmonie wieder verflogen. Es ist manchmal wie verhext oder ist es verteufelt?

Vorige Woche zum Beispiel. Da habe ich wieder darum gebetet, dass Gott dafür sorgen möge, dass ich mein Auskommen habe. Und siehe da, noch am selben Tag kam ein Anruf von einem lieben Freund, der eine Stelle für mich gefunden hatte. Ich solle doch gleich sofort dort anrufen, hat er gesagt. Und was machte ich? Ich dachte erst mal drüber nach, ob ich das dann auch wirklich schaffen würde, ob ich wirklich jeden Tag nach Pommes Fett stinken wollte (die Stelle wäre in einem Imbiss gewesen), ob sich das mit meiner Selbstständigkeit noch vereinbaren ließe und und und. Tausend Ausreden hab ich gesucht, da nicht hin zu müssen. Aber am Ende kam ich zu dem Schluss, dass ich die Stelle brauche um weiterhin überleben zu können. Der Freund hatte mich dann auch dorthin begleitet. Der Chef war aber nicht da. Also rief ich gleich am nächsten Morgen dort an und was war? Auf einmal war die Stelle weg. Ausgerechnet, wo ich "ja" gesagt hätte. War wohl nix. Und wieder fühlte ich mich bestätigt in meiner Annahme, dass mich eh keiner haben will. Doch was nun? Was für eine Lehre sollte ich nun daraus wieder ziehen? Ich betete um Aufklärung, aber es kam nicht so wirklich was rüber. Dann las ich wieder in dem Büchlein von Pater Kentenich, wo es darum geht, richtig beten zu lernen.

Da stand:> Wer betet, der lebt in einer anderen Welt, hat Verbindung mit einer anderen Welt, der lebt aus der Inspiration der anderen Welt <

Wir sollen Gott suchen - finden - und lieben - in allen Dingen und Menschen. Das aktuelle bei-Gott-sein soll mit dem habituellen bei-Gott-sein, zu einem Dauernden werden.

Darüber musste ich erst einmal wieder nachdenken und bin für mich zu folgendem Schluss gelangt: Ich soll keinem anderen Menschen dienen, sondern nur Gott. Meine Arbeit ist mein Dienst an Gott. Und meine ganz persönliche Arbeit besteht nicht darin eine Pommesbude zu putzen, sondern andere mit auf meinen Glaubensweg mitzunehmen. Sei es, dass ich sie tatsächlich an der Hand nehme oder sie einfach nur in meine Gebete miteinschließe. Alles andere wird sich dann schon finden. Und mit diesen Gedanken im Herzen bat ich dann wieder meine Engel um Hilfe.

Diesmal stand folgendes auf meiner Karte:

Kristallklare Intentionen – Erzengel Michael

>Sei Dir klar, über deine wirklichen Wünsche und fokussiere Dich mit unerschütterlichem Glauben darauf, sie zu realisieren<

Und wieder haben meine Engelkarten Recht!

Ich hatte mein eigentliches Ziel aus den Augen verloren. Wobei - hatte ich überhaupt nur ein Ziel?

Mir kam es manchmal so vor, als hätte ich noch "Reserveziele", so wie auf einer Schiess-Scheibe. In der Mitte ist Gott, aber darum sind noch mehrere Kreise und wenn ich nicht genau die Mitte treffe - was solls?

Eine acht oder neun ist ja auch fast in der Mitte.

Ich war mal aktives Mietglied in einem Schützenverein, und ich hatte nie den Anspruch gestellt, immer die Beste zu sein. Ich wusste, ich bin nur mittelmäßig und hatte mich damit begnügt, weil: hin und wieder hatte ich ja doch mal ins Schwarze getroffen. Ich war sogar zweimal erste Schützenkönigin geworden. Den zweiten oder dritten Platz hatte ich sogar noch öfter erreicht.

Dasselbe war in der Schule. Auch da lief ich bis zum Schluss in der Mitte mit. Mein Notendurchschnitt war stets eine 3,0 also befriedigend. Und "befriedigend" ist ja nicht schlecht, oder? Nur reicht dieses „befriedigend" auch für Gott?

Ich glaubte damals nicht, dass es reichen würde und sah mich vor einer richtig schweren Aufgabe.

Und so schrieb ich wieder einmal in mein Glaubenstagebuch:

>Wird Gott mit meinen Bemühungen alleine zufrieden sein, auch wenn ich nicht perfekt bin? Ich stelle wahrscheinlich viel zu hohe Ansprüche an mich und wenn es dann nicht klappt, laufe ich Gefahr, aufzugeben. <

Glauben ist ein Kampf, den ich jeden Tag aufs Neue auszufechten habe, auch heute noch und morgen auch wieder. Dieser Kampf kostet Kraft. Komischerweise fühle ich mich meistens, am Ende eines solchen Kampftages nicht "kraftlos", sondern eher wohlig ermattet und auch ein wenig stolz, dass ich wieder einen Tag geschafft habe. Ich darf dabei nur nicht auf meinen Kontoauszug blicken. Aber das ist wieder ein weltliches Problem, womit ich mich immer wieder befassen muss. Aber nicht heute. Heute galt es, mein Ziel zu finden, es anzupeilen und es dann ohne Umwege zu verfolgen. Dann begann ich mich auf die Suche zu begeben. Aber wo sollte ich suchen?

Und wie so oft, wenn ich etwas suchte, erhielt ich unerwartet Hilfe. In diesem Fall durch einen Spruch, der mir auf einem meiner Internetwanderungen ins Auge fiel:

„Der Mensch soll sich nicht sorgen, dass er in den Himmel komme, sondern dass der Himmel zu ihm komme.

Wer ihn nicht in sich selber trägt,

der sucht ihn vergebens im All."

Das sollte wohl heißen ich musste meine Augen nach innen richten und in mir selber suchen.

Das ist gar nicht so einfach, denn vielfach gefällt es den Menschen nicht, was sie dann sehen.

Ich hatte einmal an einer Reiki Behandlung teilgenommen. Da sollte ich auch nach innen blicken. Und ich sah nur Dunkel. Dann haben zwei Menschen ihre Hände über mich gehalten. Einer über meinem Kopf und einer über meinem Bauch. Und da fühlte ich auf einmal Wärme in mir aufsteigen und ich begann ein helles Licht zu sehen.

Damals habe ich das nicht mit Gott in Verbindung gebracht. Aber heute denke ich, dass es sich genau so anfühlen muss, wenn Gott oder der Heilige Geist durch mich hindurch strömt. Warm und hell.

Ich hatte nie wieder so ein Gefühl und sehne mich seither täglich aufs Neue danach. Ich begreife, dass Christliches Leben ein ewiges Suchen und Sehnen nach Gott bedeutet.

Und noch etwas wird mir klar:

Wir müssen dafür unser ICH aufgeben, um zum DU, und damit zu Gott, zu gelangen.

Nur, solange wir leben, wird uns das nie ganz möglich sein, denn erst nach unserem Tod können wir Gott von Angesicht zu Angesicht schauen. Nur wenigen Lebenden ist es bisher vergönnt gewesen, IHN schon zu Lebzeiten zu schauen oder zumindest zu hören. Und wenn man es genau nimmt, dann haben auch sie Gott selbst gar nicht gesehen, sondern er erschien ihnen als Licht, als Flamme oder als Heiliger Geist. Darum können wir uns auch kein rechtes Bild von Gott

selbst machen; darum ist er für uns nicht greif-
bar- nicht *be*-greifbar. Und darum ist Glauben so
schwer. Und dennoch ist ein Sehnen in uns, ein
Sehnen nach der reinen, vollkommenen Liebe.
Nach der Liebe *von* Gott - und *zu* Gott.

Doch so sehr wir auch suchen und sehnen, hier
auf Erden werden wir diese reine Liebe nicht
mehr finden. Zu verdorben und versündigt ist
schon alles.

Aber Gott hat damals nach der Sintflut zu Noah
gesagt, dass er nie wieder die Menschheit tilgen
werde, weil sie sündig ist. Ich glaube, das muss
er auch gar nicht mehr. Das schaffen wir schon
ganz alleine. Nur einige wenige, die, die wirklich
glauben oder zumindest die Sehnsucht in sich
tragen, werden der unausweichlichen Katastro-
phe entgehen. Lasset uns beten für alle Gläubigen und noch mehr für alle Ungläubigen, denn
sie bedürfen der Gnade Gottes noch viel mehr.
Wir, die wir glauben, haben die Gnade zum Teil
schon erhalten. Wir können Ihn zwar noch nicht
schauen, aber fühlen. Wir können ihn im Gebet

fühlen. Heute habe ich mich zum ersten Mal auf mein Gebet gefreut. Erst das morgendliche Körpergebet um den Heiligen Geist herabzurufen, dann kniete ich mich vor Maria und betete das Ave Maria und das Vaterunser. Ein paar Worte habe ich dann noch aus dem Büchlein von Pater Kentenich gelesen und schon sprudelten die Worte wieder aus mir heraus, oder besser gesagt: sie flossen durch mich hindurch - eingegeben von einer höheren Macht. Ob es nun mein Engel ist, oder der Heilige Geist, vermag ich nicht zu sagen. Viele mögen sich nun fragen: „was soll ich mich weiter sehnen, wenn es doch keine Erfüllung findet"? Nun, die Frage sollte vielmehr lauten: „wie kann ich mein Sehnen nutzen?" Meine ganz persönliche Sehnsucht ist die Liebe. Ich will Liebe geben und empfangen. Und ich will zu Gott gehen, aber nicht allein. Ich will möglichst viele Menschen zu IHM mitnehmen. Nur wie? Einmal durch beten, indem ich alle, die mir wichtig und lieb sind, in meine Gebete namentlich mit einschließe; und am Ende schließe ich immer noch die ganze Welt mit ein. Somit wird zumindest ein Teil meiner Sehnsucht gestillt, nämlich der Teil, der helfen will. Ich stelle mich Gott zur Verfügung, durch mich zu wirken. Klingt verrückt in der heutigen Zeit, wo die Wissenschaft meint, bewiesen zu haben, dass es keinen Gott gibt. Sie glauben, weil sie ein paar Knochen gefunden haben, beweisen zu können, dass der Mensch nach und nach entstanden ist. Das mag schon sein, aber es fehlt immer noch das Bindeglied zwischen Affe und Mensch. Es wurden wieder neue Knochen gefunden, die wieder eine ganz neue Art menschlicher Spezies darstellt. Alles muss wieder neu aufgerollt und betrachtet werden. Und schon kommt wieder Gott ins Spiel. Wir wissen nicht, wie SEIN Erster Mensch ausgesehen hat, wie Adam ausgesehen hat. Unsere Sehnsucht liegt auch darin, wissen zu wollen, woher wir kommen. Was, wenn wir wirklich von Gott kommen? Für mich liegt da etwas sehr tröstliches, vor allem, weil ich meinen leiblichen Vater nicht kenne. Ich weiß also nicht, woher meine zweite Hälfte stammt. Fast mein ganzes bisheriges Leben fühlte ich mich nur als halber Mensch. Aber nun, da ich weiß, dass Gott mein Vater und Maria meine Mutter ist, muss ich nicht mehr trauern. Ich komme von Gott. Damit ist alles gesagt. Mehr muss ich nicht wissen. Mehr müssen wir nicht wissen. Es mögen noch tausende Knochen gefunden werden - der Allererste wird nie darunter sein. Genauso wenig wird das All jemals ganz erforscht sein. Ja, da war ein Urknall - aber was war davor? Wir wissen es nicht und trotzdem glauben wir den Wissenschaftlern, dass es so war. Warum nur glauben wir dann nicht mehr an Gott? Weil diese Erklärung der Dinge zu einfach wäre? Nun, Gott ist nicht einfach, er ist nicht greifbar, er ist unsichtbar (ist er das wirklich?), und doch ist er überall. Er zeigt sich uns in allen Wundern der Natur. Jeden Tag - überall. Wir können den Urknall auch nicht sehen - außer in einer Computersimulation. Diese Simulation ist von Menschen gemacht. Und doch glauben wir daran. Einige zumindest. Aber das ist kein wahrer Glaube, denn es ist der Glaube des Verstandes. Der Glaube an Gott kommt aus dem Herzen und wirkt in unseren Herzen. Die Sehnsucht, die wir in uns tragen, tragen wir im Herzen. Wer sucht nicht die Liebe und sehnt sich nach Frieden? Wir müssen unsere verschlossenen Herzen wieder öffnen für die wahre, die reine Liebe.

Wie das geht? Durch beten. Beten zu Maria, der Herzöffnerin. Wir können mit Maria unser sündiges Herz auch tauschen. Auch ich habe anfangs nicht direkt zu Gott gesprochen, sondern zu Maria - meiner Mutter. Ich fühlte mich zu unwürdig, mit Gott direkt zu sprechen. Inzwischen geht das, aber es war ein Lernprozess. Und es ist ein ewiger Kampf mit Rückschlägen aber auch Fortschritten. Jesus sagte einst: „wer unter Euch ohne Sünde ist, der werfe den ersten Stein"

Ohne Sünde ist unter uns Menschen keiner mehr, nicht einmal ein Säugling, der mit der Erbsünde belastet auf die Welt kommt, nicht einmal die Priester, die eigentlich Gottes Wort predigen und auch leben sollten. Alles ist aus den Fugen geraten. Wie kann ich mich von meinen Sünden befreien? Ich hatte dann einmal gelesen, ich solle meine Sünden und meinen Schmerz auf einen Stein schreiben und diesen dann ins Meer oder einen See werfen. Das müsste in meinem Fall ein ziemlich großer Stein sein, so dachte ich. Den würde ich wahrscheinlich gar nicht mehr anheben können. Ein anderer Rat dazu lautete, alles auf ein Blatt Papier zu schreiben und dieses dann zu verbrennen. Da dachte ich, das könnte klappen und habe mich auch sogleich ans Werk gemacht. Ich musste nur aufpassen, dass ich dabei nicht meine Wohnung in Brand setzte. Ich habe das ziemlich vollgeschriebene Blatt ins Waschbecken gelegt und angezündet. Die Asche habe ich dann in ein kleines Gefäß getan, und es zu meiner Marienstatue gestellt mit dem Auftrag, sie möge meine Sünden zu ihrem Sohn tragen, auf das er sie auf sich nehme. Das ist ja seine Aufgabe. Er nimmt hinweg die Sünden der Welt. Andererseits, Gott weiß um meine Sünden und er weiß auch, dass ich bereue. Und das ist ja die

Hauptsache. Und sogenannte Todsünden habe ich nicht begangen. Also hätte ich dieses Ritual gar nicht gebraucht. Trotzdem hat es mir geholfen. Und das Feuer symbolisiert noch etwas. Nämlich die Liebe. Gottes Liebe. Diese Liebe brennt so heiß, dass alle Sünden einfach ausgelöscht werden. Ein schöner Gedanke. Viel schöner als ein im Wasser versinkender Stein. Denn der Stein landet irgendwann auf dem Grund und besteht dort weiter. Es wäre, als hätten wir alles nur verdrängt, aber nicht ausgelöscht. Unsere Sünden löschen kann nur ER. Jesus sagte auch: „Bittet, so wird Euch gegeben werden."

Und so wie ich um Gaben bitte, kann ich Gott auch um Vergebung bitten.

Ich bitte darum, dass er mir verzeiht und so wie ein Vater seinem Kind vergibt, wird auch er mir vergeben. Nur wie merke ich, dass er mir vergeben hat? Vielleicht ist es die Wärme, die mich jedes Mal durchströmt, wenn wir in der Kirche beim Gottesdienst um Vergebung bitten:

„…Herr, schaue nicht auf unsere Sünden, sondern auf unseren Glauben..." Wer hat sich als Kind nicht schon einmal gewünscht, dass die Mama nicht mehr böse ist, weil wir irgendetwas angestellt hatten. Dabei ist Gott gar nicht mal böse auf uns, er ist nur furchtbar traurig, weil wir uns von ihm abgewendet haben. Und das ist die größte unsere Sünden, IHN zu verleugnen.

Wir glauben nicht mehr.

Wir lieben nicht mehr.

Wir hoffen nicht mehr.

Glaube - Liebe - Hoffnung.

Irgendwo habe ich noch diesen dreiteiligen Anhänger bestehend aus einem Herzen, einem Kreuz und einem Anker. Jesus ist dieser Anker. An ihn können wir uns hängen. Er rettet uns und hält uns fest, immer vorausgesetzt, wir lassen es zu. Niemals würde Gott gegen unseren Willen eingreifen. Daher auch diese ganze Leid auf der Welt: Weil wir Gott nicht mehr zulassen.

Weihnachtswünsche

Aus meinem Glaubenstagebuch:

Gerade habe ich eine SMS erhalten mit der Frage, ob ich denn schon einen Weihnachtswunschzettel hätte. Ich antwortet ganz spontan, ohne lange darüber nachzudenken: „Weltfrieden!" Gerade nach den neuerlichen Anschlägen in Paris erscheint mir dieser Wunsch wichtiger denn je. Wie soll das denn weiter gehen? Jetzt wollen die Franzosen zurückschlagen. Und dann? Dann schlagen die anderen wieder zurück und so geht das ewig hin und her, mündet sogar noch in einen dritten Weltkrieg. Wir sollten uns wirklich alle Christen auf der ganzen Welt zusammentun und beten. Beten für den Weltfrieden. Beten, dass auch diese Islamisten endlich begreifen, dass wir den selben Gott anbeten, nur eben auf andere Weise. Beten dafür, dass alle Menschen begreifen, dass es völlig egal ist, ob Moslem, Christ oder Jude die Hauptbotschaft auch immer dieselbe ist: Liebe. Und aus der Liebe erwächst

Frieden. Das wünsche ich mir zu Weihnachten lieber Gott: Liebe, Frieden, kein Hunger und keine Krankheiten mehr. Und meinetwegen fege die Habgierigen und Mörder weg aus dieser Welt, so wie du es schon einmal getan hast. Ich wünschte, alle Kinder würden wieder lernen, was Weihnachten wirklich heißt. Dass es nicht bedeutet, große Geschenke zu erhalten. Das größte Geschenk, wurde nämlich vor 2000 Jahren geboren. Das hat die Menschheit vor lauter Konsumdenken völlig vergessen. Alle christlichen Feiertage und Feste sind irgendwie mir Einkaufen verbunden. Ich frage mich warum? Wer hat damit angefangen? Es mag ja sein, dass nicht alles an der Weihnachtsgeschichte genauso gewesen ist, wie in der Bibel geschildert. Aber darum geht es ja auch gar nicht. Es geht um die Botschaft, die dahintersteckt. Nämlich dass Gott als Mensch zu uns gekommen ist, um mitten unter uns zu leben. Er hat uns eine neue Chance gegeben. Und diese Chance ist es, die wir feiern. Das habe ich aber auch erst vor kurzem begriffen. Für meinen

Atheisten bedeutete Weihnachten immer nur Arbeiten. Wenn seine Schicht zu Ende war, fiel er nur noch ins Bett. Dasselbe an Ostern und Sylvester. Jetzt hat er an den Feiertagen frei. Aber nicht in seinem Kopf. Er kann damit nichts anfangen. Weihnachten ist so schlimm für ihn, dass er sich am liebsten allein in sein Bett verkriecht. Warum, weiß er selber nicht. Vor ein paar Jahren bekam ich einen alten Wunschzettel von mir zu Weihnachten geschenkt:

Liebes Christkind,

Ich war zwar nicht immer brav, aber ich versuchte es wenigstens zu sein.

deshalb möchte ich dich bitten, mir wenigstens _einen_ meiner vielen Wünsche zu erfüllen.

Bring mir _bitte:_

ein Bügeleisen, ein Schlupfhaus, Malen nach Zahlen, eine Decke.

Diese viehr Wünsche sollen mir genügen und ich bitte dich nocheinmal mir _einen_ zu erfüllen.

Bitte, bitte, bitte.

Ich weiß nicht mehr, wie alt ich damals war, als ich diesen Wunschzettel verfasst habe, aber ich erinnere mich genauestens daran, dass ich alles bekommen habe. Das Malen nach Zahlen Bild hängt heute in einem schönen Rahmen, den ich mir erst als Erwachsene mal dafür gewünscht habe, an der Wand. Das Schlumpfhaus nebst Schlumpfsammlung habe ich auch noch. Die Decke war orange, und ist irgendwann verschlissen. Das Bügeleisen war ein Spielzeug, wurde aber warm. Der Wunschzettel hängt heute gerahmt an der Wand und erinnert mich stets an meine Kindheit und an viele Weihnachtsfeste. Und er erinnert mich daran, wie bescheiden die Wünsche damals noch waren. Meine Kinder waren da schon anders. Und wir haben es auch noch gefördert, Anfangs jedenfalls. Irgendwann haben mein Mann und ich dann die Bremse gezogen und den Großeltern erst mal untersagt, so viel zu schenken. Und dann haben wir eingeführt, dass wir jedes Jahr einen Betrag für einen Wohltätigen Zweck spenden, vorzugsweise an Kinder.

Es hat sich dann eingebürgert, dass wir an die Kinderkrebsabteilung einer Klinik in München gespendet haben. Später haben wir dann bei World Vision eine Patenschaft für ein kleines Mädchen übernommen. Das war unser Beitrag, unseren Kindern Weihnachten nahe zu bringen. Ob es geglückt ist, stellt sich vermutlich erst heraus, wenn die beiden selber einmal Kinder haben. Ich will jetzt nicht gegen Geschenke appellieren, nur sollten diese wieder bescheidener werden und an diejenigen gehen, die es nötig haben. Heilig Abend sollte wieder heilig werden. Und vielleicht schaffen wir es einmal, den Weihnachtsfrieden nicht nur für eine Nacht, sondern für immer zu erhalten. Klar, seine Wünsche runter zu schrauben oder gar ganz zurückzustellen ist sehr schwer. Aber wenn wir genau hinschauen, was wir uns da eigentlich alles so wünschen, so werden wir feststellen, dass diese Wünsche völlig nebensächlich, oft sogar nutzlos sind. Das was wir uns wünschen sollten, ist mit Geld nicht zu erkaufen. Aber nur weil etwas unbezahlbar ist, heißt das nicht, dass es damit auch wertlos ist. Unsere Werte sollten neu überdacht werden. Ganz dringend. Und ganz unabhängig davon, ob wir an Gott glauben oder nicht.

Wir sollten dringend den Wert unseres Lebens neu überdenken.

> *Die Wirklichkeit der Lebens ist das Leben selbst, welches weder im Mutterleib beginnt, noch im Grabe endet.*

Die Jahre, die vergehen, sind nur ein Augenblick im Angesicht der Ewigkeit.

Die Welt der Materie und alles was zu ihr gehört, ist nur ein Traum im Vergleich zu dem Erwachen, das wir Schrecken des Todes nennen. <

Wieder eine Lebensweisheit, die ich in einem Buch gelesen hatte.

Und wieder steckt so viel Wahrheit darin, die aber nur der, welcher auch glaubt, erfassen kann. Denn es beschreibt das Ewige Leben nach dem Tod.

Trotzdem musste ich zugeben, dass ich doch noch sehr an meinem irdischen Leben hing, obwohl ich es schon mehrmals freiwillig beenden wollte. Im Nachhinein, war mir klar geworden, dass ich nicht wirklich sterben, sondern nur meinen Schmerz und meine Angst beenden wollte. Ich musste erst lernen, dass ich meinen Schmerz annehmen und ertragen muss, um Heilung zu erlangen. Ich musste lernen, meinem Leben einen Sinn zu geben. Was auch nicht leicht war und auch noch nicht abgeschlossen ist. Manchmal ist mir schon morgens klar, was ich zu tun habe; ein andermal sitze ich völlig apathisch da, oder komme gar nicht erst aus dem Bett heraus, und weiß nichts mit mir anzufangen. Und dann bete ich - und auf einmal ist es, als würden die Wolken, die mein Gehirn und mein Herz vernebelt haben, sich verziehen und die Sonne scheint von innen aus mir heraus. Dann kommen gleich die Realisten und Pessimisten an und sagen: "das Leben ist kein Zuckerschlecken", "du kannst nicht immer Sonnenschein haben" "es gibt keinen Gott" usw. Doch!

Ich kann jeden Tag Sonnenschein haben!

Und ich kann mir diesen Sonnenschein selber machen. In mir drin. In meinem Herzen. Jeder kann das, wenn er es will. Es ist das „Nicht-Wollen" was uns daran hindert oder das Falsche-Wollen. "Das Leben ist kurz" ist die Devise.

Ja, für die, die es falsch leben, ist es wirklich kurz, weil sie ständig dem vermeintlichen Glück hinterher hetzen. Dabei bräuchten sie nur ihre Herzen öffnen und Gott darin einlassen.

Gott ist das Leben. Gott schenkt das Leben und wenn wir es zulassen, sogar das Ewige Leben.

Ich war auch lange der Meinung, das Leben wäre kurz und habe nichts anbrennen lassen. Ich wollte auch im hier und jetzt leben, und nicht erst nach meinem Tod. Jung und dumm, wie ich war, konnte ich nicht wissen, wie erfüllend das Leben trotz mancher Entbehrungen sein kann. Ich bin heute glücklicher, als damals in meiner Ehe, wo ich materiell alles hatte, aber seelisch fast vollkommen verkümmerte. Dass ich diese Ehe verlassen habe, hatte seinen Grund, den ich langsam zu verstehen beginne.

Sturm

Einmal war eine stürmische Nacht - nicht nur draußen, auch in meinem Herzen.

Wieder stellte ich mir die Frage:

„was ist wenn...?"

Trotzdem bin ich irgendwann eingeschlafen. Und trotz des Sturmes fühlte ich mich geborgen; geborgen in Gott. Letztendlich habe ich doch auf ihn vertraut. Ein Blick um das Haus am Morgen danach hatte mir dann gezeigt, dass keine Schäden entstanden waren. Meine Wildblumen blühten immer noch, obwohl es schon Mitte November war. Die Meteorologen sagten, es wäre zu warm für die Jahreszeit. Aber was ist eigentlich zu warm oder zu kalt? Wer legt den Rahmen dafür fest? Warum meckern wir immer über das Wetter, das ja doch nicht zu ändern ist? Klar, Sturm will keiner haben. Die Kraft die dahinter steckt macht uns Angst und kann zerstörerisch wirken. Aber in jeder Zerstörung steckt auch eine

Chance für einen Neuaufbau. Vor Jahren einmal ist durch unser Dorf eine Windhose gezogen.

Es hatte Tage gedauert, bis alles wieder aufgeräumt war. Bei uns im Garten war es nicht so wild, daher haben wir Nachbarn geholfen, die es schlimmer getroffen hatte. Der große Baum, in dem ein Baumhaus war, in welchem wir als Kinder oft gesessen hatten, war auf das Hausdach gestürzt und auch die Terrassenüberdachung war dabei zerstört worden. Erst war großes Geschrei, aber dann, als sich die erste Aufregung gelegt hatte, gaben diese Nachbarn zu, dass sie eh schon länger ein neues Dach geplant hatten. Das bekamen sie jetzt und es wurde auch noch von der Versicherung bezahlt. Ich will damit sagen, dass es selten einen Schaden gibt, wo nicht auch ein Nutzen dabei herausspringt. Das Leben hat immer zwei Seiten: eine dunkle und eine helle und wir selbst können wählen, auf welcher Seite wir stehen wollen. Und ein Wechsel ist jederzeit möglich - so wie in der Versicherungs-Werbung, wo die Menschen über eine rote Linie treten und dann auf einmal im Licht stehen. Auch wir können im Licht stehen - im Licht Gottes. Wir können unsere Seele vom Licht Gottes reinigen lassen. Diese Reinigung kann schmerzhaft sein, weil der "Dreck" wie bei einer Pfanne fest haftet und mit einem Stahlschwamm entfernt werden muss. Aber danach glänzen wir wie neu. Und dann können wir als nächste Stufe die wahre Seligkeit erlangen. Bis dahin ist es allerdings noch ein weiter Weg.

> *Die wahre Seligkeit besteht im ständigen Kosten Gottes. Ich koste Gott, ich schaue Gott an, ich liebe Gott <*

Gott ist mein Ein und Alles, mein Alpha und Omega; Gott ist der Mittelpunkt meines Lebens! Er sollte es zumindest sein. Ich bin noch lange nicht an diesem Punkt angelangt. Aber ich strebe danach und ich werde nicht aufhören danach zu streben. Leider hören viele Gläubige kurz vor dem Ziel damit auf, weil in ihnen, wie in mir letzte Nacht, ein Sturm tobt und sie sich geschlagen geben. Sie stemmen sich nicht dagegen, sondern lassen sich mitreißen. Mitreißen vom Strom der Gesellschaft. Mitreißen von der Meinungsmache der Medien. Solange der Sturm tobt, merken wir davon jedoch nichts, weil es zu laut tost und alles viel zu schnell geht. Aber irgendwann kommt die Flaute. Und was dann? Dann fühlen die, die nicht von Gottes Licht erfüllt sind, auf einmal Leere. Und diese Leere wollen sie füllen und rennen dann los und machen Reiki, gehen zur Lebensberatung, lassen sich Karten legen, machen Yoga usw. Anstatt in die Kirche zu gehen und einfach nur zu beten. Hier heißt es nicht: der Kurs ist voll, Teilnahmegebühr 35€, Mo - Fr 17h-19h, nicht für Schwangere und Kinder. Gott gibt es kostenlos, unbegrenzt, jederzeit und für alle. Und wem Gott selbst noch zu groß ist, der kann ja erst einmal mit seinem Engel anfangen - so wie ich. Und dann begann ich zu Maria zu beten dann zu Jesus und zum Heiligen Geist. Erst so nach und nach habe ich begriffen, dass ich auch ohne Umwege direkt zu meinem Vater gehen kann. Ich bin nicht zu unwürdig oder zu sündig. Und ist nicht Jesus auch immer zu den Sündern gegangen? Schließlich sind die Sünder diejenigen die Gott am meisten brauchen um von ihren Sünden loszukommen. Alleine sind wir viel zu schwach dazu. Schritt für Schritt nähere ich mich und je näher ich Gott komme, desto stärker werde ich und desto mehr andere Menschen kann ich mit mir nehmen. Ich fühle, wie sich auch in meinem Herzen ein Sturm zusammenbraut. Aber kein Sturm der Zerstörung, sondern ein Sturm der Liebe. Manchmal meine ich, mein Herz möchte schier zerspringen vor Liebe und ich werde sie nicht los. Keiner will Liebe haben. Davon kann man nichts kaufen, davon kann man nicht leben. Oh doch, man kann! Und das sage ich, obwohl ich noch lange nicht an dem Punkt reiner Liebe angelangt bin. Auch ich bin in unserem System gefangen. Nur mein Herz und meine Gedanken, sind frei. Auch ich brauche Geld, um zu leben. Vor allem würde ich endlich gerne meine Pilgerreise antreten. Vielleicht hat Gott aber auch etwas ganz anderes mit mir vor.

Ich lass mich überraschen. Da fällt mir grade noch was ein: irgendwo hab ich mal gelesen, Religion wäre Opium für das Volk. Und ein bekannter Atheist verglich Gläubige gar mit einem Heroin süchtigen. Dazu kann ich nur Folgendes sagen: Ein Drogensüchtiger zerstört Körper und Geist. Gott hat keine Nebenwirkungen!

Er zerstört nicht, er bereichert und belebt Körper und Seele. Und wenn das ein Glücksgefühl wie bei einem Opiumrausch auslöst – was ist verkehrt daran? Zumal der „Gottesrausch" auch noch von Dauer ist, und nicht nur ein kurzer Trip. Wichtig dabei ist nur, den Glauben nicht für politische Zwecke zu missbrauchen und jedem seine spezielle Glaubensart zu lassen. Ich glaube an Weihnachten. An die Magie, die darin liegt. Auch wenn die Weihnachtsgeschichte sich vielleicht nicht so zugetragen haben mag, wie es geschrieben steht. Und auch wenn das Datum von der Geburt Christi nicht ganz stimmt. Fakt ist doch, es hat sich etwas zugetragen. Jesus wurde definitiv geboren, hat gelebt und gewirkt. Eigentlich wollte ich ja nach Hause fahren, aber aus gesundheitlichen Gründen, mich ereilte ein Hexenschuss, ging das dann doch nicht. So habe ich gemeinsam mit der Familie meines Lebenspartners gefeiert. War wieder etwas seltsam für mich, weil ich ja katholisch bin und die alle evangelisch. Ich will jetzt nichts dagegen sagen, aber es ist halt ganz anders. Gar nicht so besinnlich. Aber wir waren auch in der Kirche. War natürlich auch befremdlich für mich. Keine Kniebank, eine weibliche Pastorin und das Krippenspiel war schon sehr modern. Andererseits fand ich die Idee, das Ganze etwas an die heutige Zeit anzupassen, auch gut. Es gab sogar was zu lachen, was ja in der Kirche eher ungewöhnlich ist. Im Großen und Ganzen war das diesjährige Weihnachten für mich persönlich doch besinnlich und

ganz ohne Stress. Ich habe mit einigen Famili-
enmitgliedern, die ich nur selten sehe, telefoniert,
weil irgendwie bin ich nicht zum Karten schreiben
gekommen. Nicht mal zum E-Card versenden,
weil das Internet ausgerechnet da mal wieder
gestreikt hat. Das waren dann ganz nette Ge-
spräche und im Nachhinein bin ich dem nicht
funktionierenden Internet dankbar. Was erst so
ausgesehen hat, als würde alles schief laufen,
hat sich am Ende als Segen herausgestellt.

Gott hat alles zum Guten gewendet. Alles kam
so, wie es sollte. Und meine Mama hatte ja noch
meine Schwester. Ein bisserl traurig war sie ja
schon, als ich abgesagt hab, aber mit Hexenschuss über 650km im Auto sitzen und auch
noch selber fahren, das geht halt nicht. Das hat
sie dann ja auch eingesehen. In die Kirche wäre
ich dann auch nicht gekommen, weil: meine Mama ist keine Kirchgängerin und im Dunkeln geht
sie eh nicht mehr aus dem Haus. Das muss ich
ihr bei Gelegenheit noch beibringen, dass sie mit

Gott nichts und niemanden zu fürchten hat. Was meinen Glauben angeht, scheiden sich unsere Geister etwas. Einerseits glaubt sie schon, dass es da eine höhere Macht gibt und sie hat auch eine sehr schöne Marienstatue vor der sie auch Kerzen anzündet, aber Gott ist ihr zu abstrakt und so sagt sie „ Gott ist die Natur". Ich sage „die Natur ist von Gott". Darum kann sie auch Weihnachten nicht so begreifen, wie ich. Es ist ja auch schwer zu verstehen, dass Gott uns seinen Sohn geschickt hat, und auch noch von einer Jungfrau geboren. Wie geht das denn?! Auch ich selbst habe lange gedacht, Maria – ok- Gottes Sohn – ok aber unbefleckte Empfängnis? - biologisch unmöglich! Bis einmal jemand folgendes zu mir gesagt hat: „ wenn Gott allmächtig ist, wieso sollte er dann nicht ein Kind in den Leib einer Frau einpflanzen können?" Und da dachte ich dann:

„ja, genau, warum eigentlich nicht?" Immerhin hat er die Welt erschaffen und die Tiere und die Menschen. Also kann er auch Maria „geschwängert" haben. Und Gott wurde damit von einem strafenden Gott zum barmherzigen Vater. Er hat uns unsere Sünden verziehen und mit Jesus einen Neuanfang geschaffen – für beide Seiten. Für uns genauso wie für ihn selbst. Das Neue Testament wurde geboren. Und es wurde viel schöner als das Alte Testament. Keine Sintfluten, Plagen oder sonstige Strafen mehr. Fortan sollten wir nur noch durch Seine Liebe gelenkt werden. Er schenkt uns diese Liebe uneingeschränkt, wir müssen sie nur annehmen. Und jedes Jahr können wir diese Liebe durch das Weihnachtsfest erneuern. Eine Bekannte hat mich vor kurzem gefragt, was Weihnachten bedeutet. Meine Antwort lautete, das müsse sie für sich selber herausfinden. Ich für meinen Teil habe folgende Lösung gefunden: Weihnachten ist der Bund mit Gott und Jesus ist das Band. Und in jedem Jahr können wir, die wir schon verknüpft sind, den Bund bestätigen und erneuern und die anderen können es neu knüpfen. Man kann das Band zwar eigentlich zu jeder Zeit knüpfen, aber Weihnachten eignet sich besonders. Weil dann auch die Herzen der Menschen offener sind. Obwohl viele sagen, dass Weihnachten überflüssig ist, viel zu viel Stress und diese Schenkerei immer und dann wird gestritten und überhaupt, bräuchte es dieses Weihnachten doch gar nicht, weil's eh nur Geschäftemacherei ist. Ja - leider. Aber das ist nicht das wirkliche Weihnachten. Und wenn dann das Argument kommt, man könne dem ganzen doch sowieso nicht entrinnen, so muss ich sagen: „doch, man kann!" Keiner wird gezwungen auf einen dieser sogenannten Weihnachtsmärkte zu gehen und sich dort mir Glühwein & Co. voll laufen zu lassen. Um Geschenke zu kaufen, ist das ganze Jahr über Zeit, man muss nur etwas Augen und Ohren offen halten. Ich hatte immer alle Geschenke spätestes im Oktober beisammen. Nur einmal ist es mir passiert, dass ich die Geschenke für die Kinder so gut versteckt hatte, dass ich sie erst beim Frühjahrsputz, als ich den Kleiderschrank komplett ausgeräumt hatte, wieder fand. Und später, als die Kinder größer wurden, haben wir die Schenkerei ganzabgeschafft.

Weihnachten ist trotzdem immer noch schön, womöglich sogar noch schöner, weil niemand wegen eines zu kleinen oder gar falschen Geschenkes enttäuscht ist. Und noch etwas macht das Weihnachtsfest besonders: es wird wieder heller – die Wintersonnwende ist ja auch um diese Zeit. Somit hat Gott uns auch das Licht zurück gebracht. Jesus ist da – die dunkle Zeit ist vorüber. Ich glaube, die Menschen haben verlernt, dass Weihnachten innen, in unseren Herzen stattfindet. Weihnachten ist Liebe.

Weihnachten ist geben an die, die nichts haben und teilen, zu sich finden, mal wieder mit Gott reden, in sich gehen, Bilanz ziehen, Neuanfang, Versöhnung, Vergebung, Miteinander, Füreinander. Weihnachten kann alles sein. Selbst viele Nichtchristen feiern es. Man muss also nicht zwangsläufig ein regelmäßiger Kirchgänger und tief gläubiger Christ sein um Weihnachten zu begehen. Es kann auch ein Einstieg sein.

Einfach mal an Heilig Abend oder an einem der Feiertage in die Kirche gehen und alles auf sich wirken lassen, mal nicht schenken sondern spenden und fühlen, wie sich das anfühlt. Ich möchte wetten, keiner fühlt sich wirklich schlecht dabei. Und ich sage, das wird ein pures Glücksgefühl sein. Und diese Glücksgefühl, diese Wärme im Herzen, die möchte doch jeder irgendwie haben, und zwar nicht nur an Weihnachten.

Ich hatte bald mein erstes Jahr zusammen, wo ich regelmäßig in die Kirche bin, fast täglich gebetet habe, zu Gott direkt gesprochen, ihm sogar einmal eine E-Mail geschickt hatte.
Ich bin daran gewachsen. Ich hatte keinen blassen Schimmer, wohin mich das alles noch führen würde. Aber ich wollte mich weiterhin leiten lassen. Von meinem Engel, vom Heiligen Geist, von Gott selbst. Ich kann diese Kraft nicht beschreiben, die da in mir gewirkt hat und noch immer wirkt. Es ist eine Erfahrung, die ich nicht mehr missen möchte.

Von Barmherzigkeit und Achterbahnfahrten

Den Jahreswechsel zu feiern, ist kein christlicher Brauch. Das Kirchenjahr beginnt daher auch schon am 8. Dezember. Und es steht immer unter einem Motto.

In dem Jahr, in dem Papst Franziskus „Das heilige Jahr der Barmherzigkeit" ausgerufen hat, bot sich mir die Gelegenheit, Mitte Dezember nach Köln zu fahren. Natürlich bin ich in den Kölner Dom hinein. Und zwar durch die Pforte der Barmherzigkeit.

Drinnen fand sich dann eine große Tafel, auf der beschrieben wurde, was „Barmherzigkeit" überhaupt bedeutet.

Zudem bot sich allen Pilgern die Möglichkeit, innerhalb einer besonderen Rauminstallation, Informationen und Impulse zum Jahr der Barmherzigkeit zu erhalten. Ich genoss außerordentliche Momente der Stille und der Besinnung. Das Heilige Jahr stand unter dem Motto „Barmherzig wie der Vater" (Lukasevangelium 6,36).

In den folgenden Monaten gab es zentral wie auch in den Gemeinden des Erzbistums Köln verschiedene Veranstaltungen zum Heiligen Jahr der Barmherzigkeit. Besonders herausgestellt wurden unter anderem die thematisch geprägte Präsenz des Erzbistums Köln beim Katholikentag in Leipzig, die Teilnahme am Weltjugendtag in Krakau und eine Familienwallfahrt nach Rom, zu der sich Interessierte online anmelden konnten. Es wurden auch Informationen, Bilder, Berichte und weitere Materialien auf der eigenen Website www.heiligesjahr.koeln angeboten.

Ich habe diese Seite dann auch aufgerufen und konnte alles nochmal genau nachlesen:

>Papst Franziskus hat für die ganze Weltkirche ein außerordentliches „Heiliges Jahr der Barmherzigkeit" ausgerufen, das symbolisch mit der Öffnung einer besonderen Tür am Petersdom in Rom, der „Heiligen Pforte", am 8. Dezember er-

öffnet wird. Nach dem Willen des Papstes wird es auch in allen Bistümern eine „Heilige Pforte" an der jeweiligen Kathedralkirche geben. Seit dem Jahr 1300 gibt es in der katholischen Kirche Heilige Jahre. Sie sind alle 25 Jahre vorgesehen. Sinn eines Heiligen Jahres ist die Einladung, die Beziehung mit Gott zu erneuern und dies in der Beziehung zu den Mitmenschen sichtbar werden zu lassen; Gott als der Geber alles Guten ermutigt auch die Menschen zu entsprechendem sozialen Handeln. Nach dem letzten „ordentlichen" Heiligen Jahr 2000 ist das „Jubiläum der Barmherzigkeit" 2015/2016 ein außerordentliches Heiliges Jahr. Die Eröffnung des Heiligen Jahres fällt auf den 50. Jahrestag des Abschlusses des Zweiten Vatikanischen Konzils. Es ist damit zugleich eine Einladung, das mit dem Konzil begonnene Werk fortzuführen. Barmherzigkeit sieht den Mitmenschen und tut das Naheliegende.

Ganz gleich, ob es sich um eine materielle Not-lage handelt oder um solidarische Unterstützung: Immer geht es um die konkrete Zuwendung. Sie wurzelt in der Erfahrung, dass Gott den Men-schen barmherzig entgegenkommt. Der Öff-nungsritus der „Heiligen Pforte" symbolisiert, dass den Gläubigen in diesem besonderen Jahr auch ein besonderer Weg zum Heil offen steht. Die Heilige Pforte als Eingang in das Haus des barmherzigen Gottes lädt dazu ein, den Schritt in den Raum der Kirche und ihre Gemeinschaft auch ganz konkret zu gehen. Barmherzigkeit schafft Gemeinschaft; auch belastete oder zer-störte Gemeinschaft kann dadurch wiederherge-stellt werden. Deshalb ist mit dem Heiligen Jahr immer auch der Aspekt der Versöhnung und Vergebung verbunden<

(Text von der Internetseite des Kölner Dom ko-piert)

Es gibt sieben geistige und sieben leibliche Werke der Barmherzigkeit:

Beispielsweise: Hungrige speisen, nackte kleiden, Unwissende lehren….

Das alles musste ich mir selber erst einmal zu Gemüte führen und das Thema würde ja das ganze Jahr hindurch präsent sein und sich mir erst am Ende erschließen. Was ich bisher so darüber gelesen hatte, brachte mich zu der Zeit zu der Erkenntnis, dass mehr Barmherzigkeit ganz ganz dringend nötig war (und immer noch ist, auch wenn das Jahr schon längst vorüber ist). Und zwar nicht nur untereinander sondern auch mit uns selbst. Nur ist Selbstmittleid verpönt. Alle müssen stark sein, oder wenigstens so tun. Nur keine Schwäche zeigen, tun die Knochen auch weh – es wird weiter gearbeitet, bis zur völligen Erschöpfung - oder wie man heute so schön sagt bis zum „Burnout". Wir haben kein Erbarmen mit nichts und niemanden, am wenigsten mit uns selbst. Keiner will mehr mitfühlen, weil jeder mit sich selbst genug zu tun hat.

Darum ist die Wartezeit bei den Psychologen und Therapeuten auch oft nicht unter 3 Stunden. Dann gibt es Tabletten und Pillen, damit wir noch mehr ertragen. Doping ist verboten, aber was ist das dann? Wenn ich Pillen nehme um zu funktionieren, dann ist das doch nichts anderes. Irgendjemand hat einmal geschrieben, der Glaube wäre Opium für das Volk.

Und ja, das ist es, nur noch viel beglückender.

Wahrscheinlich denkt jetzt der ein oder andere: „was redet die da bloß"?

Das dachte ich auch, immer, wenn ich mit jemandem darüber gesprochen habe. Aber je öfter mir Gutes widerfährt, nachdem ich gebetet habe, je öfter ich mich nach einem Gebet besser fühle, gestärkter fühle, desto mehr verstehe ich, was genau damit gemeint war. Sollen die die anderen sagen ich spinne, oder ich drehe ab. Solange ich mich gut dabei fühle, und das tue ich. Dieses Gefühl ist nicht zu beschreiben, das muss jeder selbst erfahren. Erst die eigene Erfahrung lehrt einen, wirklich zu fühlen – mit-zu-fühlen. Und so ist das auch mit Gott. Wer Ihn nicht selbst schon gefühlt hat, der kann dieses Glücksgefühl nicht einmal entfernt erahnen. Ich habe ja selbst nur eine vage Ahnung. So wirklich beglückt war ich noch nicht, aber ich glaube an dieses Glücksgefühl. Das ist doch schon mal was. Kann nur besser werden.

Die Vorfreude darauf ist ja auch schon mal ganz schön.

Und so begann ich mein zweites Jahr, seit ich zum Glauben zurückgefunden habe. Ich hatte kaum noch Geld auf meinem Konto, mein Atheist war immer noch nicht bekehrt, und trotzdem bin ich nicht verzweifelt. Dann sind Dinge vorgefallen, die mich doch wieder Zweifeln ließen. Nicht an Gott selbst, aber an der Kirche und an der Religion. Ich hatte eine Dokumentation über die Ausgrabung einer Stadt in Indien gesehen. In dieser Stadt waren alle Häuser gleich. Es gab keine Slums und auch keine Prachtbauten. Nur ein Bassin, wie es sie heute noch in Indien gibt, für rituelle Waschungen. Und dann viel ein Satz, der alles was ich dato über Religionen gedacht habe, in Frage stellte: „offensichtlich war Religion damals Privatsache". Unser Katholizismus und unsere Kirchenhierarchie haben mir ja noch nie so richtig behagt. Das Problem ist, dass es immer wieder Menschen gab, die sich Gott gleich stellen wollten, oder den Menschen eingeredet haben, es sei der Wille Gottes, was eigentlich ihr eigener Wille war. Ich habe mich ein wenig mit der Entstehungsgeschichte der großen Weltreligionen befasst. Vergleicht man dann diese mit beispielsweise dem Glauben der Ägypter und jetzt auch noch mit dem Glauben dieser Inder, deren Stadt ausgegraben wurde die sich noch als viel älter, als die ägyptische Kultur herausstellte, dann fallen einige Parallelen auf. Zum Beispiel gab es bei den Indern auch die Geschichte mit der Sintflut und einer Arche. Diese Geschichte erzählen sich die Schiffsnomaden dort heute noch. Dann wurde ein Bild des Gottes Schiwa gefunden, wo dieser dargestellt wird mit Stierkopf und Dreizack. Dieses Bildnis ist dem unseres Teufels nicht unähnlich. Ich will jetzt nicht behaupten, dass alles in der Bibel gelogen bzw. erfunden ist. Aber ich denke, dass einige Übersetzungsfehler gemacht wurden und einige Anpassungen vorgenommen wurden. Sie wurde von Menschen geschrieben und ein Mensch bestimmte, welche Evangelien aufgenommen werden sollten, nämlich nur vier von mindestens zwölf. Nirgends in der Bibel steht etwas von Papsttum. Und überhaupt haben die Religionen doch nur Ärger und Kriege gebracht, obwohl doch eigentlich in jeder Religion die Liebe gepredigt wird. Die Wissenschaftler fragen sich, warum diese offensichtlich völlig friedliche Kultur so fast spurlos untergegangen ist, obwohl sie offensichtlich über großes Wissen verfügten. Ich stelle mir das so vor: es gab plötzlich einen Menschen der wollte sich über Gott stellen und irgendwie ist ihm das auch gelungen. Auf einmal regierte nicht mehr Liebe, Verständnis und Barmherzigkeit, auf einmal kamen Machthunger, Ehrgeiz, Gier und Neid in die Welt und seither gerät alles immer mehr aus den Fugen. Was würde geschehen, trennte man die Religion streng von der Politik und machte sie wieder zur Privatsache. Was geschähe, würden wir alle, wie vor 5000 Jahren wieder die Sonne anbeten, was wir eigentlich schon tun, weil der Heiligenschein symbolisiert die Sonne. Es ist noch gar nicht so lange her, da wäre ich für diese ketzerischen Worte verbrannt worden. Ich will nicht den Glauben abschaffen, die Menschheit hat schon immer an Gott geglaubt - nur die Religionsführer, die den Glauben für ihre Macht missbrauchen. Ich brauche keinen Papst, der mir sagt, wie ich wann zu beten habe, wann ich was essen darf, wie ich mich kleiden soll und was sonst noch so alles im Namen Gottes reglementiert wird. Gott hat den Menschen erschaffen, weil er sich an ihm erfreuen wollte. Aber ich glaube, wir machen ihm schon sehr lange keine Freude mehr. Ich glaube, er hat uns diese versunkene Stadt finden lassen, damit wir begreifen, dass es auch anders geht. Damit wir ganz schnell die Notbremse ziehen und umkehren. Würden all die Menschen, die viel haben, ihre Habe verteilen, bis alle wieder gleich viel haben, wäre das schon ein guter Schritt. Aber "teilen" ist aus dem Vokabular vieler Menschen verschwunden. Säßen wir in einem Zug, könnten wir die Notbremse noch ziehen, aber wir sitzen in einer Achterbahn: immer schneller, immer höher, immer mehr Loopings. Das alles ist wirklich beängstigend und ich bin froh, dass ich mit meinen Ängsten zu Gott gehen kann. Die Religionen abschaffen, wird wohl auch nicht so auf Anhieb funktionieren, und ich muss sagen, ich geh schon ganz gerne zur Kirche um gemeinsam zu beten. Aber ich glaube nicht, dass das notwendig ist, um mit Gott in Verbindung zu treten. Gott ist überall und er ist in meinem Herzen. Wir sollten nicht Steuern dafür zahlen müssen, dass wir an Gott glauben. Wir brauchen keine Bischöfe die sich mit dieser Kirchensteuer goldene Wasserhähne einbauen lassen. Wir brauchen keine verschiedenen Religionsgemeinschaften, die sich gegenseitig die Köpfe einschlagen, weil sie glauben, ihr Glaube wäre der richtige. Wir glauben doch alle an den Einen Gott - nur bezeichnen wir ihn unterschiedlich und wir tun es unserer jeweiligen Kultur entsprechend auf unterschiedliche Weise. Ist doch egal ob wir nun Gott oder Allah oder Jahwe oder Jehova sagen, übersetzt bedeutet das immer das Selbe. Ich verstehe nicht, warum wir in unserer aufgeklärten Zeit den Kirchen und Kirchenführern so viel Macht zugestehen. Würden wir Christen, und auch die anderen, nicht mehr im Namen Gottes Kriege führen, sondern einfach zu Hause unseren Glauben leben und die Politik davon trennen, müssten wir auch keine Angst vor dem Islam haben. Und warum die Islamisten so radikal sind, ist ganz einfach zu erklären. Mohammed wurde 570 n.Chr. geboren. Die hinken also fast 600 Jahre in der Entwicklung hinter uns her. Bei uns war das doch nicht anders. Die Menschen konnten Großteils nicht lesen und schreiben und haben das geglaubt, was der Klerus ihnen erzählt hat und danach gelebt und gehandelt. (im Übrigen gibt es auch radikale Christen – vor allem in Amerika). In den Ländern, in denen der Islam verbreitet ist, ist das nicht anders. Ein Großteil der Bevölkerung kann nicht lesen, der Koran ist in Arabisch geschrieben, unsere Bibel war damals in Latein verfasst und daher selbst für Menschen die lesen konnten, nicht lesbar. Die Menschen in Europa wurden damals im Namen Gottes auf Kreuzzüge geschickt. Sie hatten noch keine Bomben, aber das heißt nicht, dass sie weniger brutal waren. Wir Christen haben uns damals nicht besser benommen, als manche - nicht alle - Islamisten heute. Es wurden mit Sicherheit auch Frauen vergewaltigt, es wurde im Namen Gottes gebrandschatzt und geplündert. Also so betrachtet, haben sich die Asylanten, die im Übrigen nicht alle Moslems waren, noch vergleichsweise zivilisiert verhalten (Köln). Ein Umdenken muss stattfinden. Nicht Moslems oder Islamisten haben Straftaten begangen, sondern einfach Menschen. Wir sollten nicht vergessen, dass die Christenheit auch Gräueltaten begangen hat. Wir sollten überlegen, ob es nicht besser wäre den Glauben zu privatisieren und stattdessen eine gemeinsame Ethik zu finden. Wobei die reinen Glaubensgrundsätze gar nicht mal so verschieden sind. Das müsste also machbar sein. Was fehlt ist der Wille etwas zu ändern. Die Menschheit muss begreifen, dass keiner das Recht hat, sich über Gott zu stellen um uns seinen Willen als den Willen Gottes zu verkaufen. Überhaupt hat kein Mensch das Recht, sich über einen anderen Menschen zu stellen. Weiße sind nicht besser oder mehr wert, als Farbige. Ich habe mal ein Buch über „Große" Menschen gelesen. Darin werden Menschen als Groß bezeichnet, weil sie Kriege geführt haben und Länder erobert haben, weil sie Weltreiche erschaffen haben, weil sie Amerika entdeckt haben (was nachweislich die Wikinger oder sogar noch frühere Menschen waren, und nicht Columbus). Ich fragte mich bei jedem einzelnen, was großes daran sein soll, Menschen zu töten, ihnen ihr Land weg zu nehmen oder ihnen einen Glauben aufzuzwingen, von dem sie noch nie gehört haben. Was ist groß daran, das eigene Volk auszunehmen, um Kriege zu führen oder Schlösser zu bauen? Was nützt mir eine Kathedrale, wenn ich nichts zu essen habe? Was hat die Kirche jemals Gutes für die Menschheit getan? Es gibt natürlich auch Ausnahmen, aber ich fragte mich schon, was die Vatikanbank mit ihrem ganzen Geld macht.

Da reiste der Papst zu den ärmsten der Armen und predigte zu ihnen, sie dürfen keine Kondome benutzen und sollen es nicht machen wie die Karnickel.

Wäre es nicht viel mehr im Sinne Jesu, würde er einen Teil des Kirchenvermögens unter diese armen Menschen bringen? Ich habe noch nicht davon gehört oder gelesen, dass jemals ein Papst so etwas getan hätte. In so einem Fall würde ich gerne Kirchensteuer zahlen. Aber nicht dafür, dass dieser ganze aufgeplusterte Klerus in Saus und Braus lebt. Nicht dafür, dass selbst der Kirchenstaat mit diesem Geld an der Börse spekuliert. Nicht dafür dass der Kirchenstaat, Aktien von Firmen hält, die die Antibabypille herstellt und andererseits gegen die Verwendung dieser Pille wettert. Wie verlogen ist das denn? Was hat das alles mit der Botschaft Gottes zu tun?

Und während ich mich immer weiter in Rage dachte und meinem Gedanken in mein Glaubenstagebuch festhielt, da läutete es an meiner Tür. Ich erhalte selten bis nie Besuch und eine kleine Ablenkung war wohl gerade vonnöten. Es klingelte erneut. Schien wohl dringend zu sein. Also machte ich mich auf den Weg zur Tür, öffnete und draußen stand eine Frau. Sie sah aus, als hätte sie in etwa mein Alter. Ich kannte sie nicht, schöpfte aber noch keinen Verdacht, dass sie eine von „denen" sein könnte. Eine von diesen Zeugen Jehovas.

Meist treten die Zeugen Jehovas mindestens zu zweit auf - gerne auch mal mit Kind. Ich gebe zu, ich habe diese Menschen immer belächelt, mich auch nie näher mit ihnen befasst. Hab ich mal versehentlich die Tür geöffnet, weil ich sie nicht vorher schon draußen in der Nachbarschaft gesehen hatte, dann habe ich sie meist sofort wieder geschlossen, sobald ich gewahr wurde, wer da stand. Aber an diesem Tag war das anders. Ich hatte die Tür geöffnet und ich habe zugehört. Dabei habe ich festgestellt, dass diese Menschen viel mehr den Christlichen Glauben leben, als die Katholiken es je getan haben. Ich dachte ernsthaft darüber nach, meinen Katholizismus abzulegen und zu dieser Glaubensgemeinschaft überzutreten. Weil wie gesagt - Gott fühlte ich mich nach wie vor verbunden. Vor fast zwei Jahren noch, als ich anfing zum Glauben zurückzufinden, hatte ich noch nicht einmal im Traum an diese Möglichkeit gedacht. Aber es ist so viel geschehen. Um mich, in der Welt und vor allem in mir. Ein Wandel hat stattgefunden. Und er findet noch statt. Das ist spannend, aber auch anstrengend. Ich war an dem darauf folgenden Sonntag nicht in der Kirche und ich hatte kein schlechtes Gewissen dabei.

Dabei hatte ich noch in der Woche zuvor dafür plädiert, regelmäßig zur Kirche zu gehen.

>Warum dieser plötzliche Sinneswandel?

Ich habe keine Ahnung! < schrieb ich in mein Glaubenstagebuch.

In den folgenden Wochen betete ich jeden Tag zu Gott „Dein Wille geschehe".

Und dann auf einmal schien es so, als würde er tatsächlich davon Gebrauch machen.

Ich fühlte mich manchmal wie ferngesteuert. Das mag für manchen erschreckend klingen, aber werden wir nicht sowieso schon alle von irgendwem gesteuert? Von den Medien, von der Regierung, von Geheimdiensten? Da lasse ich mich doch lieber von Gott steuern.

Da weiß ich, ihm geht es nicht um Geld und Macht. Natürlich steht in der Bibel, dass Gott die Welt regieren will - aber mit Liebe. Er will nur das Beste für seine Schöpfung. Und wer sich auf ihn einlässt, wird das auch erhalten. Da mögen die Atheisten und Realisten, Heiden und sonstige Andersgläubige jetzt laut aufschreien. Tatsache ist jedoch, dass es, seit es Menschen gibt, auch nachweislich einen Gott gibt, manchmal auch einen Hauptgott und mehrere Nebengötter. Heute bezeichnen wir die Nebengötter als Heilige. Jesus und Maria sind doch eigentlich auch nur Nebengötter. Ich will jetzt nicht Maria oder Jesus verteufeln - mitnichten.

Schließlich habe ich über Maria wieder zu Gott gefunden, weil ich anfangs nicht gewagt habe, direkt mit IHM zu sprechen. Ich hielt mich für unwürdig. Aber dieses Gefühl, nicht würdig genug für Gott zu sein, wurde mir auch von der Kirche so vermittelt. Allein schon dadurch dass ich erst beichten musste, bevor ich zur Kommunion gehen durfte. Erst seit ich bei der Kommunion war, ohne vorher zu beichten, und mich nicht gleich der Blitz erschlagen hat, im Gegenteil - ich fühlte mich gestärkt danach - erst da habe ich begriffen, dass niemand unwürdig ist, mit Gott zu sprechen. Er wartet sogar darauf. Er empfängt jeden mit offenen Armen, so wie der Vater einst seinen verlorenen Sohn. (LK 15,11)

Ich muss nicht bei einem Priester beichten, davon steht absolut nichts in der Bibel. Gott kennt mich und weiß um meine Sünden und daher ist das eine Sache zwischen ihm und mir.

Und dann las ich „Wachturm" und „Erwachet".

Erwachet- Religion vor dem Aus? - Wow.

Dieses Heft gab genau meine derzeitigen Gedankengänge wieder. Mir hatten nur noch die dazu passenden Bibelsätze gefehlt. Da steht beispielsweise:" „je reicher man wird, desto weniger religiös stuft man sich selbst ein".

Klar, nur wem es schlecht geht, der betet auch. Die Bibel sagte voraus, die Liebe zum Geld und zum Vergnügen würde „in den letzten Tagen" die Liebe zu Gott und den Mitmenschen verdrängen.

Jehova bat Gott dereinst:

„Lass mich weder arm noch reich sein".

Genau denselben Wunsch habe ich heute auch. Ich will nur so viel, wie ich zum Leben brauche und ansonsten soll mich der Rest der Welt in Ruhe lassen. Das ist nicht egoistisch. Ich bin nur der Meinung, dass es jedem selbst überlassen bleiben sollte, an Gott zu glauben oder nicht. Mir geht es gut dabei. Dann steht da über Traditionen und Moral der Religionen: Viele haben ihr Vertrauen in die Religion verloren….Wenn sich Menschen damit auseinandersetzen, wie sich die Kirchen über die Jahrhunderte verhalten haben, wenden sie sich von ihnen ab. Genauso wie ich mich jetzt von der Kirche distanziere, aber nicht von Gott. Jesus sagte über falsche Lehrer:

„an ihren Früchten werdet ihr sie erkennen…Jeder gute Baum bringt gute Früchte hervor, ein schlechter Baum aber schlechte (Mat.7:15-18). Das heißt, die Kirche hat falsche Lehren erteilt, hat nur zu ihren Gunsten gehandelt und nicht aus Nächstenliebe. Sie hat einen eigenen Staat aufgebaut, es kommen immer mehr Skandale auf, Bischöfe leben in Saus und Braus, bestimmte Evangelien werden unter Verschluss gehalten, weil vielleicht Dinge darin stehen, die dem Klerus nicht zuträglich sind. Da verwundert es doch nicht, dass sich immer mehr Menschen von dieser Kirche abwenden.

Paulus schrieb: „Wir machen kein Geschäft mit dem Wort Gottes." Matthäus sagte einst: „Kostenfrei habt ihr empfangen, kostenfrei gebt."

So etwas wird in einem Katholischen Gottesdienst nicht gelesen. Dort hört man Geschichten wie die von der armen Alten, die ihren allerletzten Groschen in den Opferstock wirft. Es wird suggeriert, dass nur wer dafür bezahlt, auch in den Himmel kommt. Aber so ist es nicht! Jeder der darum bittet, und ein gottgefälliges Leben führt, der wird in sein Reich aufgenommen. Es ist auch noch von der Hure Babylon die Rede und dass wir weggehen sollen, wollen wir nicht mit ihr untergehen. Aber wie aus diesem Teufelskreis ausbrechen? Sollte ich meine Tür mit Blut beschmieren, damit das Übel an meinem Haus vorrübergeht? Kurz zog ich diese Möglichkeit ernsthaft in Erwägung, zumindest symbolisch, habe es aber nicht wirklich getan, weil mir nach einigem Nachdenken klar wurde, dass Gott schon weiß, wo seine Anhänger sind.

Ich schrieb wieder in mein Tagebuch:

>Die Bibel hat alles vorausgesagt. Auch die Religionsflucht, die wir jetzt haben. Nur leider flüchten diese Menschen nicht nur vor der Religion sondern auch vor Gott. Die schlechten Bäume werden ausgerissen, aber keine neuen gepflanzt, um bei dem Bildnis von vorhin zu bleiben. Es ist ja auch schwer, das richtige Saatgut auszuwählen. Nun, Gott selbst ist der Same, bzw. seine Liebe zu uns. Und diese Liebe müssen wir in uns keimen lassen und es werden gute Früchte daraus hervorgehen. Ich bin gerade mal wieder selbst darüber erstaunt, wie diese Worte aus mir hervorkommen. Mein Herz sprudelt gerade über und ich kann gar nicht so schnell schreiben, wie ich denke und fühle. <

Ein Mathematiker spricht über seinen Glauben

Auch ein Thema in diesem kleinen Heftchen, was mich persönlich berührt und in meinem Denken bestätigt hat. Auf die Frage, wie es dazu kam, dass er seine Meinung über den Glauben geändert hat, sagte dieser Mathematiker folgendes:

„Je mehr ich über den Ursprung des Lebens nachdachte, desto mehr war ich davon überzeugt, dass das erste Lebewesen sehr komplex gewesen sein muss. Es musste zum Beispiel in der Lage sein, sich zu vermehren. Dazu sind genetische Informationen nötig sowie ein Mechanismus, der diese Informationen exakt kopiert. Sogar die einfachste lebende Zelle benötigt molekulare Maschinen, um alle Bestandteile einer neuen Zelle bilden zu können, sowie die Möglichkeit, Energie nutzbar zu machen und zu steuern. Wie sollten sich solche komplexe Mechanismen zufällig aus unbelebter Materie zusammenfügen? Als Mathematiker konnte ich dieser Vermutung nicht folgen. Das würde zu viele Zufallsprozesse erfordern". Als Beispiel nennt er dann die Fortpflanzung. Amöben haben keine männlichen und weiblichen Gegenstücke. Sie teilen sich einfach ungeschlechtlich. Die meisten Tiere und Pflanzen vermehren sich geschlechtlich. Dabei vereinigen sich die genetischen Informationen beider Geschlechter, was äußerst bemerkenswert ist.

(Anmerkung dazu von mir: daher spricht man auch vom Wunder des Lebens)

Dann sagt er noch, dass es für ihn schwer nachvollziehbar ist, wieso sich ein Fortpflanzungssystem, bei dem sich der Organismus einfach teilen kann, und was lange sehr gut funktioniert hat - und noch funktioniert- in ein System entwickelt haben soll, bei dem sich zwei Lebewesen vereinigen müssen, um ein neues hervorzubringen. Dieses komplexe Verfahren stellt selbst für Evolutionsbiologen ein großes Problem dar. Für ihn deutet daher geschlechtsspezifische Fortpflanzung unmissverständlich auf Gott hin. So ähnlich sind auch meine Gedanken. Es mag ja sein, dass sich der Mensch aus dem Affen entwickelt hat, aber woher kam der Affe? Es wurde inzwischen auch herausgefunden, dass sich mehrere Linien entwickelt haben, von denen einige weiter führen, andere auf einmal aufhören. Und irgendwie fehlt immer noch das direkte Bindeglied vom

Urmenschen zum Homo Sapiens. Der Homo Sapiens lebte zudem noch parallel zum Neandertaler. Die Wissenschaftler sind sich nicht einig, woher dieser Homosapiens tatsächlich kam. Er war auf einmal da und hat sich durchgesetzt. Angeblich wegen seiner Intelligenz. Woher hatte er die auf einmal? Da gibt es noch viel z viele ungeklärte Fragen, was die Wissenschaftlichen Erklärungen anbelangt. Aber bringe ich Gott ins Spiel, ist alles auf einmal ganz einfach und logisch. Das Leben soll im Wasser begonnen haben. Aber wie kam es dann an Land? Wie ist aus einem Fisch ein Elefant entstanden? In der Genesis wird beschrieben, wie Gott zuerst die Welt und dann die Pflanzen und Tiere und am Schluß den Menschen erschaffen hat. Etwas in Zeitraffer, aber für mich eher nachvollziehbar als jedwede wissenschaftliche Erklärung. Und viele davon schlichtweg nicht beweisbar. Zugegeben auch Gott ist nicht beweisbar aber auch nicht zu 100 Prozent widerlegbar. Wir glauben der Wissenschaft, dass es so oder so gewesen sein könnte. Genauso gut können wir auch an Gott glauben. In beiden Fällen wissen wir nichts. Oder doch? Von Gott wissen wir, dass er einigen Menschen schon erschienen ist. Jesus hat nachweislich als sein Sohn hier auf Erden unter uns gelebt. Da scheiden sich zwar die Geister, ob er wirklich Gottes Sohn war, oder nur ein Prophet, aber er war da und er hat Wunder vollbracht. Es geschehen übrigens auch heute noch Wunder, es wird nur selten darüber berichtet. Und da ist dann auch meistens die Kirche vor, die sich anmaßt zu entscheiden, was denn nun ein Wunder ist und was nicht.

Meine Erzählerin überließ mir leihweise die beiden Heftchen von den Zeugen Jehovas. Mich berührte folgender Satz besonders

>Das Ende der Welt schon oft prophezeit und doch nie eingetroffen.

Im Buch Daniel steht:

„Das Ende der Welt kommt, sobald die Menschheit ausreichend gewarnt und auf die Weltregierung hingewiesen wurde, die alle Regierungen der Erde ersetzen wird: das Reich Gottes. <

Ich verstand nun die Achterbahn der Gefühle, die meine Erzählerin durchlebt hatte und die daraus erfolgten neuen Ansichten. Bin ja schon ganz gespannt, zu welchem Fazit ich am Ende kommen werde. Ich habe mich inzwischen ja auch mit so einigem auseinandergesetzt. Mit verschiedenen Religionen, mit der Kirche, und jetzt sogar noch mit den Zeugen Jehovas. Ich halte es für wichtig, auch andere Seiten zu kennen, nur so kann man sich dann am Ende für eine entscheiden. Meine Erzählerin hat am Ende noch angemerkt, dass auch wenn sie diese Heftchen ganz interessant fand, sie wohl doch katholisch bleiben würde. Das würde sich für sie einfach richtiger anfühlen.

Bei unserem folgenden Treffen geht es wieder einmal um die Kirche:

Ja, die Kirche und aus der Kirche hervorgegangene Organisationen, haben auch Gutes bewirkt und bewirken es noch, oberflächlich betrachtet. Genauer darf man auch hier nicht hinsehen. Und der neue Papst Franziskus ist sicherlich eine Chance, alles in eine neue Richtung zu lenken. Und sicherlich ist es nicht einfach für ihn, sein Konzept durchzusetzen. Dass er schon mal nicht im Palast wohnt, sondern ganz bescheiden, halte ich ihm sehr zu Gute. Nichts desto trotz beruht der Vatikan und das Papsttum auf einer Lüge. Und das sollte sich die Kirche endlich eingestehen. Die Kirchenmänner sollen Gottes Wort predigen und Gottes Werk tun und sich nicht goldene Ringe an den Finger stecken. Das zu Unrecht aufgehäufte Vermögen, die gestohlenen Ländereien gehören zurück gegeben. In die Bibel gehören alle Evangelien, nicht nur vier. Die Kirchensteuer gehört abgeschafft, bzw. sollte freiwillig sein. Klar, dann können einige der hohen Herren ihren Lebensstandard nicht mehr halten. Aber sie wären dem Volk wieder wesentlich näher. Man könnte die gespaltene Kirche wieder zusammenfügen, wenn man sich auf das wesentliche beschränkte: Nämlich auf Gott.

ER allein ist der Herrscher und nur Seine Gesetze sind gültig. Es sind nur 10 Gebote, einfach und für jeden verständlich und daran gibt es auch nichts zu deuteln. Liebet einander, tötet und beklaut euch nicht, habt Respekt voreinander, seid barmherzig. Ist doch eigentlich gar nicht so schwer. Aber da gibt es leider noch den Widersacher, der uns den Neid, den Hass, die Habgier, den Egoismus und den Krieg gebracht hat. Dagegen gilt es anzugehen. Und darin sehe ich die Aufgabe der Kirche. Sie soll zeigen was Gott schon für Wunder bewirkt hat. Aber wir hören und sehen immer nur das Böse und schlechte, was um uns und in der Welt geschieht. Vor allem die erste Nachricht ist doch immer was ganz besonders schlechtes. Wann wird schon mal darüber berichtet, dass ein Krebskranker plötzlich wieder gesund ist? Ich habe darüber gelesen, aber nur kleine Berichte in kleinen Blättchen.

Die Ärzte stehen dann immer vor einem Rätsel, wie das denn passieren konnte; Gott ziehen sie nur selten in Betracht. Sie ärgern sich eher darüber, dass nicht sie selbst es waren, die diese Heilung vollbracht haben. Weil wirkliche Heilung, nur von Gott kommen kann. Insbesondere die Heilung der Seele. Erst seit ich meinen Glauben wieder gefunden habe, werden meine depressiven Anfälle weniger und sind auch nicht mehr so schlimm. Ich habe neulich zu meinem atheistischen Lebensgefährten gesagt, dass ich es besser finde zu beten, als Tabletten nehmen zu müssen. Da hat er gelacht und gemeint er würde dann doch lieber seine Tabletten bevorzugen. Das hat mich traurig gemacht. Aber er meinte auch, wenn's mir hilft, dann sollte ich das halt so machen. Mach ich auch. Und für ihn bete ich gleich mit. Jetzt mag der ein oder andere denken, ich solle ihn halt überzeugen. Damit tu ich mir mündlich noch etwas schwer. Zumal ich selbst ja noch nicht zu hundert Prozent im Glauben gefestigt bin und noch alles hin und her drehe und von allen Seiten erst einmal betrachte. Ich muss noch viel mehr lesen und schauen, was ich Gutes finde. Bisher habe ich nur Kritisches gelesen oder dann wieder radikales wie: „tötet die Ungläubigen" oder Vorschriften darüber, wann ich kein Fleisch essen darf. Bitte was haben meine Essgewohnheiten mit meinem Glauben an Gott zu tun? Klar, ab und an einmal fasten schadet nicht, aber ich will selber entscheiden dürfen, wann ich das tu. Um zurückzukommen auf die kirchliche Organisation: Ja, Riten können helfen, eine gemeinsame Linie zu finden, weil in der Gemeinsamkeit auch eine gewisse Stärke liegt. Aber alles auf freiwilliger Basis. Ich will in die Kirche gehen können, weil ich gerne dahin gehe, so wie ich gerne mal ins Kino gehe oder in ein Konzert. Und nicht, weil sonst getratscht wird, weil ich mal nicht im Gottesdienst war (auf dem Land ist das so, in der Stadt mag das etwas anders sein). Ich will sagen können dürfen, dass ich in der Kirche war, ohne dass mich die Leute dann verwundert anschauen.

Wenn ich sag: „ ich war im Kino" schaut auch keiner komisch. Da fragen sie sogar was ich denn angeschaut habe. Mich hat aber noch nie jemand gefragt was in der Kirche gepredigt wurde. Eigentlich schade, denn die Predigten, besonders von einem unserer Priester (hier wechseln sich mehrere Priester immerzu ab), finde ich immer sehr schön, weil er geschickt Brücken zu Gegenwart schlägt. Er formt die Bibelworte geschickt in unsere heutige Sprache um und zeigt damit, dass sie immer noch Gültigkeit haben. Aber von solchen Priestern wird nicht berichtet. Man berichtet nur von denen, die Kinder missbraucht haben, die sich mit Gold und Prunk umgeben und schon werden alle über einen Kamm geschert. Wie oft wird mir als Katholikin vorgehalten „Eure Paffen sind doch alle schwul oder pädophil". Was soll ich bitte da entgegnen? Ich kann es ja nicht abstreiten, weil es ja tatsächlich diese Fälle gibt. Ich kann nur immer wieder sagen: „nicht alle sind so!" So etwas aber will unsere sensationslüsterne Gesellschaft nicht hören.

Das ist ja langweilig. Ist ja schon komisch, dass nur immer das Schlechte verallgemeinert wird: da benehmen sich ein paar Asylanten daneben und schon sind alle böse und alle gehören nach Hause geschickt oder besser noch gleich erschossen (hab ich gelesen). Ich habe zur Zeit so den Eindruck, dass irgendwie jemand was in die Luft gestreut hat, was die Menschen dazu bringt, ihr Hirn nicht mehr zu benutzen. Da fliegen nur noch kurze Parolen hin und her, meist auch noch falsch geschrieben. Rechtschreibung und Grammatik beherrschen wohl nur noch wenige, was wohl auch daran liegen mag, dass nicht erst gedacht wird, vor dem Schreiben. Hier glaube ich, könnte die Kirche – neutral natürlich – vermittelnd eingreifen. Es sind ja noch nicht alle ausgetreten und einige von denen, die ausgetreten sind, sind weiterhin gläubig, die sind nur wegen der Steuer ausgetreten. Wenn wir alle zusammen, gleichzeitig an einem bestimmten Tag zu einer bestimmten Stunde beispielsweise den Rosenkranz der Barmherzigkeit beteten, für

ALLE, egal welcher Nation oder welcher Glaubensrichtung, ich glaube, dass diese dann entstehende Energie, viel bewirken würde. Wir sollten wieder mehr das Gute sehen und fördern. Ich komme immer wieder zum selben Schluss:
Es fehlt an Liebe in der Welt.

Dieser Meinung bin ich auch. Meine Erzählerin und ich diskutierten noch eine ganze Weile über dieses Thema, kamen aber zu keiner Lösung außer der, gemeinsam für mehr Liebe in der Welt zu beten. Es fühlte sich kraftvoller an, als wenn ich alleine bete. Es strömte mehr Energie.
Offensichtlich können wir Gläubigen gemeinsam doch etwas bewirken. Bevor sie an diesem Tag ging, hatte sie mir wieder etwas zu lesen dagelassen.
Der Autor des folgenden Textes ist Leiter des Gebetshauses in Augsburg. Zwischen den Zeilen und am Rand hat meine Erzählerin ihre eigene Meinung hinzugefügt.

>ist der Name für eine immer seltener werdende Tugend. Sie meint die Haltung, beim Hören oder Lesen einer Äußerung zunächst eine möglichst positive Absicht zu unterstellen. Selten geworden ist diese Tugend im politischen Diskurs: Mit hämischer Freude stürzen sich die Kontrahenten auf unglückliche oder auch missverständliche Äußerungen des Gegners, um ihm eine Haltung zu unterstellen, die über das vielleicht weit hinausgeht, was er wirklich denkt. In diesem kurzen Text soll der umgekehrte Weg gegangen werden, obgleich das, worum es geht, irritiert.

Kürzlich wurde ein Video veröffentlicht, in dem Papst Franziskus die „Gebetsmeinung des Papstes für den Januar" verkündete. Es ist gängige Praxis, dass der Papst für jeden Monat ein besonderes Gebetsanliegen mitteilt, neu ist die erstmals gewählte Form des Videos. Neu ist auch der Inhalt: In dem nicht mal zweiminütigen Film kann man leicht den Eindruck gewinnen, der Papst behaupte, alle Religionen seien gleichermaßen Wege zu Gott und alle Religionen meinten letztendlich das gleiche: „Ich glaube an die Liebe".<

Woher will der Autor wissen, was der Papst gemeint hat? Hat er mit ihm persönlich darüber gesprochen?

Dieser Artikel möchte zweierlei: Der aufrichtigen Hoffnung Ausdruck verleihen, dass dieses Video nicht wirklich sagen will, was es auf den ersten Blick auszudrücken scheint und zugleich die Besorgnis darüber aussprechen, was dieses Video signalisieren kann, wenn man es nicht wohlwollend erklärt. Zunächst zur eindeutigen Absicht: Es geht darum, Menschen dafür zugewinnen, im Januar dafür zu beten, dass der interreligiöse

Dialog „Früchte des Friedens und der Gerechtigkeit" hervorbringe. Ein wichtiges und ebenso zeitgemäßes Anliegen wie die Aufforderung, mit Menschen zusammenzuarbeiten, auch wenn sie anderer Meinung sind. Die Intention des Videos ist also eindeutig und absolut zu unterstreichen.

Wieso kann ich nicht selber frei entscheiden, was dieses Video mir sagt?

Nicht unproblematisch jedoch macht das Video die Art und Weise, wie für dieses wichtige Gebetsanliegen geworben wird. Dem wenig reflektierten Betrachter scheint sich folgende Story zu entfalten: Während die Angehörigen verschiedener Weltreligionen Dinge unterschiedlich sehen, gilt für alle, dass sie Kinder Gottes sind, dass sie Gott zwar auf verschiedenen Wegen finden, aber im Wesentlichen doch übereinstimmen, weil sie alle an die Liebe glauben.

Dieser Meinung bin ich schon seit Jahren.

Der Umgang der katholischen Kirche mit dem Wahrheitsanspruch des christlichen Glaubens im Dialog mit den Weltreligionen war während des Zweiten Vatikanischen Konzils eines der strittigsten Themen. Das Konzil konnte im Dokument „Nostra aetate" Formulierungen finden, die die maximale Wertschätzung der Kirche für Menschen unterschiedlichsten Glaubens ausdrückten, ohne dabei den universalen Anspruch Jesu Christi zu verdunkeln. Vereinfacht ausgedrückt: der Mensch ist Gottes Ebenbild und hat diese Würde auch durch den Sündenfall nicht verloren. Er erkennt die Existenz Gottes mit der Vernunft und ein sittliches Gewissen bleibt ihm ins Herz geschrieben. Aus diesem Grund finden sich Spuren der Wahrheit überall dort, wo Menschen sind: auch in anderen Religionen. Von einer solchen allgemeinen Gotteserkenntnis und dem Ertasten einzelner Wahrheitselemente (vgl. Apg 17, 27) grundsätzlich verschieden ist jedoch die einmalige und objektiv ergangene Selbstoffenbarung Gottes in Jesus Christus. Er sagt von sich selbst, der Weg, die Wahrheit und das Leben zu sein und „niemand kommt zum Vater außer durch mich" (Joh. 14, 6). Jesus ist der einzige, der Gott ist und Kunde brachte (Joh. 1, 18) und es ist dem Menschen „kein anderer Name unter dem Himmel gegeben, durch den wir gerettet werden sollen" als der Name Jesu (Apg. 4, 12). Gerettet ist eben nicht ein jeder und automatisch, sondern es ergeht der Aufruf, zu glauben und sich taufen zu lassen (Mk. 16, 16). Das mag vor 2000 Jahren auch richtig gewesen sein. Aber wir haben uns weiter entwickelt, nicht unbedingt zum Guten und daher bedarf es einer neuerlichen Rettung. Und der Weg zu dieser Rettung kann keine Kreuzigung mehr sein. Ich sehe die Lösung auch nur in der Liebe. Im Lichte dieses klaren biblischen und dogmatischen Befundes stellt sich das „Video des Papstes" als erklärungsbedürftig dar. Zunächst ist zu fragen, in welchem Sinne Menschen auf unterschiedliche Weise „Gott finden". Es dürfte offenkundig sein, dass der Papst damit nicht meint, dass Jesus Christus nur einer unter vielen Wegen sei. (*und wieso nicht?*) Papst Franziskus hat an zahlreichen Stellen die Zentralität Jesu bekannt und – wohl am eindrucksvollsten in seiner großartigen Enzyklika „Evangelii gaudium" – zur mutigen Verkündigung des Evangeliums aufgerufen. Im Sinne eines synkretistischen „alle Religionen führen zu Gott" kann die Botschaft des Papstes also unmöglich verstanden werden. Doch das Video lässt die nötige Differenzierung vermissen, die gerade hier so wichtig wäre: Während Menschen aller Religionen nach Gott suchen und ihn erahnen und Christen deshalb in freudigen und wertschätzenden Dialog mit ihnen treten sollen, anerkennt das Christentum keinen alternativen Heilsweg „an Jesus Christus vorbei". Dass Menschen an Gott glauben, ist selbstverständlich wahr. Dass dies jedoch eine Bekehrung zu Jesus überflüssig machen würde, war zu keiner Zeit der Kirche jemals christliche Lehre. Die andere Religion wertschätzend, doch das genuin Einzigartige des Christentums betonend verkündet Paulus den frommen (!) Athenern: „Was ihr verehrt, ohne es zu kennen, das verkünde ich euch." (Apg 17, 23) Einzig und allein in Jesus Christus erkennen wir Gott und nur durch Jesus finden Menschen zu Gott.

Einer Erklärung würdig wäre auch die Aussage, alle Menschen seien Kinder Gottes. Gott hat alle Menschen erschaffen und ist deshalb ihr Vater. In diesem allgemeinen Sinne sind natürlich alle Menschen der Schöpfungsordnung nach Kinder Gottes. Auffällig ist jedoch, dass das Neue Testament die Ausdrücke „Kind Gottes" und „Sohn Gottes" praktisch ausschließlich auf die Gläubigen anwendet. Tatsächlich scheint es dort nicht so selbstverständlich zu gelten, dass jeder ein Kind Gottes ist: „Allen aber, die ihn aufnahmen (!), gab er Macht, Kinder Gottes zu werden, allen, die an seinen Namen glauben (!)" (Joh. 1, 12). Tatsächlich befindet sich der Mensch in seinem unerlösten Zustand ohne Jesus Christus eben im Zustand der Unversöhntheit, ja in Feindschaft mit Gott (vgl. Röm. 5, 10). Auch diese Tatsache ist in der Verkündigung des Papstes durchwegs präsent. Die Frage lautet daher schlichtweg, wie es zu diesem missverständlichen Video kommen konnte?

Im Sinne der „Hermeneutik des Wohlwollens" muss man davon ausgehen, dass an Text und Gestaltung viele Hände mitgewirkt haben, vielleicht auch solche, denen die Wichtigkeit einer sorgfältigen Differenzierung weniger bewusst war. Dass jedenfalls alle Religionen darin übereinstimmen, dass ihre Angehörigen an die Liebe glauben: diese Aussage ist entweder wahr, aber ein Gemeinplatz, oder schlichtweg falsch. Geht es darum, dass Menschen aller Religionen sich nach Liebe sehnen und um die Kraft der Liebe wissen: selbstverständlich. Diese Aussage dürfte niemanden überraschen, sie ist aber ebenso wenig erhellend wie die Aussage, dass alle Menschen an die Wahrheit glauben. Das stimmt zwar, hindert die Menschheit aber nicht daran, völlig unterschiedlicher Meinung darüber zu sein, was nun die Wahrheit sei. Das gleiche gilt für die Liebe: An „die Liebe zu glauben", hindert Menschen nicht, aus Liebe heraus die schlimmsten Dinge zu tun. „Kann denn Liebe Sünde sein?" Naja, jedenfalls wurden und werden unsagbare Bosheiten im Namen der Liebe begangen. Die

Liebe zur Familie, die Liebe zum Vaterland, die Liebe zur eigenen Religion, die Liebe zu einer Frau: Menschen tun das Böse nicht, weil sie gerne böse sind, sondern weil sie irgendetwas so sehr lieben, dass sie zu allem bereit sind.

„Gott ist die Liebe", lehrt das Neue Testament (1 Joh. 4, 8). Und in diesem Kontext scheint das Ende des Videos zu insinuieren, alle Religionen seien sich im Letzten doch einig, weil ihre Anhänger jeweils alle an die Liebe glauben. Und damit hätten sie Gott gefunden. Dies ist jedoch nicht das, was der Verfasser des Johannesbriefs meint. „Gott ist die Liebe", aber eben nicht: „die Liebe ist Gott". Dieser Gott ist eben kein ätherisches Gefühl des kosmischen Verbundenseins, sondern der Johannesbrief wird ganz klar, wie und worin diese Liebe und dieser Gott erkannt werden: „Daran haben wir die Liebe erkannt, dass Er sein Leben für uns hingegeben hat.

So müssen auch wir für die Brüder das Leben hingeben." (1 Joh. 3, 16) Es ist am Kreuz und in der Person Jesu Christi allein, wo der Mensch erkennt, was wahre Liebe ist. Und es ist dieser Ort allein, wo der Mensch ewiges Heil findet.

Und so endet das Video auch visuell in einem erstaunlichen Moment: die Symbole verschiedener Weltreligionen werden zusammengebracht. An Stelle des Kreuzes jedoch sieht man die Figur eines Jesuskindes. Auch hier einmal mehr die Anfrage an die vatikanischen Produzenten des Videos: weshalb wird hier auf das zentrale Symbol des Christentums verzichtet? Genau im Kreuz leuchtet eben der radikale Unterschied zwischen dem Evangelium und allen Religionen auf: Der Mensch rettet sich eben nicht selbst, indem er an die Liebe glaubt, sondern es bedurfte des gekreuzigten und auferstandenen Erlösers, um Menschen zu versöhnten Kindern Gottes zu machen! Wieso nicht das Jesuskind? Und das Wort „radikal" stört mich hier ungemein. Eine Vermischung der Religionen und das Aufweichen des christlichen Wahrheitsanspruchs ist dem Katholizismus fremd und wurde von allen letzten Päpsten wiederholt mit deutlichen Worten zurückgewiesen. Papst Franziskus verkörpert in besonderer Weise die Freude am Glauben und die Barmherzigkeit Gottes. Sein Bekenntnis zur Notwendigkeit der Evangelisation und Mission in „Evangelii gaudium" ist glasklar. Gerade in Zeiten des religiösen Pluralismus wäre es deshalb wichtig, ein Video, das auf den ersten Blick im Gegensatz zu diesem Bekenntnis steht, nicht unkommentiert zu lassen <

Ein paar Tage später trafen wir uns wieder und sprechen über den Text und das Video, welches ich mir ebenfalls auf You tube angesehen hatte.

Wir waren uns einig, dass die Ansichten dieses Autors ganz auf den ersten Blick ganz plausibel klangen. Aber eigentlich hat der Papst genau das gesagt, was ich mir schon seit Jahren denke: nämlich alle Religionen haben im Grunde das selbe Ziel – GOTT.

Und dann beginnt meine Erzählerin wieder zu sprechen und zu fragen:

Warum kann nicht jeder Mensch selbst entscheiden, auf welchem Weg er zu Gott finden möchte? Jedes Kind zum Beispiel lernt auf seine Weise das Laufen. Die einen krabbeln erst, die anderen robben, manche lassen das Krabbeln ganz aus, einmal sah ich sogar ein Kind, das hat sich sitzend seitlich fortbewegt. Aber am Ende haben sie alle das Laufen gelernt, jedes auf seine Weise und in seinem Tempo. Wieso kann ich nicht auf meine Weise und in meinem Tempo meinen Glauben ausleben? Ich tue das ganz viel mit und über Maria. Sie ist meine Mittlerin, weil sie wie ich eine Frau und wie ich eine Mutter ist und meinen speziellen Schmerz mitfühlt. Andere wiederum beten lieber zu Jesus. Jesus kam auf diese Welt und rettete uns. Aber das war vor über 2000 Jahren. Ein neuerlicher Rettungsweg muss gefunden werden. Nicht so radikal, wie damals. Man sieht ja, dass es nicht von Dauer war.

Ich glaube, Papst Franziskus hat es genau so gemeint, wie er es gesagt hat. Das erschüttert eingefleischte Christen natürlich in ihren Grundfesten. Einerseits soll sich die Kirche von ihren starren Dogmen lösen, aber tut sie es dann tatsächlich, geht ein lauter Aufschrei durch die Reihen. Vielleicht hat es ja seinen Grund, wieso sich in der Westlichen Welt mehr das Christentum verbreitet hat und in der Östlichen Welt mehr der Islam. Es sind einfach zwei völlig unterschiedliche Kulturen, die sich aufgrund unterschiedlichen

Klimas entwickelt haben. Und was sich für die eine Kultur als richtig und gut erwiesen hat, mag für eine andere eben nicht passen. Deshalb ist die eine Glaubensrichtung noch lange nicht grundsätzlich falsch oder gar verwerflich. Verwerflich ist das, was manche Menschen daraus machen. Es sind die Menschen, die anderen ihre Sicht der Dinge als die einzig richtige aufzwingen wollen - nicht Gott. Ich glaube, Gott ist es egal, ob wir in einer Moschee oder einer Kirche zu ihm beten - Hauptsache wir beten. Und wir befolgen sein Gebot der Liebe. Das sehe ich genauso wie Papst Franziskus. Dieser Erklärungsversuch ist wieder nur eine Vermutung. Der Autor hat nicht mit dem Papst darüber gesprochen, sondern nur seine Eigene Sicht der Dinge dargestellt. Ist ja erst einmal nichts Verwerfliches. Aber zu behaupten, der Papst hätte das nicht so gemeint, ohne wirklich zu wissen, ob es nicht doch genau so gemeint war, das halte ich schon wieder für grenzwertig. Ich glaube, der Papst hat erkannt, dass nur in der Vereinheitlichung und Zusammenführung der einzelnen Glaubensrichtungen dauerhaft Friede entstehen kann. Wir dürfen uns nicht mehr wegen des Glaubens die Köpfe einschlagen. Das ist nicht der Wille Gottes.

Alle die bisher behauptet haben, es stände in der Bibel oder im Koran oder wo auch immer, der hat sich die entsprechenden Textpassagen nur so zurechtgelegt. Da wurden Passagen aus dem Kontext gerissen und wissentlich falsch interpretiert und falsch übersetzt. Oh, ich höre grade eine Bekannte aus meiner Gebetsgruppe, wie sie sich aufregt, darüber, dass ich diesen gefährlichen Islam befürworte. Dann kann ich sagen: „der Papst hat's gesagt". Und dann wird sie genau so argumentieren, wie der Augsburger Autor.

Schade dass die Menschen so verschlossen und regelrecht verbohrt sind. Alles könnte so einfach sein. Leben und leben lassen. Tut mir doch nicht weh, wenn da neben mir im Park einer seinen Teppich ausrollt und betet. Das mit den Burkas und den Frauenrechten ist eine ganz andere Geschichte. Das fällt wieder unter die Kategorie „falsche Interpretation". Und eigentlich auch mehr in die Politik. Das Thema Frauenrechte ist bei uns ja auch immer noch nicht ganz durch. Und die Östliche Welt hinkt da noch hinterher. Aber das müssen die selber regeln, und das tun sie auch. Da muss ein Umdenken in den Köpfen stattfinden. Das geht nicht von heute auf morgen. Da können wir denen tausendmal sagen, bei uns ist das anders. Bei uns ist auch nicht alles Gold was glänzt und es gibt immer noch Männer, die der Meinung sind Frauen gehörten hinter den Herd. Obwohl, mal ganz ehrlich, die kurze Zeit zu

Hause bei den Kindern war gar nicht so schlecht. Mein Problem war die mangelnde Anerkennung, dass Hausarbeit auch richtige Arbeit ist und Kindererziehung sowieso. Wie bereits erwähnt – alles politisch. In manchen Ländern sind Religion und Politik immer noch zu sehr verknüpft, bzw. der Glaube wird für die Politik missbraucht. Noch ein Problem sehe ich darin, dass einige Menschen glauben, die Bibel verstanden zu haben und uns dann ihre Sicht der Dinge aufzwingen wollen. Aber der Glaube ist lebendig und wandelt sich ständig und was vor tausend Jahren noch richtig war, ist heute längst nicht mehr so. Alles muss immer wieder neu betrachtet und interpretiert werden. Das finde ich zum Beispiel beim Jüdischen Glauben so schön: da wird die Thora studiert und ständig diskutiert. Für diesen Satz wäre ich vor 500 Jahren noch verbrannt worden.

Gott ist nicht greifbar - er ist unbegreiflich. Und jeder will versuchen in irgendwie zu fassen. Ich begreife die Religionen als Strategie, Gott zu fassen. Dabei ist Gott längst da. Wir können ihn nicht fassen und schon gar nicht begreifen. Nur erfühlen. Mit unseren Herzen. Wer Liebe fühlt und auch weitergibt, der fühlt Gott und gibt Ihn weiter. Es ist so schwer, zu vermitteln, was ich fühle und warum ich so fühle und dass ich an Gott glaube, obwohl seine Existenz doch schon tausendfach widerlegt wurde. Gäbe es keinen Gott, und Menschen die an ihn glauben, dann gäbe es meiner Meinung nach schon längst keine Menschen mehr. Wenn ich die Welt und das Geschehen in ihr so betrachte und mit die Worte aus der „Apokalypse" ins Gedächtnis rufe, dann komme ich zu dem Ergebnis, dass wir schon mitten drin sind in dieser Apokalypse. Es ist nur noch eine Frage der Zeit, bis der große Knall kommt. Und in weiteren 5000 Jahren werden sich vielleicht Forscher fragen, warum unsere Zivilisation untergegangen ist. Sie werden keine Lösung finden, weil wir unsere Geschichte nicht in Stein geschrieben haben werden, wie die Ägypter, und auch nicht mehr auf Papier. Wird ja alles nur noch digital gespeichert. Aber die Spuren unseres Glaubens - Ruinen unsere Kirchenbauten - werden noch zu finden sein, genauso wie wir heute noch die Tempelbauten längst vergangener Kulturen finden können. Das ist auch ein Grund für mich an Gott zu glauben. Egal welche Kultur untergegangen ist, es blieben immer Spuren an eine Glaubenskultur zurück. Gott ist unverwüstlich. Wir meinen heute zu wissen, dass diese Menschen damals einen Götzenkult betrieben haben, sie beteten die Sonne an oder den Mond oder die Sterne. Es könnte aber doch auch sein, dass die Sonne nur Gott symbolisiert hat, weil auch sie sich kein Bild von Gott machen konnten. Dann gab es Kulturen, die beteten die Naturgewalten an und vermuteten hinter jeder dieser Gewalten einen eigenen Gott, hatten aber einen Hauptgott, der über all jenen Göttern stand. Und da fanden dann ganz findige Wissenschaftler Parallelen zu heutigen Glaubensrichtungen. Natürlich hat sich das Christentum aus wie wir sagen „heidnischen" Glaubenskulturen entwickelt, bzw. es wurde das eine mit dem anderen vermischt. Aber trotzdem stand und steht immer noch der eine Gott an der Spitze. Und ja, vor 2000 Jahren sagte Jesus, dass niemand zum Vater käme außer durch ihn. Nur wir haben uns weiter entwickelt und manche halten einen gekreuzigten Jesus als Leitfigur für nicht mehr zeitgemäß. Da gelange ich wieder zu dem Punkt wo ich sage das sollte jedem selbst überlassen bleiben, welchen Weg zu Gott er letztendlich wählt.

Meine bisherige Erfahrung hat mir jedoch gezeigt, dass der Weg mit Jesus nicht der schlechteste ist. Jesus ist gütig und Barmherzig. Er hat all unsere Sünden auf sich genommen. Das Kreuz symbolisiert das. Jeder Mensch hat sein eigenes Kreuz zu tragen, ob er Christ ist, oder nicht. Krankheiten und Schicksale können jeden treffen.

Auch mein Atheist hat sein Kreuz zu tragen. Seines ist seine Depression und seine Spielsucht. Und meines ist, damit klar zu kommen. Ich könnte auch gehen. Wenn da diese Liebe nicht wäre. Gott hat uns diese Fähigkeit geschenkt. Und diese Liebe überwindet alle Schwierigkeiten. Gott hat aus Liebe zu uns Menschen seinen Sohn geopfert. Auch das symbolisiert das Kreuz. Wir sollten unseren Fokus mehr auf die positiven Symbole richten, auf das Gute, was uns die Kreuzigung Jesu gebracht hat. Es gibt auch Menschen, die sich bewusst für dieses Kreuz entscheiden. Das sollte ich am folgenden Sonntagsgottesdienst erfahren.

Eine ganz besondere Taufe und machtvolle Worte

An zwei Sonntagen hintereinander war ich nicht in der Kirche gewesen. Das eine Mal, weil es wirklich sehr kalt war und den folgenden hatte ich verschlafen. Aber dann war ich wieder und habe Gottes Wort gelauscht und wieder hat es mich in meinem tiefsten Inneren berührt. Ich kann den genauen Wortlaut nicht mehr wiedergeben, aber es fühlte sich wahr an. So wahr, dass ich auf dem Rückweg von der Kirche darüber nachgedacht habe, meine letzten Kapitel zu streichen und neu zu schreiben. Aber ein Tagebuch streicht man nicht einfach, es soll ja meine jeweiligen Gedanken und Gefühle und meine Entwicklung wiederspiegeln. Und gestern waren diese Gedanken eben noch anders als heute. Ich wandle mich ständig und so auch meine Ansichten, und auch meine Einsichten. Gestern noch war ich der Meinung, Jesus wäre nicht mehr zeitgemäß. Dann durfte ich erfahren, dass er zeitlos ist. Mein Lieblingspriester hatte es wieder geschafft, in seiner Predigt eine Brücke zur Gegenwart zu schlagen und somit das Christentum erneut zu aktualisieren.

Es erfolgte eine Lesung aus dem Buch Jesaja „… und das Wort ist Fleisch geworden…"

Da fiel mir wieder ein, wie meine Freundin einmal von einer Nonne erzählt hat, die noch lebt und in deren Mund sich die Kommunion – also die Hostie - in Fleisch verwandelt. Dies wurde untersucht und es wurde festgestellt, dass es sich um Herzmuskelfleisch handelt. Warum mir das gerade nach dieser Predigt wieder eingefallen war? Ich denke, weil ich wieder einmal dabei war, in Zweifel zu verfallen. Ich sollte einfach glauben. Unerschütterlich und ohne jeden Zweifel. Es war auch die Rede von Arbeitslosen, weil die KAB

(Katholische Arbeiter Bewegung) an jenem Sonntag Jahreshauptversammlung hatte. Die Fürbitten richteten sich sowohl um die Arbeitenden als auch an jene, die keine Arbeit haben und deren entsprechenden Nöte und Sorgen. Und da gehöre ich ja auch dazu, dachte ich zumindest zuerst. Aber dann kam ich zu dem Schluß, dass ich zwar nirgends angestellt bin aber dennoch eine Aufgabe habe - nämlich meinen Glaubensweg aufzuschreiben und diesen dann irgendwie anderen Menschen nahe bringen um ihnen damit zu helfen, ihren eigenen Weg zu finden, und den Mut ihn zu gehen. Denn im Wort liegt Macht und Worte können bewegen und verändern. Ich habe an jenem Sonntag gelernt, dass es wichtig ist, mit Gott im Dialog zu bleiben. Jetzt können Zweifler wieder sagen, das wäre Gehirnwäsche. Nein – ist es nicht! Weil die Dinge, von denen im neuen Testament berichtet wird, ja nachweislich stattgefunden haben. Ja, Übersetzungsfehler kommen vor, aber nur bei der Wiedergabe mancher Worte, nicht bei den Taten und Wundern die Jesus vollbracht hat. Und was ist mit den Wundern, die nachweislich immer noch geschehen wie Marienerscheinungen oder eben die Wandlung der Hostie in echtes Fleisch? Es geschehen immer wieder Dinge, die wissenschaftlich nicht erklärbar sind. Und einstige Prophezeiungen sind auch eingetroffen. Da gibt es nichts daran zu deuteln. Trotzdem habe auch ich mich hin und wieder dazu hinreißen lassen, Gegendarstellungen zu lesen um zwar nicht daran zu glauben, aber doch darüber nachzudenken. Ich habe sogenannten Bibelforschern geglaubt und deren Ausführungen und Deutungen. Aber die Bibel kann man nicht deuten. Die Bibel und die Worte darin sind nicht immer rational erklärbar. Ich denke die Worte sind deshalb oft so kryptisch, weil sie für die Ewigkeit geschrieben wurden und immer wieder einer neuen und zeitgemäßen Betrachtungsweise unterzogen werden müssen. Wie in einem abstrakten Gemälde, liegt der Sinn mancher Bibelworte im Auge bzw. im Herzen des jeweiligen Betrachters. Manche Worte dringen tief in meine Seele und bringen verborgene Saiten zum Klingen, mit anderen wiederum, kann ich im Moment gerade nichts anfangen. Die Kunst liegt darin, im richtigen Moment, die gerade passenden Worte zu lesen oder zu hören. So, wie die letzte Predigt. Ich habe endlich meine Aufgabe gefunden. Wie oft habe ich seit meinem misslungenen Selbstmordversuch darum gebetet, ER möge mir doch sagen, was meine spezielle Aufgabe sei. Nun habe ich dieses lang ersehnte Zeichen erhalten. Es war keine Erscheinung, mehr so eine innere Erleuchtung. Mir ist sozusagen „ein Licht aufgegangen"- ähnlich wie die Glühbirne auf dem Kopf von Daniel Düsentrieb- um es mal bildlich auszudrücken. Damals dachte ich, meine Aufgabe bestünde darin, meinen Glaubensweg in einem Buch zu veröffentlichen. Also es selbst zu schreiben. Nun erzähle ich hier meine Geschichte, das ist ja fast dasselbe, oder? Wenn ich so zurückdenke, wie dieser Weg bisher so verlaufen ist, dann war das teilweise ganz schön spannend. Die Gottesdienste brachten mir sehr oft auch Überraschungen. Inzwischen habe ich herausgefunden, dass fast jeder seinen angestammten Platz in der Kirche hat. Ich habe erst einmal ein paar Plätze ausprobiert, bis ich „meinen" Platz gefunden hatte. Zwischendurch habe ich immer wieder mal andere Plätze ausprobiert, mich dort aber nicht so wirklich wohl gefühlt. Manchmal hatte ich so das Gefühl, dass die, die noch mit in derselben Bank saßen, mich nicht neben sich haben wollten.

Einmal hatte ich es gewagt – ich muss zugeben aus purer Absicht und Neugier – mich auf den angestammten Platz von zwei Frauen zu setzen. Es waren Mutter und Tochter. Ich hatte die beiden schon öfter auch auf diversen Festlichkeiten zusammen gesehen. Sie haben sich dann hinter mich gesetzt und ich spürte, wie sich ihre Blicke in meinen Rücken bohrten. Wirklich, ich habe zu Hause meinen Pullover auf eventuelle Löcher überprüft. Es waren keine da, aber wenn welche da gewesen wären, dann wären es bestimmt Brandlöcher gewesen. Vier Stück. Ich habe danach nie wieder gewagt, mich auf den Platz von jemand anderen zu setzen. Ich setzte mich fortan in meine Bank und nach ungefähr drei Monaten, wo ich beharrlich jeden Sonntag zur Kirche gegangen war, haben die beiden älteren Damen links und rechts von mir angefangen, mich mit einzubeziehen. Sie begrüßten und verabschiedeten sich von mir, teilten mir hie und da auch Neuigkeiten mit. Eine dieser Neuigkeiten ist noch gar nicht so lange her. Die beiden waren schon ganz aufgeregt, als ich ankam und erzählten mir sogleich, dass es heute etwas ganz Besonderes geben würde. Überhaupt wirkte die ganze Kirchengemeinde ziemlich aufgeregt. Ich war gespannt. Ich blickte mich um und stellte fest, dass es voller war, als sonst an einem normalen Sonntag. Und ganz vorne in der ersten Bank saßen Menschen, die wirkten so gar nicht christlich. Es folgte endlich der Einzug des Priesters nebst seiner diesmal zahlreichen Ministranten und innen. Schon komisch, ministrieren dürfen Mädchen auch, aber Priesterinnen dürfen sie nicht werden. Erst fing alles wie üblich an. Dann teilte uns der Pfarrer mit, dass es heute eine Erwachsenentaufe geben würde. Gut, dachte ich, ist zwar schön, aber nicht so besonders um die Aufregung, die unterschwellig immer noch zu fühlen war, zu rechtfertigen. Doch da hörte ich, dass es sich um einen Moslem handelte, der zum Christentum konvertieren wollte. Das war allerdings ein Hammer. Ich sah es förmlich vor mir, wie in den Köpfen meiner Mitchristen ganze Weltbilder zusammenbrachen. Ein Moslem, der zum Christen wird. Das war wirklich etwas Besonderes. Der junge Mann wurde erst getauft, dann gefirmt und erhielt anschließend noch die Erstkommunion. Er trägt jetzt den Beinamen „Josef". Den hat er sich selbst ausgesucht. Ein Vorteil, wenn man bei seiner Taufe schon sprechen kann. Man sollte vielleicht einführen, dass man bei der Firmung, die ja praktisch die eigene Bestätigung der Taufe ist, seinen Namen ändern darf, wenn die Eltern daneben- gegriffen haben. Der Gottesdienst hatte an diesem Sonntag fast doppelt so lange gedauert, wie sonst. Trotzdem hätte ich mich gerne einmal näher mit diesem Mann unterhalten. Darüber was ihn dazu bewogen hat, zum Christentum überzutreten. Kann ja dann doch nicht so schlecht sein - mein Glaube. Und was fühlten seine Eltern jetzt? Also ich wäre schon etwas geschockt, würde mein Sohn zum Islam übertreten. Obwohl ich ja nach wie vor der Meinung bin, dass beide Religionen ein und demselben Gott huldigen, nur auf unterschiedliche Weise. Das liegt mit Sicherheit an meiner Erziehung und dem, was mir als Kind so eingetrichtert worden ist: nämlich: Die Türken sind böse, weil sie standen schon mal vor Wien, und damit automatisch auch der Islam. Inzwischen bin ich informiert, aber wie viele sind das nicht, oder sind es nur einseitig. Ich denke, es wäre hilfreich, wenn an den Schulen kein einseitiger Religionsunterricht mehr stattfinden würde. Ich fand es als Kind immer schrecklich, wenn die Klasse dann in katholische und evangelische Schüler geteilt wurde und der Rest hatte nachmittags Ethikunterricht. Obwohl - vielleicht hat sich das ja inzwischen geändert. Eigentlich war mein Thema ja die Taufe. In den Medien habe ich verfolgt, dass sich auch viele Flüchtlinge taufen lassen. Da frage ich mich allerdings, ob da wirklich ein religiöses Motiv dahinter steckt. Immer wieder taucht das Problem mit Politik und Religion auf. Irgendwie scheinen wir nicht in der Lage zu sein, diese beiden Dinge zu trennen. Obwohl uns die Geschichte immer wieder erzählt, dass sie getrennt werden müssen. Oder es muss eine Art Einheitsglaube her. Irgendwie muss es doch möglich sein. Alle Religionen unter einen Hut zu bringen, da sie doch gar nicht so verschieden sind. In Berlin geht man da schon mit gutem Beispiel voran. Es wird ein Gotteshaus für drei verschiedene Religionen gebaut. Für Christen, Moslems und Juden. Das halte ich für einen guten Anfang. Wenn es fertig ist, würde ich es gerne einmal besuchen. Kirchen und Sakrale Gebäude mag ich durchaus, wegen der Architektonik, dem Künstlerischen und der Akustik. Es ist das System Kirche, an dem ich mich stoße. Es geht dort meiner Meinung nach zu sehr ums Geld und auch um Macht und zu wenig um Gott. Neulich beim Gottesdienst hat der Priester das Glaubensbekenntnis abgelesen. So etwas geht in meinen Augen gar nicht. Die Aufgabe eines Priesters ist doch, den Menschen Gott und den Glauben nahe zu bringen. Aber dazu muss er erst einmal selber Glauben. Ich habe schon öfter den Eindruck gehabt, dass das nicht bei jedem Priester der Fall ist. Manchmal wirken die Predigten aufgesetzt; einfach unwahr. Der Priester scheint manchmal nicht hinter dem zu stehen, was er da vorne erzählt. Das ist für mich echt erschreckend, zeigt mir aber auch, wie schwierig es geworden ist, an Gott zu glauben.

Selbst für die dazu Berufenen. Wenn selbst ein geweihter Priester Probleme mit seinem Glauben hat, zweifelt und hadert, wie soll da ein Normalbürger zum Glauben finden? Manche meinen, das läge am Zölibat, aber das kann nicht der einzige Grund sein, weil die andere, die evangelische Fraktion hat auch so ihre Mühe damit, Priester Nachwuchs zu finden. Gott ist eben nicht mehr angesagt. Und Maria und Jesus sind es noch weniger. Vielleicht würde es helfen, alles etwas moderner zu gestalten. Neue Bibelverfilmungen zu drehen und darin Brücken zum Jetzt mit einbauen. Da stehen sich, wie so oft die Generationen im Wege. Die Alten wollen nichts Modernes und die Jugend will das alte und verstaubte nicht. Alles nicht so einfach. Was mir geholfen hat, war das Pilgern. Daran können auch junge Menschen Spaß haben und so ganz nebenbei Bekanntschaft mit Gott machen.

Vom Pilgern

Es war im Juni 2013, als ich ein Museum besuchte. Am Ende, bevor ich das Museum verließ, sah ich mir noch die Broschüren und Prospekte die dort auslagen, durch. Auf einer davon stand „Sighartsweg". Ich nahm sie in die Hand und sah kurz durch. Sie war kostenlos, daher steckte ich sie ein und den Pilgerpass gab's auch noch gratis dazu. Ich trug mich zu der Zeit ja schon länger mit dem Gedanken einmal zu pilgern. Eigentlich, seit ich „Ich bin dann mal weg" gelesen hatte. Aber der Camino war mir dann doch zu lang und auch zu weit weg. Dann hatte ich gelesen, dass es auch hier in der Gegend einen Jakobsweg gab. Von Minden nach Soest war dieser Weg erst 2009 wieder neu erschlossen worden. Nun, dachte ich, als ich mir den Sighartsweg zu Hause genauer ansah, sollte es wohl dieser werden.

Ich fand ihn auch viel schöner, als den Jakobsweg, weil es ein Rundweg war. Es sollten dann
nochmal drei Jahre vergehen, bis ich den richtigen Zeitpunkt für gekommen sah. Im Juni sollte
es soweit sein. Aber dann war da nur Regen.
Und weil ich wie alle Menschen bequem bin,
wollte ich bei so schlechtem Wetter erst einmal
nicht los. Der Juli kam und mit ihm der Sommer.
Da stellte ich fest, dass ich keine vernünftigen
Schuhe hatte. Und dann gab es auch noch eine
Karte zu besorgen. Ich fand eine richtige Pilger-
broschüre. Die war im Internet auf der Homepage des Sighartsweg empfohlen worden. In der
Broschüre las ich dann, dass ich noch eine Pil-
gernadel und einen Handschmeichler brauche.
Gleich am nächsten Morgen wollte ich beides im
Pilgerbüro besorgen. Ich schaute noch wegen
der Öffnungszeiten und was las ich: Morgen ge-
schlossen bez. Pilgerbüro nur Donnerstag und

Freitag geöffnet. Also gut. Gehe ich halt Montag los, dachte ich. Am Donnerstag holte ich Nadel und Schmeichler und ließ mir meinen ersten Stempel in meine Pilgerpass drücken.

Aus meinem Pilgertagebuch:

> Montag:

Die Sonne scheint. Gute Voraussetzungen für meine Pilgerwanderung. Erst geht es nur an der Weser entlang. Ich entdecke viel Neues. Höre einen mir unbekannten Vogel, sehe ihn aber nicht. Schade. Hätte diesen wundervollen Sänger gerne kennen gelernt. Ich gehe unter einer halb verfallenen Eisenbahnbrücke hindurch. Ich nenne sie „Brücke ins Nirgendwo". Vielleicht führt die Brücke aber auch unsichtbar weiter nach Überall? Ein schöner Gedanke. Barkhausen. Meine erste Station. Die Kirche ist zu, aber im Pfarrbüro gesellt sich ein zweiter Stempel hinzu und ich darf sogar auf die Toilette. Die Pfarrsekretärin wünscht mir dann noch weiterhin viel Spaß. Schon wieder viel Spaß? Das hatte mir die Dame im Pilgerbüro Minden auch schon gewünscht. Also „Spaß" war das Letzte, was ich auf meine Pilgerwanderung erwartete. Egal. Ich gehe, noch voller Elan, weiter. Über die große Brücke. Dann erst einmal Frühstück einkaufen. Ein wenig Obst, Joghurt (ich hatte extra einen Löffel dafür einge-packt) und eine Käsesemmel. Jetzt galt es, ein ruhiges Plätzchen zu finden. Ich musste nicht lange suchen. Ein ehemaliger Biergarten, jetzt ein Parkplatz, erwies sich als geeignet. Ein gro-ßer Stein unter dem Biergartenschild dient mir als Sitzplatz. Ganz hinten in der Ecke des Park-platzes steht ein Anhänger. Auf der Plane steht: Jesus Anhänger. Diese Entdeckung fand ich sehr passend. Viel passender als „viel Spaß". Meine nächste Station sollte eine Kirche in Hausberge sein. Eine katholische sogar. Ich freute mich.

Aber dann die erste Enttäuschung. Kirche zu. Pilgerbüro auch zu. Kein Stempel. Egal. Stempel sind nicht so wichtig. Ich weiß ja, dass ich da war. Wie in meiner Broschüre empfohlen gehe ich zumindest den Kreuzweg hinter der Kirche. Ich stelle fest, dass der wohl lange von niemandem mehr begangen worden ist. Ich muss mich durch Brennesseln und Dornen hindurchkämpfen. Aber Jesus hatte ja auch keinen leichten Weg gehabt. Ich habe immerhin lange Hosen und nur einen Rucksack (mit immerhin 8kg) zu schleppen. Nach dem Kreuzweg geht es erst einmal steil den Berg zur Kanzel hoch. Von Oben habe ich dann eine wunderschöne Aussicht. Ich blicke runter und denke mir „da unten bin ich vorhin noch langgegangen". So, weiter geht's. Nur wo lang? Ich habe drei Wege zur Auswahl. Auf einem der Wegweiser steht „Weserbergweg". Darauf klebt das Sighartszeichen. Ich nehme also diesen. Aber schon nach wenigen Metern beschleicht mich das Gefühl, doch falsch zu sein. Ich hol nochmal meine Karte heraus. Aber die ist so klein, dass sie mir auch nicht wirklich weiterhilft. Zögernd gehe ich weiter. Dann drehe ich doch wieder um und als ich fast wieder bei der Kanzel bin, kommen zwei Frauen um die Ecke. Und, sie kenne sich aus. In diesem Wald hier ist es auch ganz schwer, sich zu orientieren. Wir gehen ein Stück weit gemeinsam. Unterhalten uns über Gott, die Natur und übers Pilgern. Wir stellen fest, dass wir beide gerne mal den richtigen Jakobsweg gehen würden. Aber schon bald trennen sich unsere Wege wieder. Und dann, wieder eine Gabelung. Wieder drei Möglichkeiten und diesmal kein Aufkleber. Ich frage meinen Engel, der mich immer begleitet, wo ich langgehen soll. Wir nehmen die goldene Mitte.

Meine nächste Station ist Nammen. Dort soll die älteste erhaltene Fachwerkkapelle sein. Die Wegweiser sind sehr spärlich. Ich weiß, ich muss den Berg runter und irgendwo aus dem Wald raus. Das gelingt mir auch. Und, wie gerufen kommt da ein Spaziergänger mit Hund daher, den ich nach dem Weg fragen kann. Den Sighartsweg kennt er nicht, aber wo die Kapelle steht, kann er mir sagen. Ich war nicht ganz richtig, aber auch nicht ganz falsch. Unten im Dorf treffe ich dann auf meiner Suche nach dieser Kapelle eine Frau, die gerade ins Auto steigen will. Sie sieht mich und spricht mich an. Ich erzähle ihr, dass ich pilgere und die Laurentiuskapelle suche. Kurzerhand bietet sie mir an, bei ihr mitzufahren. Es sind dann doch noch knapp 2km bis zur Kapelle. Dummerweise war gerade Mittagszeit und der Laden nebenan, in dem ich einen Schlüssel hätte holen können, war geschlossen. Das Pilgerbüro auch. Wieder keine Innenansicht eines Gotteshauses und wieder kein Stempel. Ich begnüge mich mit einem Foto der Kapelle als Beweis für meine Anwesenheit. Nach kurzer Pause sollte es weitergehen. Nur wieder wohin? An einem Laternenpfahl finde ich einen Aufkleber mit zwei Pfeilen darauf die zueinander weisen. Nicht sehr hilfreich. Dann finde ich den Weg zurück nach Hausberge aber nicht den nach Kleinenbremen. Doch dann, endlich, als ich mich wieder in Richtung des Berges wandte, traf ich wieder auf ein Zeichen. Es geht lange durch den Wald. Immer oben am Bergkamm entlang. Dann tut sich eine Wiese vor mir auf. Ich beschließe, dort zu rasten. Auf meiner Jacke liegend betrachte ich die vereinzelt am Himmel vorbeiziehenden Wolken. Was für eine schöne Welt uns Gott doch geschenkt hat. Und wie gehen wir damit um? Nun, daran würde ich hier und heute nichts ändern können. Ich kann nur beten. Aber auch das tu ich nicht. Nicht jetzt. Jetzt spreche ich einfach so mit Gott. So als ginge er gerade neben mir. Mein Rucksack wird langsam immer schwerer, obwohl er doch mit jedem Schluck Wasser den ich trinke, leichter werden sollte. Ich bitte meinen Engel mir beim Tragen zu helfen und siehe da, für eine ganze Weile habe ich das Gefühl, er tut's tatsächlich. Der Weg führt nun als schmaler Trampelpfad quer über die Wiese weiter. Ich gehe oberhalb eines Steinbruches lang. Unten lärmen die großen Maschinen. Oben wachsen wilde Erdbeeren. Mmhh, lecker. Dann geht es wieder in den Wald. Ein Paar kommt mir entgegen. Die ersten Menschen seit Stunden. Ich hätte sie nach dem Weg fragen sollen. Denn wieder fehlt es an der Beschilderung. Prompt gehe ich auch erst einmal falsch. Aber nicht lange. Mein Gefühl – oder mein Engel?- sagt mir,

dass ich anders herum muss. Wieder eine Kreuzung. Ich muss mich entscheiden. Eisberge,
Kloster Möllenbeck oder doch gleich Kleinenbremen? Ich sehe in meine Karte. Die Exkursion
wären nochmal 17 km mehr. Ohne verlaufen. Ich
habe keine Lust mehr, noch länger im Wald um-
herzuirren. Also runter nach Kleinenbremen. Dort
soll es auch eine sehr schöne Kirche geben und
die Pilgerstation dort wurde von einem Priester
geführt. Den würde ich dann wohl antreffen. Ich
finde das Haus auf Anhieb. Es führen viele Stu-
fen hinauf. Das Schild am Eingang auf dem Pilgerhaus steht, macht mich zuversichtlich, jetzt
endlich jemanden anzutreffen. Jemanden, mit
dem ich über Gott reden kann. Und eine Stelle,
wo ich meine inzwischen leere Wasserflasche
auffüllen konnte. Ich drücke auf den Klingelknopf
und warte. Nichts rührt sich. Ich klingle ein weiteres Mal. Aber nichts tut sich. Auf der Straße ist

auch kein Mensch zu sehen. Nun gut. Dann schau ich mir erst einmal die Kirche an. Vielleicht treffe ich dort den Priester. Aber auch diese Kirche ist geschlossen und kein Priester in Sicht. Erschöpft setzte ich mich auf die Treppe vor der Kirche. Es ist heiß, ich bin durstig und die Beine schmerzen. Mit dem letzten Schluck Wasser nehme ich eine Tablette gegen die Muskelschmerzen. Ich hatte meine Kräfte wohl doch etwas überschätzt. Aber ich wollte es noch bis Bückeburg schaffen. Dort wollte ich übernachten. Die Tablette zeigt schon bald Wirkung, also mache ich mich noch einmal zum Pilgerhaus auf. Aber es öffnet mir immer noch niemand. Ich fühle mich wie Josef und Maria in Bethlehem. Ich brauche was zu trinken. Also gehe ich wieder hinunter zur Hauptstraße. Irgendwo musste es doch einen Supermarkt geben. Dann, von einem Moment zum nächsten fängt meine Nase an zu bluten. Ich setzte mich auf ein paar schattige Treppenstufen vor einem scheinbar leer stehenden Haus. Meine Nase blutet so heftig, das ich mir meine Hose damit versaue. Auf einmal ist mir die Pilgerlust vergangen. Ich rufe meinen Freund an, damit er mich holen kommt. Aber er hat gerade noch Besuch und vertröstet mich auf später. Dass ich hier fast verblute und verdurste, scheint ihn nicht zu jucken. Jetzt packt mich Wut und Verzweiflung. Menschen gehen an mir vorüber, obwohl ich heule, wie ein Schlosshund, und blute, schenken sie mir keinerlei Beachtung. Wirkliche Christen scheint es an diesem Ort nicht zu geben. Ich blute ganze zwei Packungen Tempos voll, bis es endlich aufhört. Ich schniefe ein letztes Mal, dann raffe ich mich auf und suche den Weg nach Bückeburg. Wie es aussieht, muss ich dafür erst wieder den ganzen Berg hoch. Wirkliche Lust, wieder in diesen unübersichtlichen

Wald zu laufen, habe ich nicht. Trotzdem gehe ich erst einmal bergan, in der Hoffnung bald auf einen Wegweiser zu treffen. Aber ich finde keinen. Also gehe ich wieder hinunter. Mein Blick fällt auf die gegenüber liegende Straßenseite. Eine Bushaltestelle. Gut, dann fahre ich eben mit dem Bus weiter. Ich beschloss, in den nächsten Bus zu steigen, der kommt. Es kam dann der zurück nach Minden. Ich sah es als Zeichen, meine Pilgerwanderung jetzt und hier zu beenden. Kaum saß ich im Bus, rief mein Freund an und fragte nach, wo er mich holen solle. Ich sagte am ZOB Minden. Von dort gingen wir dann zu meinem morgendlichen Startpunkt. Er hatte sein Auto extra dort geparkt, damit ich meine Runde beenden konnte. Obwohl er immer noch überzeugter Atheist ist, hat er mir ermöglicht, meinen Glaubensweg zu gehen. Er hat mir auch zuge-

hört, wie ich ihm meinen Tag geschildert habe.
Vielleicht kommt er beim nächsten Mal mit. <

Die Frage am Ende war dann:

„Was hat mich dieser Tag gelehrt?"

Es hatte ein paar Wochen gebraucht, bis ich dahintergekommen war, als ich meinen Pilgerbericht noch einmal durchgelesen hatte. Eine Frage ist immer wieder aufgetaucht. Nämlich die Frage nach dem Weg.

Wo geht es lang? Wohin führt mich mein Weg? Was ist überhaupt mein Weg? Ich dachte bisher, meinen Weg schon gefunden zu haben. Dem war wohl nicht so. Ich sprach dann auch noch mit einer Freundin darüber und sie meinte dann, dass es mir wohl wichtig zu sein scheint, mich mit anderen auszutauschen. Ich dachte darüber nach und fand, ja sie hat wie immer Recht. Ich suchte nach gleichgesinnten. Obwohl ich fast jeden Sonntag zur Kirche ging, hatte ich dort noch immer keinen Anschluss gefunden.

Ich bin zwar den Sighartsweg allein gegangen, das wollte ich bewusst so, aber meinen ganzen restlichen Glaubensweg wollte ich nicht alleine gehen. Klar, Gott ist bei mir und mein Engel auch. Aber ich bin halt ein Mensch und Menschen sind Herdentiere. Ich glaube, niemand ist gerne allein. Vielleicht manchmal, aber nicht immer. Aber ich wollte nicht aufgeben und es sollte sich mir noch im selben Jahr eine weitere Pilgergelegenheit bieten nämlich der ökumenische Stadtpilgertag. Ich hatte keine Ahnung was mich erwarten würde. Als ich den Raum betrat, in welchem sich erst einmal alle Teilnehmer zusammenfinden sollten, war mein erster Impuls gleich wieder rückwärts rauszugehen. Ich kannte niemanden und die Plätze in der Mitte waren alle schon besetzt. Aber es kam sogleich eine nette

Dame auf mich zu, drückte mir ein Namensschild in die Hand und forderte mich auf, mir doch eine Tasse Kaffee oder Tee zu nehmen. Ich tat wie geheißen und begab mich an den hintersten Tisch. Dort saß ich erst alleine. Ich besah mir mein Namensschild und stellte fest, dass es leer war. Es konnte ja auch kein Name drauf stehen, weil ich mich nicht angemeldet hatte. Ich hatte mich spontan zur Teilnahme entschlossen. Daher wusste ich auch nicht, dass ich noch 15€ zahlen musste. Das ärgerte mich im ersten Moment, weil beten sollte nichts kosten. Aber es gab dann noch Suppe und am Schluß nochmal Kaffee und sogar Kuchen dazu. Die Dame von vorhin kam nochmal und gab mir einen Stift, damit ich meinen Namen auf das Schild schreiben konnte. Dann wollte sie mich gerade zu den anderen an die große Tafel setzen, aber in dem Augenblick gesellte sich schon jemand zu mir.

Auch eine Dame und wie sich bald im Gespräch herausstellte eine aus meiner Kirchengemeinde. Und schon fühlte ich mich geborgen. Ich war unter Gleichgesinnten. Nach ein paar Reden und Erklärungen ging es dann erst einmal in den Dom zum Gottesdienst. Obwohl ich ja von der Institution Kirche nicht viel halte, fand ich die Orgelklänge und das gemeinsame Singen und Beten doch sehr erbaulich. Obwohl es eiskalt war. Draußen war es wärmer als im Dom drinnen. Kaum, dass wir draußen waren, hörte ich hinter mir zwei alte Damen über einen der Teilnehmer reden. Sie mokierten sich über seine Aufmachung. Er trug so eine Art Kutte. Aber nicht braun, wie bei Mönchen, sondern hellblau. Sie fragten sich, warum der in so einer „Verkleidung" rumrennt. Mir war der Mann, der zudem langes weißes Haar und einen ebenso langen weißen Bart trug, sofort aufgefallen. Ich hatte ihn schon auf dem Weg in den Dom nach seinem Namen gefragt. Er nennt sich Gustav. Die beiden Damen rätselten noch, was er wohl darstellt. Ich fragte ihn einfach. Also nicht, was er darstellt, sondern welchem Orden er angehört. Ich fand ihn interessant und er machte mich neugierig. Wie sich herausstellen sollte zu Recht. Denn er hat mir die Augen geöffnet. Er hat mir vieles gesagt, was ich schon immer vermutet habe.

Und er hat mir SEINEN NAMEN gezeigt. Er hat mir gesagt ich solle mich von bösen und schlechten Menschen fern halten und alles hinterfragen. Nun hinterfragt habe ich schon immer. Und er hat alles betätigt. Jetzt kenne ich die Wahrheit, weil ich IHN erkannt habe.

Trotzdem werde ich weiterhin die Kirche besuchen, weil ich nur dort nicht allein bin. Und weil ich einfach gerne singe und Orgelmusik höre.

Wirklich mit Gott spreche ich aber nur noch, wenn ich alleine bin.

Ich glaube, ich bin nun an meinem Ziel.

Falls das mein von Gott vorgesehenes Ziel ist. Das weiß ich immer noch nicht. Es fühlt sich im Moment nur so an.

Es könnte auch nur ein Etappenziel sein, was wahrscheinlicher ist. Die Frage lautet auch nicht, was mein Ziel ist, sondern was für eine Aufgabe ich hier erfüllen soll. Einerseits soll ich meine Herzwunde heilen lassen, gemeinsam mit Jesus, der dieselbe Wunde trägt. Meine andere Aufgabe besteht darin, anderen Menschen zu helfen. Mir ist nur noch unklar, wie diese Hilfe aussehen soll. Vielleicht ist es ja nur mein Atheist, den es zu retten gilt. Das ist eigentlich schon Arbeit genug. Wie so oft, werden mich meine Engel schon unterstützen.

So, habe fertig

Also nicht meinen Glaubensweg – der ist erst zu Ende, wenn ich sterbe. Ich habe diesen Weg gefunden und werde ihn nicht mehr verlassen. Vielleicht mal inne halten oder mal einen Schritt zurückgehen, mich auch weiterhin umblicken und nicht mit Scheuklappen immer stur geradeaus trotten. Ich habe jetzt fast vier spannende Jahre hinter mir, in denen ich eine stetige innere Wandlung erfahren habe. Ich bin ruhiger und gelassener geworden, dadurch dass ich mehr Vertrauen in Gott lege. ER wird schon für mich sorgen. Es war nicht leicht, bis zu diesem Punkt zu gelangen. Für mich ist das ein Meilenstein. Ich musste quasi erst einmal wieder laufen lernen. Das geht wieder. Nun werde ich meine Ausdauer trainieren. Mein Atheist wird einen guten Sparringspartner dafür abgeben.

Dabei wird wieder ein Buch helfen müssen. Ich hatte es mir ausgeliehen, werde es mir aber noch selber kaufen, dann kann ich eigene Randnotizen hinzufügen. Der Titel lautet:

"Christ und Katholik- Antworten auf häufig gestellte Fragen." Ich denke das wird auch mir noch die allerletzten Fragen beantworten. Und ich habe fortan schlagkräftige Argumente für meinen Atheisten parat - hoffe ich .Dann will ich mich auch noch mit Taten und Wundern befassen, die ja überall auf der Welt geschehen. Darüber wird nur leider nicht in den Nachrichten berichtet. Außer vielleicht im Bibel Chanel. Das mit diesen Wundern ist auch ein heikles Thema und wird oft sehr kontrovers diskutiert. Dabei gibt es da gar nichts zu diskutieren. Manche Dinge sind rational einfach nicht erklärbar. So verhält es sich nun einmal mit dem lieben Gott. Er ist nicht erklärbar und begreifbar uns seine Wunder ebenso wenig.

Klar, manches zu hinterfragen, ist nicht verkehrt, wenn es denn etwas zu hinterfragen gibt. Aber manchmal, denke ich, wäre das Leben einfacher, wenn wir es so nehmen würden, wie es ist und darauf vertrauten, dass Gott schon alles richtig macht. Stattdessen ist für die meisten das Leben ein ständiger Kampf.

Auch für mich wird es wohl weiterhin bleiben. Aber fortan gehe ich gestärkt in diesen Kampf, nicht so wie am Anfang meines Weges. Bin schon sehr gespannt, wer von uns beiden den längeren Atem haben wird. Ich habe ja göttliche Unterstützung und „Gebetsdoping" ist, soweit mir bekannt ist, nicht verboten. Muss nur aufpassen, dass ich vor lauter Alltag nicht wieder ins Schludern gerate. Integration ist hier das Zauberwort. Ich will Gott und das Gebet mehr in meinen Alltag integrieren. Und ich will noch einmal Pilgern. Vielleicht gehe ich dort weiter, wo ich zuletzt gestrandet bin. Oder ich gehe doch den Jakobs-weg. Obwohl ich denke, der Jakobsweg, ist noch zu schwer .Hier in der Region gibt es mehrere verschiedene Wege. Es gibt sogar einen Weg, der wurde nach einer Frau benannt, die hieß wie ich. Im Moment kann ich mich wirklich nicht ent-scheiden, welchen Weg ich als nächstes gehen soll. Wie bisher, werde ich wohl auch diese Mal auf eine göttliche Eingebung warten.

Oder ich frage meine Engelkarten?

Die Fragen nehmen kein Ende. Alles dreht sich immerzu im Kreis, ist ein Kreislauf.

Der Kreis – hat keinen Anfang und kein Ende, genau wie Gott.

AMEN

Worte die mich berührt haben

"Liebe gibt nichts als sich selber und nimmt nichts aus sich selbst heraus.

Liebe besitzt nicht und lässt sich nicht besitzen.

Denn Liebe genügt der Liebe.

Und denke nicht, Du könntest der Liebe Lauf lenken, denn Liebe, so sie dich würdig schätzt, lenkt deinen Lauf."

Prophet

Welcher Prophet das gesagt hat, ist mir unbekannt. Die Worte stammen aus einer Sprüche Sammlung.

Möge der größte Wunsch deines Herzens von allen Geschenken Gottes erst der Anfang sein!

Was ist denn nun der größte Wunsch meines Herzens?

Es ist auf keinen Fall ein dinglicher, greifbarer Wunsch. Und er liegt tief verborgen in uns allen: Der Wunsch nach Liebe und Frieden!

Es gibt keinen anderen Weg:

der Schritt zurück nach vorne ist die große

Chance, den Glanz des Glaubens zurückzuholen

in die Welt von morgen.

Wenn du vor mir stehst und mich ansiehst, weißt

Du von den Schmerzen, die in mir sind

Und was weiß ich von Deinen?"   Kafka

Was hat Kafka damit gemeint? Wen hat er gemeint?

Ich Sehe Jesus darin. Wenn er vor mir stünde,

wüsste er um meine Schmerzen, aber ich kann

mir nicht im Geringsten vorstellen, wie sehr er

gelitten hat und immer noch leidet, weil viele von

uns ihn immer noch verleugnen.

Der Tautropfen, der eine Perle bildet im Kelch

der Lilie, ist wie Ihr, wenn ihr Eure Seele in Got-

tes Herz legt.

Dieser Spruch hat mich dazu inspiriert, das Bild -

einer Lilie mit Tautropfen in ihrem Blütenkelch zu

malen.

Der Glaubende nutzt Organe, die andere erst gar nicht in Betrieb nehmen.

Er will Dinge sehen, die unsichtbar sind.

Unsichtbar wie Liebe, Glück, Gefühle,

und dennoch den wesentlichen Teil unserer Wirklichkeit bestimmen.

Wo genau ich diese Worte gelesen habe, weiß ich nicht mehr, ich habe sie mir nur notiert, weil ich von ihnen ergriffen war - und immer noch bin.

"Der Mensch soll sich nicht sorgen, dass er in den Himmel komme, sondern das der Himmel zu Ihm komme.

Wer ihn nicht in sich selber trägt, der sucht ihn vergebens im All."   Otto Ludwig

Dieser Spruch war mir auf meinem Glaubensweg sehr hilfreich und ist es noch, wenn ich einmal wieder den Blick für das Wesentliche zu verlieren drohe.

Die Seele ist wie ein Embryo im Körper des Menschen.

Der Tag des Todes ist der Tag des Erwachens.

Dann beginnt die große Zeit der Wehen -

Ihre Stunde der Schöpfung.

Eine schöne und tröstende Vorstellung, dass meine Seele wiedergeboren wird.

Als "Wehen" sehe ich für mich die Zeit, die ich im Fegefeuer verbringen werde. Und am Ende dieser Wehen, darf ich neugeboren in Gottes Reich einkehren.

Jeder Mensch hat von Gott eine ganz besondere Aufgabe - eine positive Kraft mitbekommen, durch die er seine Mitmenschen stärken kann.

Der Mensch ist die Medizin des Menschen.

Wer die Menschen kennt ist klug-

Wer sich selber kennt, ist erleuchtet.

Ich hoffe sehr, dass auch ich meine Erleuchtung

„Du magst diejenigen vergessen, mit denen du gelacht hast, aber nie die, mit denen du geweint hast."

„Die Tränen. die ihr vergießt, sind reiner als das Lachen dessen, der Vergessen sucht, und süßer als der Hohn des Spottes."

„Tränen reinigen die Seele vom Brand des Hasses und lehren die Menschen, den Schmerz derer zu teilen, die ein gebrochenes Herz haben. Es sind die Tränen des Mannes aus Nazareth."

aus Ideen '98

"Unsere geheimsten Tränen suchen nie unsere Augen"

Was habe ich nicht schon für heiße Tränen geweint. Und fast jedes Mal wünschte ich mir zu sterben, weil ich glaubte, den Schmerz nicht ertragen zu können, Aber mit den Tränen wurde auch der Schmerz aus meinem Körper gespült. Wir aber neigen dazu, nicht leiden zu wollen,

378

schon gar keinen Schmerz. Aber nur wer den Schmerz zulässt, kann auch Heilung erfahren. Wer schon einmal bitterlich geweint hat, der weiß, daß auch Tränen heilsam sind. Man fühlt sich danach wirklich gereinigt. Nicht immer ist uns das bewusst. Dieses Bewusstsein, müssen wir nach und nach wieder erlangen, denn auch das führt uns ein Stück näher an Gott heran.

Auch Tränen sind ein Geschenk Gottes an uns, damit wir uns von unserem Schmerz erleichtern können.

Und damit wird auch folgender Spruch klar:

Das Leid ist der Schatten eines Gottes, der in bösen Herzen keine Wohnstätte hat.

Wer einmal von seinen eigenen Tränen durchdrungen und gereinigt wurde, wird rein sein für immer. Geheimnisse,36

Wer böse ist, der leidet nicht und kann somit auch nicht geheilt werden. Es braucht Mitleid.

Und es braucht Vergebung:

Vergebung ist der Schlüssel, der die Tür Abneigung und die Handschellen des Hasses öffnet
Und die Ketten der Bitterkeit und die der Selbst-
sucht zerreißt.   Corrie Ten Boom

Der unaufhörliche geistige Lärm (Denken) hindert
Dich daran, den Raum innerer Stille zu finden

Einfach daliegen und nichts tun, nicht einmal
denken- einfach nur sein

finde.

Die meisten Menschen warten darauf, dass jemand kommt und sie liebt. Aber wenn jeder nur
wartet, fängt keiner an, den anderen zu lieben.

Es gibt noch hunderte solcher Sprüche, ich habe
hier nur diejenigen aufgeschrieben, die für meinen persönlichen Glaubensweg von Bedeutung
waren und sind.

Danke

Danke, Herr für diesen schönen sonnigen Tag.

Danke, für die Liebe, die Wärme und Zuversicht, die ich durch Dich erfahren durfte und darf.

Danke, dafür, dass meine Familie gesund ist.

Danke, dass ich in so einer friedlichen Gegend leben darf.

Danke, für die Blumen, Bienen und Vögel, die jeden Tag unseren Garten besuchen.

Danke, für die reiche Ernte.

Danke, dass ich bisher immer genug zu essen und zu trinken hatte.

Danke, dass Du mich erschaffen hast und mich so liebst, wie ich bin.

Danke, dass Du mich nicht aufgibst.

Danke, dass Du mir jeden Tag aufs Neue die Kraft gibst, in dieser schwierigen Partnerschaft zu bestehen.

Danke, für all die Früchte, die Du wachsen lässt, damit wir Nahrung haben.

Danke, dass ich in Frieden aufwachsen durfte.

Danke, für meine beiden wundervollen Söhne.

Danke für Deine Barmherzigkeit.

Danke für den Regen.

Danke für die Liebe.

Danke, für die Musik.

Danke für die Poesie und die Phantasie.

Danke, dass Du Deinen Sohn auf die Erde geschickt hast

Danke, dass ich immer zu Maria - meiner Mutter gehen kann.

Danke, dass ich immer zu DIR kommen kann.

Danke für diesen schönen Sonnenuntergang.

Danke, dass Du mich immer wieder die richtigen Worte finden lässt.

Danke, dass Du mir immer wieder hilfst, meine Zweifel und Ängste beiseite zu schieben.

Danke für meine Gedanken- für *Deine* Gedanken, die Du in mir wachrufst.

Danke, dass DU mir Gustav geschickt hast, ohne ihn hätte ich Dich niemals gefunden.

Danke für alles.

Schlusswort

Ermutigende Worte Jesu an Dich

Liebe mich, wie Du bist. Ich kenne Dein Elend, die Kämpfe, die Drangsale deiner Seele, die Schwächen deines Leibes.

Ich weiß auch um Deine Feigheit, deine Sünden und trotzdem sage ich Dir: „Gib Mir dein Herz, **liebe Mich, so wie du bist**.“

Wenn du darauf wartest, ein Engel zu werden, um dich der Liebe hinzugeben, wirst du mich nie lieben. Wenn du auch feige bist in der Erfüllung deiner Pflichten und in der Übung der Tugenden, wenn du auch oft in jene Sünden zurückfällst, die du nicht mehr begehen möchtest, Ich erlaube dir nicht, Mich nicht zu lieben.

liebe Mich, so wie du bist.

In jedem Augenblick und in welcher Situation du dich auch befindest, im Eifer oder in der Trägheit, in der Treue oder Untreue,

liebe Mich, so wie du bist.

Ich will die Liebe deines armen Herzens; denn wenn du wartest, bis du vollkommen bist, wirst du Mich nie lieben! Könnte ich vielleicht nicht aus jedem Sandkörnchen einen Seraph machen, strahlend vor Reinheit, Edelmut und Liebe? Bin Ich nicht der Allmächtige? Und wenn es mir gefällt, jene wunderbaren Wesen im Himmel zu belassen, um die armselige Liebe deines Herzens zu bevorzugen, bin Ich nicht immer der Herr Meiner Liebe? Mein Kind, laß Mich dich lieben; Ich will dein Herz. Sicherlich werde ich dich mit der Zeit umwandeln, doch heute liebe ich dich so, wie du bist, und ich wünsche, dass auch du Mich liebst, wie du bist. Ich will aus den Untiefen deines Elends deine Liebe Aufsteigen sehen! Ich liebe in dir auch deine Schwächen, ich liebe die Liebe der Armen und Armseligen.

Ich will, dass von den Elenden unaufhörlich der große Ruf aufsteige: **„Jesus, ich liebe Dich!"**

Ich will einzig und allein den Gesang deine Herzens; ich brauche nicht deine Weisheit und nicht deine Talente. Eines nur ist mir wichtig:

dich mit Liebe arbeiten zu sehen!

Es sind nicht deine Tugenden, die ich wünsche. Wenn ich Dir solche geben sollte, du bist so schwach, dass diese nur deine Eigenliebe nähren würden. Doch kümmere dich nicht darum. Ich hätte dich zu großen Dingen bestimmen können – nein, du wirst der unnütze Knecht sein, und Ich werde dir sogar das Wenige, das du hast, nehmen, weil Ich dich nur für die Liebe geschaffen habe. Heute stehe ich an der Pforte deines Herzens wie ein Bettler –

Ich, der König der Könige!

Ich klopfe an und warte!

Beeile dich Mir zu öffnen!

Berufe dich nicht auf dein Elend. Wenn du deine Armseligkeit vollkommen kenntest, würdest du vor Schmerzen sterben.

Was Mein Herz verwunden würde,
wäre zu sehen, dass du an Mir zweifelst, und es an Vertrauen zu mir fehlen lässt.

Ich will, dass du auch die unbedeutendste Handlung nur aus Liebe zu Mir tust!

Ich rechne auf dich, dass du Mir Freude schenkst! Kümmere dich nicht darum, dass du keine Tugenden besitzt – Ich werde dir die Meinen geben. Wenn du zu leiden haben wirst, werde Ich dir die Kraft dazu geben. Wenn du Mir deine Liebe schenkst, werde ich dir so viel geben, dass du zu leiben verstehst, weit mehr als du dir erträumen kannst.

Denke jedoch daran, Mich zu lieben, wie du bist!

Ich habe dir Meine Mutter gegeben. Lasse alles, ja alles, durch ihr so reines Herz durchgehen!

Was auch kommen mag, warte ja nicht darauf, heilig zu werden um dich der Liebe hinzugeben; du würdest nie lieben.

– Und nun gehe!

(Text aus der ital. Zeitschrift „ Ecce mater Tua" übersetzt - nicht von mir, ich habe ihn nur abgetippt)

Mehr gibt es dazu nicht zu sagen.

AMEN.

Bereits erschienene Titel von Katharina Kuntzer:

Geld-Frei – der Weg zurück ins Paradies

Roman ISBN 97837431-02859

Batzi – Mein Leben als Dorfhund

E-Short ISBN 97837431-8028

Von Krokussen und Getränkedosen

E-Short ISBN 97837431- 36625

Meine Webseiten:

Facebook: Katharina Kuntzer – Meine Buecher

Google Plus: katharina.kuntzer@gmail.com